EWΔ

Matthieu BIASOTTO

ISBN : 9781520748986

Correctrice : Claudie LIBERSA
claudie.libersa@editionshorsnorme.fr

CHAPITRE 1

Le moteur vient d'être coupé, les vibrations cessent immédiatement. C'est étrange comme sensation, je n'étais jamais montée dans une voiture jusqu'à aujourd'hui. Je l'entends retirer la clé du contact. Un silence embarrassé précède un soupir amer. Le genre de soupir qu'on laisse échapper avant de devoir se salir les mains. C'est un souffle pesant, qui murmure entre les lignes et dans l'habitacle : « Mon Dieu, qu'est-ce qu'on va faire ? » Il ne dit rien, mais je le comprends. Ça ne doit pas être évident. Est-ce qu'il voit mes larmes, au moins ? Est-ce que ça compte réellement ? Je n'en sais rien.

Quelle heure est-il ? Encore confuse, je n'ai aucune notion du temps. J'ai sans doute perdu connaissance pendant plusieurs heures, certainement une partie de la nuit. Ma crise d'hystérie est terminée. Fini les pleurs, fini les hurlements, les coups de pied et les griffures pour me débattre. Je suis marquée à jamais et étrangement déconnectée de la souffrance qui m'a fait basculer. Ce doit être la conséquence du traumatisme, très certainement. Il ne me reste que des bribes de souvenirs atroces, mais je n'ai plus mal à l'intérieur. Je suis résignée et encore droguée. La dernière chose probablement intacte dans ma mémoire, c'est cette douleur aiguë provoquée par une seringue sur ma peau.

Assise bien droite sur mon siège, comme une poupée de porcelaine, je tends l'oreille, en direction du conducteur. Le bruit de la portière m'interpelle. La voiture tressaute légèrement lorsqu'il abandonne le volant. Sa descente de la berline engendre un mouvement presque imperceptible. Il y a le son de l'herbe givrée qui craque sous ses pieds, alors qu'il fait le tour pour ouvrir de mon côté. Je ne peux pas le voir, j'ai les yeux bandés.

L'air glacé d'un matin de décembre s'engouffre à l'intérieur, les températures négatives me font grelotter. L'hiver mord ma peau, mes cuisses chétives, mes bras nus et mon poignet blessé. Je suis simplement habillée d'un morceau de drap déchiré, j'ai dû quitter la maison dans la panique. Tout est allé très vite. Un frisson désagréable galope le long de ma colonne vertébrale. Est-ce que j'aurai bientôt des vêtements chauds ? Je l'ignore. Après la surprise de la fraîcheur, vient maintenant l'odeur. Ça sent la campagne et le sapin. Où sommes-nous exactement ? Je n'en ai aucune idée. Je sèche mes joues à tâtons, je dois me ressaisir. Je dois être forte. Il déglutit juste à côté de moi avant de m'adresser la parole.

— Donne tes mains.

Et je donne mes mains, sans discuter. Est-ce qu'il me fait peur ? Difficile à dire, la situation est tellement étrange. Il me noue les poignets à l'aide d'une épaisse corde rêche. Je devine qu'il tremble, mais ce n'est pas à cause du froid. Les Polonais sont habitués au climat rude, surtout dans la campagne, au sud de Cracovie. Non… si ses mains tremblent, c'est à cause de moi. Parce qu'il est en train de m'attacher, parce que j'ai les yeux bandés, parce que je suis encore mineure. Il paraît que s'il fait tout ça, c'est uniquement pour mon bien. Il paraît que je ne dois pas prendre le moindre risque et qu'il est plus sage de coopérer. Maintenant que les effets de la substance se dissipent dans mon organisme, il me ligote en me murmurant que cette mesure de précaution est préférable pour sa sécurité, ainsi que pour la mienne. Comment ne pas le croire quand il m'assure qu'*on n'a pas le choix, que je dois lui faire confiance* et quand il me répète que je suis tout à fait *particulière* ?

Lorsqu'il en a fini avec mes liens, je perçois le grincement des portes arrière dès leur ouverture. Qu'est-ce qu'il fabrique ? Je me raidis. Dans mon dos, on dirait qu'il s'attèle à la tâche en respirant de plus en plus fort, ce qui déclenche une nouvelle ondulation discrète de la traction. Les amortisseurs de la Fiat sont soulagés d'un premier poids. Puis rapidement d'un second et d'un troisième. Trois corps. Je n'ai pas eu l'occasion de leur dire adieu. Ni même pardon. Il s'agit de deux prêtres, et de mon père. Mon chauffeur, essoufflé, semble les déposer à terre.

Alors que les dépouilles sont traînées une à une, un peu plus loin, un clapotis paisible – presque mélodieux – me parvient en arrière-plan. Est-ce que nous sommes à côté d'un lac ? Je le suppose. Les trois victimes sont jetées dans l'eau à proximité. J'entends le murmure de sa foulée, lente et déterminée. Lorsqu'il revient dans ma direction, il est froid et méthodique, incroyablement calme. Il me semble identifier le bruit d'une friction sur la banquette arrière, j'imagine qu'un chiffon rageur vient à bout du sang, laissé sur les sièges souillés par les corps transportés. Il n'est pas pressé, il ne panique pas. J'en déduis que nous sommes seuls, et que personne ne saura ce qui est arrivé. Je pense qu'il a pris ses précautions pour ne pas se faire remarquer. Une voiture, une belle Fiat comme celle-ci, ne passe pas inaperçue. Surtout dans les années trente.

Il referme la berline puis s'installe au volant. Il a peut-être même pris soin de décrotter ses souliers avant de monter, ça ne m'étonnerait pas. L'élégante traction se met en route mollement, je ne connais pas notre destination. Les seules questions qui me viennent sont d'un tout autre genre :

— Est-ce que je pourrai revenir un jour ?
— Je ne pense pas.
— Est-ce que vous l'avez enterrée avant de partir ?
— Tiens-toi tranquille, la route va être longue.
— Dites-moi… l'avez-vous enterrée ?
— Oui, je tenais à le faire. Je me suis occupé de ta mère.

CHAPITRE 2

Le couperet tombe. J'accuse le coup. Maman a eu droit à une sépulture, c'est mieux que rien. Cependant, je ne pourrai jamais revenir chez moi. L'idée s'installe, aussi douloureuse que définitive. Je ne remettrai jamais un pied dans la maison qui m'a vue naître. Ce déracinement brutal est un véritable bouleversement, mais je l'accepte. Je n'ai pas d'autres solutions, quoi qu'il en soit. Dans le noir, derrière le bout de tissu qui me cache les yeux, la tristesse se mêle au soulagement. Et c'est étrange.

Visages tordus par l'horreur. Respirations haletantes. Vibrations obscures et mensonges. Hurlements inhumains. Déferlantes d'insultes et de coups. Éclats de voix. Éclats de verre. Objets brisés sur les crânes, chair trouée. Folie sanglante et meurtrière. Ignoble vérité… La nuit dernière ressemblait à l'enfer. Alors, pourquoi ces larmes versées à chaque fois que je pense à ma mère ?

— Ça va aller. Cesse de pleurer.

Je ressens ses doigts glissant dans mes cheveux. Il me surprend avec une caresse, comme pour partager ma peine et me rassurer. Hier, il en a vu suffisamment. Hier, j'en ai trop su, j'en ai trop dit et tout a dérapé. Aujourd'hui, il est impossible de faire comme si ça n'avait jamais existé. Et dire que tout est de ma faute…

— Est-ce que vous êtes en colère après moi ?
— Je préfère ne pas aborder le sujet.
— Je ne voulais pas. Je regrette.
— Pourtant, c'est arrivé.
— Je suis désolée. Tellement désolée.
— Je n'ai aucune envie de parler de ça avec toi.

Le refus de poursuivre nos échanges ouvre la voie au silence, et le blanc de la conversation s'étire au fil des kilomètres. La route semble de plus en plus mauvaise et les vibrations de notre véhicule répondent aux irrégularités de la chaussée. Où allons-nous ? Je me surprends à le demander à haute voix.

— Tu le sauras bien assez tôt.

Au volant, il n'est pas loquace, et, malgré mon insistance, il me faut attendre de longues minutes avant qu'il ne daigne s'arrêter : je ne peux plus me retenir, il faut que j'aille aux toilettes. Cédant à l'urgence, il râle et immobilise la voiture en douceur, le moteur tourne encore.

— Pas de bêtises. Compris ?
— Oui, c'est compris.

Il quitte sa place et m'ouvre la porte. Me retrouver debout déclenche un nouveau malaise, mon sens de l'équilibre reste fragile. Je parviens tout de même à deviner les rayons du soleil, perçant à travers le linge qui recouvre mes yeux. Quelques ombres floues se dressent au loin, dessinant les contours d'un décor que j'ai du mal à me représenter. Il s'agit certainement d'arbres.

— Laisse-toi guider.

Ses mains sur mes épaules m'orientent pendant quelques mètres. Le tranquillisant injecté dans mes veines me rend encore faible, j'avance en titubant, ma tête tourne. La végétation et les branchages effleurent mes bras, mes jambes. L'air est très frais, presque glacial. Il me lâche enfin, retire la corde qui m'entrave puis recule. Avant de me dévêtir, je suis gagnée par une espèce de gêne. Je me fige, troublée.

— Vous ne regardez pas ?
— Je ne regarde pas.
— Promis ?
— Promis.

Ma culotte chute sur mes chevilles, je ne tiens plus. Mes doigts galopent sur ce qui m'entoure, avant de détecter une pierre, recouverte de mousse à laquelle je peux m'accrocher pour ne pas tomber. Accroupie dans l'herbe, au milieu de nulle part, je ne l'entends plus respirer. Je ne sais pas où il se trouve. Je tends l'oreille de part et d'autre puis l'interpelle à haute voix :

— Où êtes-vous ? Vous ne me regardez pas au moins ?
— Pour qui tu me prends ? Je te rappelle que je suis ton oncle !
— Pardon… je ne voulais pas vous manquer de respect.

Je n'ai aucune envie de le froisser. Vraiment. Lorsque je regagne la voiture avec son aide et qu'il rattache mes mains, afin que je n'enlève mon bandeau sous aucun prétexte, un flot de questions me brûlent les lèvres :

— Est-ce que quelqu'un sait où vous m'emmenez ?
— Non.
— Est-ce que vous allez me le dire ?

— Non.

— Est-ce que vous allez me dire où se trouve le corps de ma mère ?

— Ewa… j'aimerais que tu arrêtes avec tes questions.

— Mais ?

— Ça suffit. Tu te tais maintenant.

Le trajet se poursuit dans les mêmes conditions qu'auparavant. Sans un mot. Je réprime mes doutes et ferme les yeux très fort, jusqu'à voir apparaître des couleurs capables de chasser les images épouvantables qui ressurgissent par moment. Voilà plusieurs heures que nous voyageons, je remarque que notre allure diminue enfin. Oncle Lesław roule au pas maintenant. Puis il stoppe la voiture.

— On y est.

— Où sommes-nous ?

— Ne bouge pas de là.

— Mon oncle ?

— Je reviens. Tu m'attends là.

Nouveau claquement de portière. Le frère de ma mère s'éloigne sur le gravier, me laissant seule durant plusieurs minutes. Alors, discrètement, je lève mes mains nouées vers le foulard qui m'empêche de voir afin de le repousser un peu. La clarté m'éblouit les premières secondes, puis j'aperçois rapidement une énorme bâtisse, posée sur un parc bien entretenu. De la brique rouge, des fenêtres à perte de vue, des arbres dont les branches supportent le poids de la neige et tout autour, des murs avec du fil de fer barbelé. Au centre de l'établissement, il y a deux colonnes de cheminées qui encadrent une sorte de clocher vert en bronze, un dôme givré surplombant la bâtisse. Plus bas, à la base de l'édifice, d'imposantes marches annoncent une gigantesque porte d'entrée dressée sous une arche… Mince, il revient ! Je replace le tissu sur mes yeux à la va-vite. La portière s'ouvre. Je fais mine de rien.

— Tu peux descendre.

Lentement, je m'extirpe de l'habitacle. Oncle Lesław m'intime l'ordre de me tenir bien droite, de lever le menton et d'attendre ses instructions. Il coiffe mes cheveux à la hâte et tire sur la pièce de tissu qui m'habille, comme s'il tentait d'éliminer les plis et de me rendre présentable. Il est fébrile, je le sens agité. Ça ne me rassure pas du tout.

— Mon oncle ? Que se passe-t-il ? Où sommes-nous ?
— Tu ne parles pas. C'est clair ?
— Mais, oncle Lesław, je…
— Je ne veux plus entendre un mot sortir de ta bouche.
— Bien…
— C'est important. Laisse-moi te mettre à l'abri.
— Comment ça à l'abri ?
— Qu'est-ce que je viens de dire ? Tu te tais !

L'ordre est tranchant. Il ne m'a jamais parlé sur ce ton.

— Pas un mot. Elle arrive…
— Mais qui ça ?
— Silence. Rappelle-toi que je fais ça pour ton bien.

Alors que je tremble, prise au piège par un froid toujours corrosif, le claquement de souliers sur les marches au loin attire mon attention. Le bruit des semelles sur les gravillons entonne un air martial qui ne présage rien de bon. La voix d'une femme me surprend. Je me redresse, au garde-à-vous. Raide comme un piquet. Vulnérable et inquiète.

— Jolie voiture.
— Merci, j'en suis très fier.
— Vous pouvez l'être.
— C'est une Fiat Polski 524. Version limousine.
— Si vous le dites.
— Un des tout premiers modèles à être produits dans le pays.
— Bien… Voyez-vous ça…
— Sous le capot, ronronne un 6 cylindres de 52 chevaux. Une merveille.
— Je n'y connais rien, et pour être tout à fait franche, je m'en contrefiche.
— Pardon ?
— Je vous ai simplement fait un compliment, par politesse.
— Mais, je…
— Vous m'ennuyez avec vos détails. Je n'aime pas spécialement les voitures.
— Excusez-moi, je ne voulais pas vous importuner.
— Revenons à l'essentiel. Il s'agit donc de votre nièce ?
— Exactement, madame Szyller.
— C'est mademoiselle.
— Pardonnez-moi, mademoiselle.

Sa voix porte. Le ton est ferme, cassant. Ce n'est pas une Slave. Elle a un fort accent allemand. Je sens son souffle sur mon visage. Elle est là, tout prêt. Les effluves d'eau de Cologne et de clémentines remontent sous mon nez.

— Présentez-vous, je vous prie.

Le coup de coude d'oncle Lesław et son raclement de gorge m'invitent à obéir sans tarder.

— Je m'appelle Ewa. Ewa Judowski.
— Bienvenue à Miedzeska, mademoiselle Judowski.

Sans perdre de temps, elle exige que mon oncle récupère mes effets personnels et m'accompagne jusque dans son bureau. Le coffre de la voiture claque dans la seconde, mes bagages sont emportés. Les ordres de cette femme m'angoissent, je cherche du bout des doigts le soutien de Lesław. Je lui tiens la main, je m'y cramponne en progressant vers l'inconnu. Sur les allées en gravier, mon cœur s'emballe, sans explication. La lourde porte se ferme dans mon dos, la chaleur de l'établissement m'enveloppe instantanément. À présent, nos pas résonnent dans ce que j'imagine être un immense couloir. Tout est calme. Étrangement calme.

À chaque porte, le tintement d'un trousseau de clés brise le silence. Tout est verrouillé à double tour. Le sol semble changer d'aspect et devenir plus tendre. Je foule maintenant un parquet qui grince légèrement sous nos pieds. Arrivée dans le cabinet de l'autoritaire Melle Szyller, je reste debout, alors que le plancher proteste sous les sièges tirés sans ménagement. Une nouvelle fois, le silence précède un ordre fraîchement aboyé :

— Retirez-lui ses liens et son bandeau.
— Bien mademoiselle Szyller.

Les pieds de chaise crissent à nouveau. Il se lève. Les mains chaudes de mon oncle ôtent le cordage autour de mes poignets, ses doigts approchent de mon visage, puis plus rien. Il se ravise. Sa respiration s'accélère. L'Allemande perd patience.

— Qu'attendez-vous ? Je viens de vous demander de lui enlever ce foulard.
— Avant, je tiens à m'assurer d'une chose…
— Je vous écoute.

— Comme je vous l'ai spécifié avant de prendre la route, je veux avoir la certitude qu'il ne reste plus aucun miroir dans votre pensionnat.

— Nous les avons retirés de l'internat, dans l'aile ouest ainsi que…

— Je ne plaisante pas, mademoiselle Szyller. J'ai bien dit : aucun.

CHAPITRE 3

Le respect des exigences les plus strictes et la rigueur imposée par la poigne de fer de Melle Szyller font la réputation de cette pension pour filles. Les mots prononcés avec cet accent germanique cognent férocement au fond de moi. J'ai peur. Une pension ? Un internat ? Qu'est-ce que je fabrique à Miedzeska ? Est-ce que mon oncle veut me cacher ici ? Et si oui… pour combien de temps ? Je n'ai pas la moindre réponse, car l'Allemande poursuit : « Il n'y a plus aucun miroir », elle l'assure avec un aplomb qui ne laisse aucune place au doute ni à la discussion.

La question est réglée, oncle Lesław obtempère et me rend la vue. Le foulard quitte enfin mon visage, je suis libre de découvrir ce qui m'entoure. Je cligne des yeux pour me réapproprier la réalité, l'espace et les couleurs. La première chose sur laquelle mon regard se pose est une plaque dorée qui trône sur le secrétaire en bois sombre. En lettres capitales, il y est gravé Beata Szyller – Directrice. Juste à côté se trouve une statuette en métal représentant un aigle agressif avec les ailes déployées. Je déglutis, c'est charmant…

Dans le bureau, la lumière est timide, presque aussi fragile que moi. Encore un peu groggy par l'injection de la veille, j'ai du mal à réaliser ce qui m'attend. Je balaye l'espace et accroche du regard ce cadenas robuste qui bloque l'ouverture des fenêtres. Le ton est donné : d'ici, personne ne s'échappe. J'avale ma salive une nouvelle fois, mais ma gorge se noue davantage. Puis je parcours les murs un à un : une bibliothèque, une farandole de brevets et de diplômes. Ce n'est pas écrit en polonais. Sous les certificats, une évidence me donne la chair de poule. Les punitions sont infligées dans cette pièce, si j'en crois la présence de cette simple chaise en bois sur laquelle traîne un martinet.

Rapidement, je sens l'insistance d'un regard, celui de la Directrice. Elle fixe mes guenilles d'un œil sombre. J'incline la tête et constate que je suis sale, que je porte des traces brunes ainsi que des auréoles douteuses : des taches de sang incrustées qui me rappellent le cauchemar vécu la veille. Le sang qui me mène ici. Est-ce que je suis censée me justifier ?

— J'espère que vous n'allez pas nous laisser votre nièce dans cet accoutrement ?

Mal à l'aise, oncle Lesław se penche vers mes bagages. Je remarque que mon sac est également couvert de sang séché. D'un geste discret, il efface les dernières traces d'un cauchemar que je voudrais oublier à tout prix. Il s'empare de vêtements propres, mais ce n'est pas ce qui retient mon attention. Non, ce qui m'interpelle, c'est la valise en cuir chocolat qui se trouve juste à côté. Cette valise sortie du coffre à la demande de l'Allemande. Je ne parviens pas à détacher mon regard de l'objet, même lorsque mon oncle me tend la nouvelle tenue que je dois enfiler.

— Mademoiselle Judowski, veuillez vous changer. Vous porterez ensuite l'uniforme qui vous attend dans votre chambre.

Je plante mes yeux dans ceux de Lesław, comme on s'accroche à une bouée pour ne pas se noyer. Au milieu de ses cernes, je cherche désespérément une lueur rassurante, une étincelle positive dans ses pupilles grises. J'aimerais qu'il me dise que ça va aller, que je vais surmonter tout ça, que mon passage dans cet internat n'est que temporaire et qu'il va s'occuper de moi par la suite. Je fixe sa moustache impeccable, ses lèvres fines et sèches, mais il ne dit rien. Il est fatigué, usé par les heures sordides que l'on a traversées et les décisions qu'il a dû prendre. Il se contente, de sa main libre, de passer les doigts dans ses cheveux gominés et bien taillés afin de se recoiffer. Un soupir désolé lui échappe. Son visage est froid, distant. On dirait que je ne suis qu'un fardeau, un poids dont il est sur le point de se délester.

Un nouveau raclement de gorge émis depuis son costume trois-pièces m'incite à accepter le linge propre. Je n'ai pas le recul nécessaire pour m'opposer aux plans de Lesław. Je n'ai pas la force de faire machine arrière et de m'enfuir. Si j'avais suffisamment de lucidité, je n'aurais sans doute jamais mis un pied dans cette prison déguisée en pension.

Excédée par mon instant de flottement, la Directrice quitte sa chaise, fait le tour du bureau et pose sa main froide sur mon épaule tout en désignant le paravent derrière lequel je dois me vêtir. Jusqu'ici, je n'avais pas remarqué ses yeux bleus avant qu'elle ne s'approche, ni son chignon blond, encore moins ses lèvres pincées qui ne savent que sommer, ordonner, juger et condamner.

— On se dépêche. Je n'aime pas me répéter et je déteste attendre, voyez-vous.

Je m'exécute, la tête basse. Contrarier la Directrice serait une mauvaise entame pour mon séjour entre ces murs, si court soit-il. Derrière les panneaux de bois aux bords sculptés comme de la dentelle, je me déshabille et me change le plus vite possible. L'équilibre me fait encore défaut, je m'agrippe à la poignée d'une porte juste à côté de moi, tandis que la discussion reprend autour du secrétaire.

Il est question d'argent. Les chaises font à nouveau du bruit, Lesław et Melle Szyller s'installent. La somme est exigible le cinq de chaque mois ; en cas de défaut de paiement, la pensionnaire devra assurer les tâches d'entretien jusqu'au recouvrement du montant dû. La mensualité sera considérée comme une créance dans les quinze jours suivant l'unique relance par courrier.

— … ce qui a pour conséquence le renvoi pur et simple de votre nièce.

— Vous n'avez pas à vous inquiéter à propos de l'argent.

— Je sais que vous avez beaucoup d'influence monsieur.

— En effet, et je vous rappelle que votre père me doit beaucoup.

— Il vous doit la vie, je peux l'attester. Mais je préfère que les règles soient claires pour tout le monde. Et ce, dès le départ.

— Ewa ne sortira pas. Je vous le garantis.

— Je veux bien vous croire, monsieur. En tout état de cause, vous êtes prévenu.

— Non, vous ne comprenez pas le sens de mon propos.

— Pardon ?

— Ce que j'essaie de vous dire, c'est qu'elle *ne doit pas* sortir.

Cette dernière phrase me serre la gorge. Cette dernière phrase fait de moi une espèce de détenue, un monstre dont on cherche à se débarrasser derrière une enceinte de fils barbelés. Je commence à comprendre et je me décompose. Je ne veux pas rester ici. Je ne veux pas qu'il m'abandonne. Discrètement, je replace mes cheveux blonds coincés dans mon col et en profite pour observer ce qui se trame, à travers l'interstice offert entre deux panneaux du paravent. Assis face à l'Allemande aux bras croisés, oncle Lesław saisit la valise chocolat et la dépose sur le bureau. Il déverrouille les deux loquets et exhibe le contenu à la Directrice. Elle sourit, ses yeux se mettent à briller. Détendu, mon oncle s'enfonce au fond de la chaise avant de faire une déclaration qui me glace le sang, me fait perdre tous mes moyens et me dévaste complètement :

— Je règle dès maintenant l'intégralité des frais pour les trois années à venir. J'y tiens.

CHAPITRE 4

Je viens d'en prendre pour trois ans. La valise se referme sèchement, comme la lame d'une guillotine tombant sur ma nuque raide. Trois années coincée ici, sans la moindre forme de procès. J'en ai le souffle coupé, une chape de plomb s'abat sur moi. Mes jambes ne me portent plus, je m'accroche au paravent, j'ai l'impression d'avoir écopé d'une réclusion à perpétuité. Je ne sais pas ce qui me terrasse le plus, la sévérité de la peine infligée, ou le soupir de soulagement expiré par Lesław après avoir payé.

Mon oncle exhibe une nouvelle enveloppe et déclare verser une prime supplémentaire pour les miroirs. L'épaisse liasse de billets s'abat sur le secrétaire. Le bonus en liquide est destiné à Melle Szyller, afin qu'elle respecte la requête de Lesław. Le montant ferait céder n'importe qui. Il avait tout prévu. Après une poignée de main franche, les deux parties sont ravies. Je n'arrive pas à y croire. Durant les premières secondes, je suis sonnée, choquée et encore incrédule. Je me répète en boucle que ce n'est pas possible, que c'est un cauchemar ou une simple erreur d'interprétation. Je ne peux pas passer les trois prochaines années dans ce trou. Et lorsque je comprends qu'il m'abandonne ici, qu'il le fait pour de vrai, et que cette solution lui ôte une épine du pied, les larmes commencent à monter. Je me sens trahie, esseulée et j'étouffe.

Le contrat est signé. Mon destin, scellé. Le frère de ma mère quitte sa chaise, tout comme la Directrice qui ne prête pas attention à mes hoquets. Un monstrueux sanglot me dévore, et je perds tout espoir derrière les panneaux de bois. Melle Szyller vient à ma rencontre et pose un œil dégoûté sur ma triste personne. Lesław se retourne dans ma direction, il est froid et semble détaché. Dans sa tête, tout est déjà joué.

La sévère responsable de la pension n'éprouve aucune compassion devant ma détresse. Je demande à haute voix ce qu'il va advenir de moi. J'implore mon oncle, mais je me heurte à son choix irrévocable. Est-ce que j'ai mérité de finir comme ça ? Il ne me répond pas et se contente de baisser les yeux. L'Allemande se dirige vers la chaise destinée aux sanctions, et saisit le martinet afin de me faire taire.

— Jeune fille, redressez-vous.

— Je ne veux pas rester ici ! Par pitié, je ne peux pas, je n'ai rien fait.

— Séchez vos larmes et cessez vos enfantillages.

— Oncle Lesław, dites-lui ! Je n'ai pas fait exprès. Ce n'est pas ma faute !

Les lanières du fouet se tendent entre les deux mains de la Directrice. Ma plaidoirie doit prendre fin sur-le-champ. Sous mes yeux embués, oncle Lesław attrape mes bagages. Je dois suivre le mouvement, obéir en silence. Ils vont m'escorter jusqu'à la cellule qui va me servir de chambre.

Ma respiration saccadée cède sous les caprices de mon diaphragme. Impossible de me calmer. Melle Szyller, accompagnée de celui qui se débarrasse de moi, me devance dans le couloir. Mes lèvres se tordent, mon visage se déforme à chaque vague convulsive et cruelle. Engloutie sous un chagrin sans fin, je crois que je vais tourner de l'œil, mais ni l'un ni l'autre ne s'intéressent à mon désespoir. Je traîne le pas. Je ne veux pas y aller. Je veux me réveiller de ce cauchemar. Je voudrais que la journée d'hier n'ait jamais existée. Aucune de mes larmes, aucun de mes gémissements ne freine le cortège. Direction l'aile ouest, le long d'un trajet composé de portes fermées à clé.

Mon souffle désolé chuchote des « Pitié, ne me faites pas ça. Ne me laissez pas ici », à destination de mon oncle – en vain. Je prends douloureusement conscience que ma vie va se résumer à survivre dans cet internat. D'ores et déjà, je rêve de m'enfuir. Je sais tout au fond de moi que je franchirai les murs de Miedzeska bien avant les trois années payées d'avance. Mon œil humide se perd à travers l'une des nombreuses fenêtres cadenassées, et ma vue troublée glisse dehors.

Je remarque de l'herbe, des arbres, puis le reste de la bâtisse dont le givre sur les gouttières commence à fondre et à couler au sol. Au cœur de ce triste décor, il y a des filles. Des pensionnaires. Des détenues, comme moi. Un groupe en uniforme trotte sous l'autorité d'une surveillante, dissimulant son surpoids derrière une blouse grise. Les pauvres galopent dans le froid, en rang serré. Les visages sont crispés, éteints. Je m'approche lentement du carreau pour mieux les observer. Elles sont à mon image, contraintes à obéir, soumises au règlement intérieur et à la sévérité d'une directrice sans pitié.

Des cris et des pleurs attirent mon attention, des plaintes lancinantes s'élèvent jusqu'à moi. Je découvre en contrebas quatre jeunes filles alignées devant le mur du bâtiment. En sous-vêtements, elles grelottent face aux briques rouges, la peau brûlée par le froid. Elles sont trempées de la tête aux pieds. Un homme en salopette, certainement un éducateur, déverse des seaux d'eau glacée sur les corps sans défense. Le châtiment se poursuit sous mon regard horrifié.

— Mademoiselle Judowski, vous aurez tout le temps d'apprécier nos méthodes. Je ne le répèterai pas : avancez.

Je cherche désespérément un soutien et implore le seul membre de la famille qu'il me reste. Comment peut-il fermer les yeux sur de tels agissements ? Qui peut tolérer ce genre de punition ? Il me fixe, j'ai envie de hurler. Je veux le mettre face à ses choix. C'est de la torture, il ne peut pas me laisser seule dans des conditions pareilles. J'ouvre la bouche, mais Melle Szyller me devance et minimise le châtiment aux yeux de mon oncle, en camouflant la situation derrière la gravité des faits :

— Ces jeunes filles sont de véritables rebelles. Des délinquantes ! Je déplore de devoir employer de telles manières. Parfois, il faut savoir faire preuve d'audace pour rendre dociles les plus réfractaires à l'autorité. Mais votre nièce n'a rien à craindre. Ai-je tort ?

Son sourire me glace jusqu'aux os lorsqu'elle pose ses yeux sur moi. Ses doigts gelés frôlent ma joue, je ne supporte pas qu'elle me touche. Lesław observe en silence et semble acquiescer. D'un revers de la main, la Directrice balaye les conditions de vie des pensionnaires.

— Mademoiselle Judowski, vous n'avez rien d'une délinquante ? N'est-ce pas ? Oubliez cet épisode et suivez-moi.

Je n'ai rien à répondre à cette horrible femme. Selon elle, l'incident est clos, inutile d'en parler plus longuement. La poigne ferme de mon oncle m'oblige à presser le pas. Je n'arrive pas à y croire. On dirait qu'il adhère aux idées de l'Allemande et ça me désespère.

Les portes s'ouvrent et se ferment rigoureusement sur notre passage. La prochaine serrure débloque l'accès au réfectoire. C'est ici que les internes mangent à 12 h précises. L'odeur de la cuisine me soulève le cœur. Les relents d'ail et de plats en sauce me coupent immédiatement l'appétit. Il y a un autre parfum indescriptible qui flotte dans cette pièce. Je ne sais pas ce que c'est, mais je suis certaine de ne rien avaler aujourd'hui. Oncle Lesław se fige, comme frappé par l'horreur, avant d'interpeller la maîtresse des lieux. Au milieu des dizaines de tables et de bancs, il désigne un pan de mur au fond de l'immense salle.

— Qu'est-ce qu'il y a sous ce drap ?
— Nous n'avons pas pu le retirer.
— C'est un miroir ? C'est ça ?
— Il est recouvert. Nous avons pris toutes les précautions nécessaires. Tout va bien.
— Il est toujours là ! Vous vous moquez du monde ?
— C'est impossible de le déplacer. Voyez ses dimensions. Il est bien trop lourd et trop fragile.
— J'ai stipulé que je ne voulais aucun miroir.
— Je peux vous assurer que personne ne touchera à ce drap.
— Ce n'est pas ce qui était convenu.
— Mais c'est ce que je vous propose. C'est à prendre ou à laisser.

— Vous venez de recevoir une prime pour que ce genre de complications n'arrive pas.

— Votre nièce n'a rien à craindre.

— Vous jouez avec le feu.

— Aucune pensionnaire ne s'approchera de ce mur. Je m'y engage personnellement.

— Je préfèrerais que…

— Fin de la discussion ! J'ai dit que personne n'y touchera. Je ne suis pas assez claire ?

— C'est très clair, mais je vous conseille de ne pas me décevoir.

— Cela n'arrivera pas. Bien, le sujet est clos.

Lorsqu'elle hausse le ton et que ses mots claquent dans l'air comme son martinet, nul ne lui résiste, pas même mon oncle. Comment peut-il la laisser lui parler de la sorte ? C'est dans la plus grande confusion que je quitte la salle. Je ne parviens pas à me défaire des moulures et des dorures ornant la glace dissimulée et dépassant du drap. Un claquement, une nouvelle fermeture. Serrure verrouillée. Me voici dans l'aile ouest, au milieu d'un corridor jalonné d'une enfilade de portes. Notre marche s'arrête ici, devant la chambre 16.

Le seul fil qui me relie avec l'extérieur est sur le point de se sectionner. Mon oncle fait le serment de revenir me voir rapidement. La Directrice souligne que plusieurs journées sont dédiées aux visites, une fois par trimestre. La prochaine est organisée juste avant les fêtes de fin d'année. Lesław hoche la tête et semble songeur. Son attitude traduit une promesse qu'il n'a pas l'intention de tenir. La perspective de le revoir dans quelques jours s'écroule rapidement, je sais déjà qu'il ne reviendra pas et ça me brise le cœur. La Directrice ouvre puis, d'un geste mécanique, m'ordonne d'entrer dans la chambre.

— Ne m'obligez pas à vous corriger dès le premier jour, mademoiselle Judowski.

Les adieux autorisés ne sont qu'une imposture. Les larmes qui dévalent sur la moustache de Lesław, je n'y crois plus. Il vient de payer pour m'emmurer dans ce cachot. Les promesses de visites sonnent faux. L'accolade est superficielle, je pensais qu'il allait me sauver. J'imaginais naïvement qu'il avait compris. Pourtant, dans ses yeux, je devine clairement qu'il n'a aucune intention de me revoir.

Melle Szyller me pousse à l'intérieur de la chambre, et me suggère vivement de revêtir l'uniforme avant l'heure du repas. Ici, on mange à 12 h précises, elle ne le répètera pas. Je n'ai pas le temps de répondre, la porte s'abat sèchement. Mes genoux se dérobent et je m'écroule seule dans la pièce austère.

En prise à mon désespoir, je ne vois pas qu'il s'agit d'une chambre double et que je devrai partager ma peine avec une autre pensionnaire. Pour l'heure, je suis trop occupée à écouter ce qui se dit dans le couloir – la voix de l'Allemande ricoche contre les murs.

— *Pourquoi craignez-vous les miroirs à ce point ?*

— *Je ne veux courir aucun risque. Je vous ai demandé de respecter votre engagement.*

— *J'ai fait de mon mieux et j'estime être en droit de savoir.*

— *Non, vous ne voudriez pas le savoir. Croyez-moi.*

— *J'exige que vous me racontiez ce qui est arrivé à cette enfant.*

À travers la porte, au milieu de mes larmes, la voix d'oncle Lesław devient plus grave, légèrement tremblante et teintée d'une peur que je connais par cœur :

— *Il s'est passé des choses… des choses horribles, qu'il ne faut surtout pas ébruiter…*

CHAPITRE 5

« Des choses horribles qu'il ne faut surtout pas ébruiter… » La formule semble faible quand je repense à ce que j'ai vécu hier.

Hier, justement…

Je n'ai plus d'appétit, mon repas refroidit sur la table en bois. Avaler le *Krupnik* de ma mère est une épreuve au-dessus de mes forces. Tandis que la viande fumée se fige à la surface de la soupe gluante, je dépose ma cuillère, je renonce. D'un œil résigné, je lorgne la bugne rance et difforme abandonnée dans son plateau depuis quelques jours. Les restes de *Chrust* ne me font pas vraiment envie : en pressant le vieux gâteau du bout des doigts, je m'aperçois qu'il est mou. Je devais m'y attendre. Pas une once de sucre glace à la surface, quel gâchis. Au risque de paraître difficile, je ne l'aime que lorsqu'il sort du bain d'huile – chaud et croustillant, tout juste saupoudré. Ma mère cuisine comme elle m'éduque : elle fait le strict minimum, sans envie. De toute manière, je n'apprécie les *Faworkis* qu'à l'époque du carnaval. En manger en décembre ne rime à rien. Et pour tout dire, manger sans *lui* n'a aucun sens, maintenant. Ma décision est prise. Lentement, je repousse mon assiette ainsi que le dessert. J'en ai terminé.

Bercée par le tic-tac sordide de la seule pendule de la maison, la salle à manger, meublée avec les moyens du bord, est d'une tristesse infinie. La guerre se profile de nouveau à l'horizon, la rumeur se précise, on l'entend partout. Les familles se relèvent à peine du premier conflit, les temps sont rudes. Surtout depuis que je dois ingurgiter toute seule les recettes épouvantables de Maman. Dans le poêle en fonte censé nous réchauffer, les braises meurent lentement, un peu comme nos liens au sein du foyer.

De la poussière, tombée du plafond, chute dans mon assiette. Je redresse la tête en direction du lustre qui danse légèrement. *Il* est réveillé. Mon estomac se noue. Le ronron de l'horloge est brisé par un gémissement lancinant, suivi d'un hurlement obscène, provenant de l'étage. *Il* souffre. Si seulement je pouvais savoir ce qu'il en est. Si seulement, je pouvais *l'*aider et mettre un terme au mal qui *le* ronge. Cette idée me pousse à regarder discrètement derrière moi, vers le couloir menant à ma chambre. Mon œil se pose sur le drap recouvrant l'objet suspendu au mur, l'objet que je ne dois jamais approcher. Il s'agit du miroir de mon père. Ce n'est pas bien, je dois me sortir cette pensée du crâne, je le sais bien. Pourtant, je veux lever le voile sur ce qui se trame ici.

Je prends mon courage à deux mains et quitte la table sous une pluie de cris venus du plafond. J'ai toujours eu un peu peur d'aller le voir, mais ce soir, *ses* plaintes m'appellent. Combien de temps va-t-*il* devoir endurer cette souffrance ? On ne peut pas *le* laisser dans cet état. Alors, je me poste en bas des escaliers, je me cramponne à la rampe pour ne pas craquer, tandis que les insultes déferlent et me parviennent de plus en plus nettes. Tout a changé, j'ai même du mal à identifier *sa* voix à présent. Est-ce qu'*il* est encore tout à fait lui-même ? J'en doute. Est-ce que le fait de me voir *lui* fera du bien ? J'ose l'espérer.

Je franchis l'interdit et pose mon pied sur la première marche. Si je crains de ne pas *le* reconnaître, je redoute particulièrement qu'*il* ait oublié mon visage, qu'*il* ne sache plus qui je suis. La deuxième marche est derrière moi lorsque la porte à l'étage s'ouvre. Ma mère se présente sur le seuil, le plateau-repas entre ses mains. *Il* n'y a pas touché, *il* refuse de s'alimenter. Je peux comprendre. Elle prend soin de fermer à clé. Le regard sévère de celle qui m'a mise au monde s'abat sur moi, je suis prise en flagrant délit.

— Qu'est-ce que tu fais dans les escaliers ?

— Mère, je…

— Dois-je te rappeler que tu n'as pas le droit de monter ?

— Je souhaiterais simplement le voir.

— Je te l'interdis !

— S'il vous plaît, pitié. Laissez-moi lui dire quelques mots.

— Tu ne l'entends donc pas hurler et m'insulter ?

— Si, mais je…

— Quelque chose l'habite. Je ne peux pas prendre le risque.

— Mère…

— Ewa ! Cesse d'insister et quitte les escaliers !

À l'étage, dans le dos de ma mère, un flot de mugissements déchire ma poitrine, mettant fin à notre discussion. Maman soupire et hoche la tête, désolée. Puis elle redescend avec l'infect souper. Il paraît que les crises de démence sont de plus en plus virulentes. Il paraît qu'*il* est dangereux et que ça ne peut pas continuer. Préoccupée, ma mère dissimule son inquiétude en s'attelant à la vaisselle. Son regard se perd dehors, à travers les carreaux givrés, avec cette lueur étrange dans les yeux. Comme si elle attendait quelqu'un. Pourtant, il est tard, il fait noir.

— Ils vont bientôt arriver, tu devrais aller te coucher.

— Qui ça, Mère ?

Le silence est sa seule réponse. Les mains plongées dans l'eau froide des assiettes sales, elle frissonne puis observe le tison qui se meurt. Le feu va s'éteindre. Je l'entends marmonner, elle doit rapporter une bûche.

— Mère ? Qui doit arriver ?

— Ne discute pas ! Va te coucher. Bonne nuit.

Son autorité ne parvient pas à camoufler la tristesse dans sa voix. Raide comme un piquet face à l'évier, elle ne daigne même pas se retourner. Il y a bien longtemps que je n'ai plus la moindre complicité avec elle. Depuis qu'*il* est enfermé en haut, c'est encore pire. Elle est résignée et traverse sa vie en subissant davantage chaque jour qui passe. Elle me cache des choses, Maman ne me dit pas tout, j'en suis certaine. Le mensonge m'insupporte, c'est viscéral. Après avoir grandi dans les faux-semblants, au cœur de l'hypocrisie et auprès de parents sournois, j'ai besoin de connaître la vérité. Parce que la réalité des faits reste la seule chose immuable à laquelle je peux m'accrocher. Elle est universelle, telle quelle, tellement rassurante.

Je me dirige lentement vers ma chambre tandis que ma mère s'approche de la porte d'entrée et quitte la maison un instant. Le froid s'engouffre dans la pièce à vivre alors qu'elle est à la recherche du bois dans le cabanon juste à côté. Je me fige devant le miroir soigneusement recouvert. On me l'interdit depuis toujours, mais l'envie de savoir est particulièrement forte ce soir. Il me suffit d'un tout petit regard durant sa courte absence et je serai fixée. J'ai conscience que je ne dois pas. J'ai conscience que ce n'est pas bien. Elle serait furieuse si elle l'apprenait. Il me suffit de décaler légèrement le drap sur le miroir. Il me suffit de faire appel une seule et unique fois, à ce « don » étrange qui m'accable et frappe notre famille depuis trop longtemps. Moi. Le reflet. Mon regard. La vérité.

Du bout des doigts, j'écarte le tissu protégeant la glace. Je me découvre dans la pénombre, le visage timidement éclairé par la lueur du poêle. Mon cœur s'emballe, ma respiration aussi. Il y a des années que je n'ai pas fait ça, je vais peut-être le regretter. En bas de cette fenêtre ouverte sur ma vie, au bord du cadre et à travers le tain piqué par l'humidité, une main noueuse apparaît. Je recule, effrayée par ce reflet. Les doigts sont tordus de douleur, cherchant à s'agripper à la surface, cherchant mon aide. Les ongles se plantent comme s'il s'agissait d'un tableau noir et produisent un crissement insupportable.

— *Qu'est-ce que tu fabriques ?*

— Pardon ! Mère, je ne voulais pas…

— *Ewa ! Recule ! Ne touche pas à ça !*

Je sursaute, ma mère vient de m'attraper sur le fait. Elle m'a formellement défendu de soulever le drap et de faire appel à cette « malédiction ». Maman claque la porte, abandonne la bûche par terre et se précipite pour recouvrir le miroir. La gifle qu'elle m'administre est méritée, c'est ce qu'elle prétend en tout cas.

— Tu es inconsciente ! C'est dangereux ! Combien de fois faudra-t-il que je te le répète ?

— Je suis désolée, Mère.

— Tu l'entends, là-haut ? J'ai déjà suffisamment de soucis avec lui.

— Je voulais simplement savoir.

— Il n'y a rien à savoir ! Pourquoi n'en fais-tu qu'à ta tête ? Qu'est-ce que j'ai fait au Bon Dieu pour mériter ça ?

Alors que je tâte ma joue endolorie, ma mère s'interrompt. Elle lève les yeux vers le plafond, les tremblements reprennent. Il y a des bruits de pas, puis des meubles que l'on renverse sauvagement avec un hurlement bestial. La démence refait surface, bien plus forte que les semaines précédentes. Combien de temps allons-nous devoir endurer cette folie ? Cette question, je la devine dans les larmes roulant sur le visage de Maman.

La porte d'entrée s'ouvre au même instant. Nous avons de la visite, c'est ce que ma mère attendait en regardant par la fenêtre. À ce moment-là, je ne sais pas encore que la soirée va basculer à l'étage et que ma vie tout entière va devenir un enfer. Oncle Lesław se présente sur le seuil, mais il n'est pas seul. Deux religieux l'accompagnent. Deux hommes de foi qui ne sortiront pas d'ici vivants.

CHAPITRE 6

Les boursouflures sur ma joue déclenchent un feu qui n'est pas près de se calmer. Je suppose que les traces de doigts sur mon visage sont visibles, et que la gifle reçue n'échappe à personne. Le frère de ma mère retire son manteau avant toute chose et m'adresse un clin d'œil espiègle en guise de bonjour. Avec l'élégance d'un notable venu de Varsovie pour nous sauver, oncle Lesław salue sa sœur qui fond en larmes dans ses bras. Elle n'en peut plus, elle est à bout de forces et réclame son aide. L'agitation à l'étage s'amplifie au moment même où les deux prêtres déposent leurs bagages de cuir dans la pièce à vivre. Face au désespoir de ma mère, Lesław se veut rassurant et présente les hommes d'Église sans attendre.

Le père Panufnik est décrit comme un éminent spécialiste, chaudement recommandé par le diocèse de Varsovie. Le père Wajs exerce dans la basilique Sainte-Marie à Cracovie, il a accepté de lui prêter main-forte. Je ne serais pas étonnée d'apprendre qu'ils ont l'un et l'autre, d'une quelconque manière, une dette envers Lesław – comme beaucoup de monde en ville. Les prêtres échangent un regard sérieux, mais presque complice, en dépit de la situation qui s'annonce délicate. Je devine rapidement que tous deux se connaissent et se sentent aptes à affronter la noirceur qui plane au-dessus de nos têtes.

Le premier, d'un âge avancé, semble être un homme d'expérience. Sous sa barbe blanche, son visage carré laisse paraître une force tranquille. Ses mouvements sont lents, il se révèle réfléchi et sage de prime abord. On dirait qu'il sait ce qu'il fait. Les hommages adressés à ma mère se font en silence, d'un simple signe de la tête. Ses mains ne tremblent pas lorsqu'il ouvre sa besace usée par le temps. Une bible, de l'eau bénite, de l'encens, une flasque contenant de l'huile, et du sel sont déposés tour à tour sur la table. L'alignement se veut rectiligne, les gestes sont méticuleux et précis. L'homme agit sans dire le moindre mot. Dans ses yeux, d'un bleu à couper le souffle, la flamme du Christ paraît animer une énergie étrange. Il est le genre d'individu que rien n'effraie. Je ressens dans son attitude l'assurance et la protection d'une force qui nous dépasse, quelque chose de bien plus grand.

Le second curé est nettement plus jeune. C'est un homme mince, élancé et brun. Rasé de près, il a les traits fins et le regard vif. Il est aux aguets, nerveux, et semble impressionné par l'activité étrange perçue à l'étage. Le père Wajs paraît sensiblement moins sûr de lui, surtout lorsque les hurlements là-haut reprennent de plus belle. Mon oncle reste égal à lui-même et saisit délicatement les mains de ma mère.

— On va s'occuper de lui. Ne t'inquiète pas.

— Oh, Lesław… je t'en prie. Je t'en supplie, fais que ce cauchemar s'arrête.

— Je suis venu exprès pour ça. Le père Panufnik et le père Wajs vont tout faire pour le ramener.

— Que Dieu t'entende… Je n'ai plus la force de lutter.

— Calme-toi, ça ne peut pas être si terrible que ça.

— Ça l'est ! Tu peux me croire.

— Je l'ausculterai au calme, une fois qu'il sera passé entre les mains de mes amis.

Maman cesse de pleurer, puis recule d'un pas. L'œil hagard, puis mauvais, elle balaye la pièce avant de questionner mon oncle avec une pointe d'agressivité :

— Où est ta trousse, Lesław ? Tu n'as pas emporté ton matériel ? Tu ne me crois pas ? C'est ça ?

— Tout est dans la voiture. Je te crois.

— Tu as l'air de prendre cette histoire à la légère !

— Lena. Calme-toi, calme-toi… Je te crois, je t'assure.

Frère et sœur se rapprochent. Maman sanglote contre le torse de Lesław, tandis qu'il me dévisage avec le flegme du médecin réputé qui sait tout et qui a tout vu. On dirait que du verre se brise dans la chambre à l'étage. Lorsque j'entends le lit en fer forgé grincer frénétiquement, une boule dans ma gorge se forme. J'espère que tout le monde prend notre cas très au sérieux. Cette affaire n'a rien de banal, je prie pour que les messagers de Dieu en aient conscience. D'une main chaleureuse, Lesław frictionne avec une certaine tendresse les épaules de ma mère, tout en observant le lustre qui oscille sous les élans rageurs en provenance du plafond. Le prêtre Wajs déballe à son tour le matériel nécessaire, mais l'équipement en question n'a rien de catholique. D'épaisses lanières de cuir, des pinces en métal, une sorte d'écarteur en acier.

Les ecclésiastiques affirment être prêts. Prêts à monter, à le voir, à le traiter si besoin. L'équipe se poste en bas des escaliers. Sous les chasubles, l'appel à la foi et aux forces du Seigneur se fait dans des prières murmurées. Les marches grincent tandis que Lesław interroge ma mère à propos de ce patient peu ordinaire.

Maman lui confie qu'il est très violent, qu'il parle en plusieurs langues. Sa voix est parfois méconnaissable, il est vulgaire la plupart du temps. Il refuse de s'alimenter, il est très faible entre ses crises, mais il peut faire preuve d'une force colossale dans ses accès de rage. Il est imprévisible. Il n'est plus lui-même. Il souffre atrocement et nous aussi, d'une certaine manière.

— Je monterai le voir dans un instant. C'est arrivé subitement ?
— Je ne sais pas… Il a changé en quelques semaines.
— Il ne prend aucun traitement ?
— Non !
— Je sais qu'il buvait beaucoup…
— Il ne boit plus.
— Plus une goutte ?
— Je te l'assure.
— Sans aucune aide ?
— Il s'est arrêté d'un coup.
— Étrange, pour un alcoolique notoire.
— Il vomit souvent en revanche.
— Des vomissements… avec du sang ?
— Je ne suis pas médecin comme toi !
— Tu t'occupes de lui, de quelle couleur sont ses rejets ?
— C'est noir, généralement.
— Je vois… Il n'a jamais fait de crise avant ?

Le regard de ma mère se perd dans le vague. On dirait qu'elle cherche à se souvenir, à moins qu'elle ne s'efforce de vouloir oublier.

— Lena ?

— Non. Bien sûr que non !

— Je ne peux pas écarter une forme d'épisode épileptique.

— Je ne sais pas ce que c'est. Mais quelque chose l'habite. Il n'est plus lui-même !

— Il peut s'agir d'une maladie mentale qui n'a rien à voir avec la foi.

— Il n'est pas fou ! Le Diable s'est emparé de son âme !

— Les pères Panufnik et Wajs sont ici pour s'en assurer. Ensuite, j'aviserai.

— Que vont-ils lui faire ?

— Je ne suis pas curé. Je vais l'examiner par la suite.

— Oh, Lesław, j'ai l'impression de vivre un enfer…

— Je vais te sortir de là. Mais promets-moi que personne d'autre n'est au courant.

— Lesław…

— Jure-le !

— Tu es le seul à savoir.

— Personne ne sait que je suis ici. Je ne veux pas que la rumeur se répande…

— J'ai conscience que tu tiens à ta réputation, je ne veux pas te faire honte.

Alors que la discussion se poursuit au coin du tison, l'activité à l'étage semble étrangement calme. Ma mère et Lesław continuent à se parler en aparté et j'en profite pour me rapprocher des escaliers. Je perçois le timbre grave et monocorde des prêtres qui rabâchent inlassablement leurs prières. Maman s'accroche à mon oncle comme à une bouée de sauvetage, moi, je m'éclipse et gravis les marches. Poussée par la curiosité, je veux le voir.

En haut, la porte est entrouverte, laissant émaner des relents d'urine, d'excréments et de vomi. L'odeur est infecte aux abords de la chambre, insoutenable sur le seuil.

La première chose que mon œil accroche, ce sont ses pieds nus qui tressautent à une cadence infernale sur le lit. Les incantations et les prières déferlent dans la pièce autour de lui. Je passe la tête, curieuse, mais peureuse. Il est sanglé sur le front, sur le torse, au niveau des bras, du bassin et des jambes. Le père Panufnik exhibe son chapelet et sa croix en bois puis appose sa main ouverte sur le visage déformé par un état de transe effroyable. Le père Wajs manipule l'écarteur à la lueur de la lampe à pétrole fatiguée. Il s'apprête à utiliser l'instrument afin d'administrer au malade une préparation qui attend dans un bol, sur la table de nuit défoncée.

Le corps sur le matelas s'arque par moment en dépit des lanières fermement nouées. La mâchoire glisse de droite à gauche compulsivement et ne s'arrête que pour profaner des insanités, parfois en polonais, parfois dans une langue que je n'ai jamais entendue. Les bras m'en tombent, je suis sous le choc. Je ne le reconnais plus. C'est un monstre. Une bête de foire attachée, parce que dangereuse, peut-être même mortelle. Je retiens mon souffle, l'image est atroce. La pièce est méconnaissable. Les murs sont saccagés, les meubles ravagés. La tête et le pied de lit sont tordus. Des traces brunes jonchent le sol. Du sang, mais aussi des déjections. Alors qu'il semble avoir perdu connaissance sur le couchage, sa main gauche se crispe lentement. C'est cette main noueuse que j'ai vue dans le miroir. Ses ongles se plantent dans les draps qui couvrent le matelas, et raclent le tissu rêche en produisant un chant aigu qui me fait frissonner. En proie à ce terrible spectacle, je me laisse surprendre par une présence dans mon dos. Je n'ai pas entendu Lesław gravir les marches des escaliers.

— Ewa ! Sors de là.

— Pardon mon oncle. Je voulais simplement…
— Tu ne devrais pas voir ton père dans cet état.
— Je suis désolée.
— Redescends. Maintenant.

Mon œil ne parvient pas à quitter la chambre ni le matelas. Lesław me tient fermement le bras et m'entraîne de force dans les escaliers puis me conduit en bas. Ma mère est furieuse, j'ai désobéi. Sa paume s'abat sur ma figure une nouvelle fois, mais ça ne lui suffit pas. Elle lève la main et s'apprête à récidiver. Je représente l'échec de sa vie, la trace indélébile témoignant de ses mauvais choix, la mauvaise graine qui prolonge son union désastreuse avec mon père. Je suis l'erreur de parcours qu'elle compte redresser à grands coups de claques. C'est Lesław qui l'empêche de me corriger plus sévèrement encore.

— Stop ! La gifler n'arrangera rien.
— Elle me tient tête, je ne peux pas laisser passer une telle arrogance !
— Lena. J'ai dit stop. Pas ce soir.

Son visage vire au rouge, son regard se pare d'un éclat sombre pour m'adresser un message : je ne perds rien pour attendre, lorsque Lesław sera parti, elle reprendra là où elle s'est arrêtée. Sauf qu'en haut, il y a une agitation particulière et la vengeance de ma mère n'arrivera jamais… Un corps tombe lourdement. La voix du père Panufnik s'emporte dans une ultime conjuration avant de s'étrangler. De notre position, nous ne savons pas encore que c'est au sens propre comme au figuré.

Tous les trois, on lève la tête vers le plafond, quelqu'un court pour s'échapper. Le père Wajs dévale les marches, il est blessé. Une vilaine griffure lui barre le visage. Il a les yeux écarquillés, le souffle court. Ses pupilles l'attestent, il a vu le Mal. La terreur de l'homme d'Église me glace le sang. Si même Dieu est impuissant, qui pourra sauver mon père ?

— Il s'est détaché. Il me faut de l'aide !

Dans la seconde qui suit, ma mère et oncle Lesław se précipitent dans les escaliers. L'urgence est palpable, les marches sont montées quatre à quatre. Les questions fusent alors que tout le monde me laisse seule en bas :

— *Père Wajs ? Comment est-ce possible ?*

— *Ça dépasse tout ce que j'ai pu voir ! Ça dépasse la médecine !*

— *Oh mon Dieu !*

— *Il est en train d'étouffer le père Panufnik ! Lesław, aidez-moi !*

Je perçois une pluie de coups aussi lourds que violents. Papa, ou plutôt, cette chose… se débat rageusement. Les jurons hurlés répondent aux sommations de l'équipe. Les objets se fracassent contre les murs. Ma mère pousse des cris terrifiants. Puis le calme revient. D'ici, je les entends respirer. Tous essoufflés dans un silence angoissant. Le murmure des prières reprend entre deux gémissements. Je suis seule dans le salon, je repense à cette main et à ces ongles. Je repense au miroir, à Papa. Comment a-t-il sombré dans cet état ? Comment peut-il être possédé, lui qui ne croit en rien ? Mon envie de connaître la vérité dépasse toutes les sanctions que ma mère pourrait m'infliger. Alors, lentement, je me rends vers la glace recouverte, en tendant l'oreille pour ne pas me faire surprendre.

Bien sûr, la crainte me taraude. Depuis que je suis toute petite, Maman me répète de ne jamais m'observer dans le reflet. De ne jamais me regarder de trop près. C'est dangereux. Car je suis capable de le voir. De voir le Mal, la réalité crue et brutale. De voir que le pire existe en chacun de nous.

Ce soir, je prends le risque. Peut-être dans l'espoir de sauver mon père, peut-être pour m'affirmer et cesser de me soumettre aux règles stupides de ma mère. Mes doigts fébriles écartent une nouvelle fois le tissu. Puis je laisse tomber le drap à mes pieds et je me livre tout entière à ce reflet. Je m'approche encore. Ma figure se colle à la surface froide, mon œil ne parvient plus à saisir le moindre point fixe. Mes pupilles se dilatent, une buée discrète s'étale sous mon nez. Ma vue se floute. La réalité se tord lentement à travers la glace. Cette fille de l'autre côté n'est plus tout à fait moi. Au milieu de fines particules noires flottant à hauteur d'homme, une masse se forme dans mon dos. Une ombre, une silhouette apparaît. Une main froide se pose sur mon épaule. Mon père se dresse à mes côtés et sort de l'obscurité, et pourtant, je suis bel et bien seule. Il me dévisage fixement. La vérité se profile. Le Mal me parvient. Je ne peux pas le contrôler, je vais découvrir ce qui s'est passé, et de ma vie… il ne restera rien.

Maintenant, je sais. Maintenant, je vois. Mon père rentrant du travail, ivre comme souvent. Sur le feu, une casserole de *Żurek* mijotant en l'attendant. De la farine de seigle, des patates, un œuf et du pain noir, je me souviens. La louche déverse la soupe dans le bol destiné à mon géniteur. Une fiole bleu marine tenue dans les mains de ma mère, à l'abri des regards… elle l'a fait. Le bouchon de liège est ôté discrètement et quelques gouttes tombent dans le repas, quelques gouttes administrées avec un sourire. Elle est comme apaisée. Le poison rejoint également la bouteille de vin : elle l'élimine par son pêché mignon. Maman déverse une dose plus généreuse, distillée dans la robe bordeaux, avant de servir mon père et de le regarder mourir à petit feu – sans jamais trahir ses véritables intentions. Elle l'empoisonnait. Chaque jour. Elle l'empoisonne encore. Ma mère est une meurtrière, maintenant… je sais.

CHAPITRE 7

Le père Panufnik est rapatrié en catastrophe dans le salon. Lesław, avec l'aide de ma mère, le porte dans les escaliers. Maintenu sous les aisselles par mon oncle, les pieds tenus tant bien que mal par ma mère, le vieux prêtre a fait un malaise. Les marques visibles sur son cou témoignent de l'agression féroce à l'étage. Son teint est gris, ses yeux sont clos. Il est déposé à même le sol, les bras en croix, à côté du poêle. Quant au père Wajs, il est resté au chevet du malade. Il assure que tout est sous contrôle, Papa a retrouvé son calme, la situation tend à se calmer. Sauf que maintenant, je sais.

Essoufflé après avoir manœuvré le corps inerte, mon oncle prend le pouls du curé. Sur les conseils du médecin de la famille, Maman fouille la pièce à la recherche d'un coussin, afin de redresser la tête du barbu inconscient. Elle veut mettre la main sur un stupide coussin, alors que tout est de sa faute… ça me semble être un minimum. Lesław paraît sérieux, il réagit au quart de tour et prend les devants.

— Lena, reste près de lui. Je vais à la voiture chercher ma trousse.

— Je vais prier, j'espère qu'il n'a rien de grave. Oh, mon Dieu, est-ce qu'il va s'en tirer ?

Elle est là, pétrie de fausses intentions, débordant d'une sensibilité gluante qui dissimule son geste. Elle est à l'origine de tout. Elle prétend prier, mais il faut bien plus qu'un refrain dominical pour trouver l'absolution après ce qu'elle a fait. J'abandonne le miroir, je ne suis plus la même. Maintenant j'ai vu.

Ma mâchoire glisse compulsivement de droite à gauche. Je ne m'en rends pas compte immédiatement. J'avance vers cette femme que je ne connais pas si bien que ça en fin de compte. Une colère noire s'empare de moi. Ça vient de loin. C'est une fureur dévastatrice qui ronge mes organes et ma peau. Cette peau qu'elle n'a pas hésité à gifler durant de longues années pour parfaire mon éducation et par-dessus tout, son mensonge. Elle m'a interdit de monter, elle m'a privée de la vérité. Elle me fait passer pour un monstre, mais c'est pour mieux cacher sa propre cruauté. Je serre les dents, je serre les poings. Je lui en veux. Au-delà de toute limite.

— C'est toi qui as fait ça.

— Ewa ? Ce n'est pas le moment ! Sors de là, laisse-le respirer.

— Les saloperies de ton espèce n'ont pas d'ordre à me donner.

— Je te demande pardon ? Comment oses-tu me parler sur ce ton ?

Postée juste à côté du père Panufnik, je pose mon œil sur cette menteuse qui manque s'étrangler avec son secret, à mes pieds. J'ignore encore ce que je vais lui faire, je ne réponds plus de rien. Tout est confus et en même temps limpide. Je me sens terriblement forte, excitée et plus tout à fait seule dans ma tête.

— Du poison. Je sais maintenant.

Son souffle se coupe net, elle perçoit les inflexions dans ma voix. Elle me dévisage puis ses yeux larmoyants fixent le miroir au fond de la pièce. Elle réalise, change de couleur et sa figure incrédule tombe le masque. Pourtant Maman persiste dans le mensonge.

— Ewa ! Ne raconte pas de sottises !
— Ça ne prend plus. Pas avec moi.
— Ne me dis pas que tu t'es regardée dans le reflet ?
— Tu m'as empoisonné ! Ne me mens pas ! Je le sais.
— Ewa, je ne t'ai rien fait !
— Tu n'as rien fait à la gamine… Est-ce que tu peux en dire autant à mon sujet ?

Au même moment, le père Wajs dévale les marches, annonçant que « le malade » est stabilisé et qu'il dort paisiblement. Cependant, le curé a capté des bribes de nos échanges. La gêne s'installe, le doute s'immisce. Il contemple ma mère d'un air soupçonneux, et plante ses yeux dans les miens, comme pour démêler le vrai du faux. Que peut voir ce satané cureton dans mon regard injecté de sang ?

— Madame Judowski ? Est-ce la vérité ?
— Ne l'écoutez pas mon père ! Elle… elle est sans doute possédée, comme mon mari !
— Répondez-moi ! Qu'avez-vous fait au juste ?
— Cette petite peste est une menteuse !
— Venez ici. Madame, calmez-vous.
— Elle n'est pas normale ! C'est la honte de la famille !

— Madame Judowski, écartez-vous du prêtre Panufnik, je vous prie !

Le regard assassin de cette chienne me transperce, elle veut me réduire au silence. Elle pourrait m'infliger une raclée monumentale si le père Wajs n'était pas là pour l'en dissuader. Pourtant, si elle savait ce qui se passe au fond de moi, elle se ferait dessus et quitterait les lieux sans attendre. Je me rue vers l'évier. Juste au-dessus se trouve la petite armoire à pharmacie en bois fabriquée par les mains de mon père, à l'époque où il était encore sobre. La fiole bleue est sagement à sa place, sur la première étagère. Comment ai-je pu être aussi naïve ? C'était là, sous mes yeux, depuis tout ce temps. Je l'exhibe et pointe la flasque comme le glaive de la vérité. Ensuite, tout va très vite. Trop vite.

— Voilà ! Regardez mon père avec quoi elle me tue lentement.

— Ewa… Ne fais pas ça, je t'en supplie.

— Tu n'es qu'une analphabète, fainéante et égoïste. Tu mens comme tu respires. Qu'est-ce qui m'a pris de t'épouser ?

— Andrzej ? C'est toi ?

— Qui veux-tu que ce soit ? Tu es bête comme tes pieds.

— Andrzej ? Ce n'est pas possible !

— Tu cuisines comme tu baises. C'est à vomir.

— Ewa, je t'avais dit de ne jamais te regarder dans ce miroir !

— Ewa n'est plus là. Ça se passe entre toi et moi.

Ma voix étrangement grave dérape dans les aigus par moment. Mes lèvres bougent, mais ce n'est plus moi, je suis au second plan. Je suis lucide, mais toute petite. Je vois, j'entends, j'agis, mais je ne contrôle pas. Sous mes paupières, une ombre voile mon regard, puis ma figure tout entière. Ewa n'est plus Ewa. Il n'y a plus de regrets. Plus de tromperies. Plus aucun choix, si ce n'est faire éclater la vérité et répandre le sang de la vengeance. Je suis en train de m'abandonner à cette chose qui vient de prendre les commandes. Et étrangement, c'est agréable.

Mes mots sortent dans un râle suffocant. Mes joues deviennent rouges et mes oreilles sifflent. Le brasier qui consume mon cœur est presque visible à l'œil nu maintenant. J'ai déclenché quelque chose que je ne maîtrise pas. Des particules de suie virevoltent tout autour de moi. Les cendres d'une haine féroce m'enveloppent et restent en suspension dans la pièce avant le carnage. Je m'attarde sur la table, les lèvres pincées, l'œil mauvais. J'observe mon repas abandonné, l'assiette de soupe intacte et les couverts encore propres. Le prêtre Wajs tente de m'approcher, il ne devrait pas essayer de s'interposer.

— Ewa, vous devriez vous calmer.

— Toi, le curé, tu ne devrais pas t'en mêler.

— Calmez-vous, est-ce que vous voulez bien m'expliquer ?

Il veut une explication ? Il va l'avoir. L'assiette froide s'écrase sur la face du jeune messager de Dieu, la terre cuite éclate avec le choc. L'épouvantable soupe dégouline sur sa tenue. Il vacille, mais ne tombe pas. Puis je plante la fourchette dans le cou de l'homme de foi. À plusieurs reprises, les dents trouent la jugulaire du père Wajs. Il s'écroule sous mes yeux et ça ne me fait rien. Absolument rien. Il convulse en tentant de comprimer sa plaie, mais il est trop tard. Au suivant.

Le couteau abandonné sur la table rejoint ma main. Il me reste à saigner cette truie pour lui faire payer son geste et ses mensonges. L'idée me fait rire. Rire aux éclats.

— Approche ! Approche petite garce !
— Andrzej ! Je t'en conjure !
— On va bien se marrer. Ne bouge pas !

Prise de panique, elle s'enfuit dans les escaliers. Quand je disais qu'elle était bête comme ses pieds, elle n'a aucune chance de s'en sortir à l'étage. Elle est tellement stupide que j'en rigole toute seule... enfin, presque... Le père Panufnik revient à lui au milieu du chaos et rassemble ses maigres forces pour tenter de quitter sa place. Il prie, se signe tout en rampant vers l'extérieur. Il a compris. Compris que personne n'allait en réchapper. La lame déchire son dos, de nombreuses fois, avant de se planter jusqu'au manche dans sa nuque. Une mare rougeâtre s'étale sous la barbe blanche et se répand à mes pieds. Rapidement, l'inox souillé abandonne la peau du prêtre pour accomplir une dernière mission. Rendez-vous en haut à présent. J'ai gardé le meilleur pour la fin.

Emprisonnée dans mon corps, je ne suis plus sûre de rien. La raison voudrait que je sois terrorisée par l'atrocité de mes gestes – ou plutôt ceux de mon père –, mais j'entends seulement rire au fond de moi. Un rire ponctué de la voix de Papa avec cette même phrase qui ricoche dans mon crâne « Qu'est-ce que c'est bon ! » J'assiste à l'inexorable montée des escaliers. Un pas après l'autre, Papa prend toute la place dans ma tête. Il noircit mon cœur. C'est comme s'il me susurrait « Pousse-toi de là, petite. Tiens-toi tranquille, regarde et apprends. »

Cette salope est là, sur le lit, à califourchon au milieu des sangles. Elle étrangle ce corps qui ne présente aucune résistance. Elle pense sans doute que tuer son époux mettra fin à ce qui m'arrive. Mais ça ne fonctionne pas. Dommage pour elle. Dommage pour moi.

Je l'agrippe par les cheveux et bascule brutalement sa tête contre la structure du lit avant de la faire tomber rageusement par terre. Je ne sais même pas comment j'ai la force de faire ça. Elle se débat comme une pucelle qui pousse des hurlements paniqués en demandant pardon. Cependant, elle ne va pas donner de la voix bien longtemps. Elle a le réflexe de dévier mon premier coup, la lame ripe sur mon avant-bras et m'entaille le poignet. Il en faudrait plus pour m'arrêter. Une fois la gorge tranchée, je l'abandonne à terre dans un râle agonisant, englouti bien vite par le silence. Mes yeux se posent sur le corps inerte de mon père. Il a les lèvres bleues. Il vient de s'éteindre. Au même moment, les particules de suie tombent lentement pour tapisser le sol. Le couteau chute à mes pieds, je suis couverte de sang, j'ai perdu toute tonicité. Le voile obscur se retire de ma vue. Ewa repasse au premier plan. Papa n'est plus là.

— Lena ? Oh mon Dieu, Jésus, Marie, Joseph ! Quelle horreur !

Lorsque je reviens sur mes pas, le bruit de la porte d'entrée précède le désespoir de mon oncle, et mes émotions se reconnectent lentement à la réalité. Depuis les escaliers, je vois les jambes raides du père Wajs. Bonté divine, qu'ai-je fait ? Je déglutis et poursuis ma descente vers le bain de sang. La culpabilité m'envahit, ma responsabilité est indéniable. L'horreur offre un tout autre relief aux minutes que je viens de vivre. J'ai mal. Si mal. Actrice et spectatrice d'un carnage déclenché par le miroir, le pire s'est produit et je ne m'en remettrai jamais. Devant le massacre perpétré, oncle Lesław a fait tomber ses affaires. Il glisse sur les flaques poisseuses, et tente de rester debout, le visage horrifié. Il y a le rouge omniprésent, les corps mutilés, ma respiration haletante pour seuls témoins de cette folie sanglante. Dans la cuisine, seule la fiole bleue plaide en ma faveur. Je n'ai pas rêvé. Je suis dévastée.

— Ewa ? C'est toi qui as fait ça ?
— Elle l'empoisonnait.
— Ewa, qu'est-ce que tu as fait ?
— Maman l'empoisonnait. Je l'ai vu…
— Nom de Dieu, qu'est-ce qui t'a pris ?
— … Dans le miroir… je l'ai vu.

À bout de forces, je m'écroule aux pieds de mon oncle. Une fois passés le choc et la terreur qui paralysent, il prend les devants alors que ma vue se trouble. Je le vois courir jusqu'à ma chambre et revenir avec la parure de lit. Je me laisse faire, je crois qu'il retire ma robe de chambre et m'enveloppe dans un drap blanc. Il s'attarde sur mon poignet, déchire le drap et panse ma plaie. Après avoir fouillé dans sa mallette, il se précipite à nouveau dans ma direction, avec une seringue à la main. Mes forces m'abandonnent. C'en est fini. Avant de perdre connaissance, je vois le visage angoissé de Lesław au-dessus de moi. Je sens une main douce passée sur mon front, je distingue un chuchotement rassurant. Il est désolé. Tellement désolé. Il va s'occuper de tout. Il va s'occuper de moi. Au loin, très loin, j'ai l'impression qu'il répète que personne ne doit savoir. La dernière chose dont je me souviens, avant de fermer les yeux et de sombrer, c'est de cette douleur provoquée par l'aiguille.

CHAPITRE 8

Voilà ce qu'il ne faut pas ébruiter : mon terrible secret. Je vais devoir apprivoiser ma culpabilité et le deuil. J'ai tué ma mère. Elle empoisonnait mon père et faisait de nos existences un enfer. J'ai pris la vie de deux prêtres. Et ce n'était pas moi, pas tout à fait. Je dois faire avec ce poids sur le cœur et accepter ma situation dans cet internat sinistre, perdu au milieu de nulle part. Il va me falloir survivre et composer avec ça. Avec l'atroce geste de ma mère, avec ma perte de contrôle. Avec cette sensation d'avoir toujours été une charge, une tare pour la famille. Oncle Lesław s'est effectivement occupé de tout, comme il me l'a promis. Il a étouffé l'affaire, fait disparaître les corps et il m'a emmenée loin, pour me laisser pourrir entre les murs de ce trou dont personne ne sort. Adossée à la porte froide de cette chambre glauque, à travers mes dernières larmes je découvre ce nouveau paysage, celui du quotidien qui se profile à présent.

L'unique fenêtre, face à moi, est scellée par un solide verrou. Juste en dessous, un radiateur hors d'âge est censé chauffer l'endroit. Les murs sont tristement gris. Sur l'un d'eux se trouvent la croix du Christ et quelques photos punaisées que je distingue mal, vu d'ici. Sur les cloisons, deux rectangles plus clairs dessinent, dans la grisaille ambiante, la trace de miroirs retirés spécialement pour moi. Une table de chevet en bois blanc accueille une horloge bruyante qui sépare deux lits de camp en fer blanc. Le premier couchage côté porte est à faire. La couverture est pliée, le traversin attend d'être positionné sur le matelas. Aucun doute, c'est le mien, l'uniforme dont parlait la Directrice est bien là. Le second lit, côté fenêtre, est fait au carré. Deux ridicules chaises en bois composent le mobilier, en plus de l'armoire commune. De l'autre côté de la pièce se trouvent un lavabo fendu, à la propreté discutable, ainsi qu'un bidet dont le robinet laisse tomber quelques gouttes. L'enfant pétrifiée au fond de moi est en train de hurler que la vie est injuste, que ça ne peut pas se terminer comme ça.

La poignée s'abaisse dans mon dos et quelqu'un cherche à entrer. Je dois sécher mes larmes, me montrer forte. J'ai conscience que tout se joue dans les prochains instants, et que je dois trouver ma place rapidement. Il suffit d'un regard apeuré, d'une once de faiblesse qui transparaît et je serai immédiatement cataloguée, dominée. Il m'est impossible de nouer la moindre relation, je ne peux parler sous aucun prétexte du sang que j'ai fait couler. Pourtant, c'est arrivé et ça fait partie de moi. Il va me falloir faire le dos rond sans pour autant renoncer à ce que je suis. Le seul problème, c'est que je ne suis pas en mesure de montrer les dents. Je n'en ai ni la force ni l'envie. Je me sens bien trop vulnérable, la culpabilité m'accable. Alors que je me jure, tout en me relevant, de ne plus jamais poser mes yeux sur le moindre miroir, ma colocataire force le passage et pénètre dans la pièce.

Elle est grande, bien plus grande que moi. Son visage, rougi par les exercices en extérieur et le froid, laisse tout de même apparaître des taches de rousseur sur les pommettes. Elle me toise de ses yeux émeraude, mais ne dit pas un mot. Je suis scrutée de la tête aux pieds, analysée et jugée en une fraction de seconde. Je sens déjà que le courant ne passe pas. Ses lèvres roses et tendres se tordent en ma présence, elle a un visage de poupon, mais n'a pas l'air de se laisser marcher sur les pieds. Je déglutis difficilement, je voudrais engager la conversation, mais ça ne vient pas. Trop timide. Trop fragile. Trop de honte. Dans son uniforme gris, elle dégouline de transpiration. Ses yeux se dérobent et elle fixe la pendule sans broncher, avant de tourner les talons vers l'armoire qu'elle ouvre en grand. Elle examine le contenu puis déplace discrètement un objet que je n'ai pas le temps de distinguer, pour le camoufler sous une pile de chemisiers. Sentant certainement l'insistance de mon regard dans son dos, elle s'adresse à moi sèchement :

— Il ne reste qu'une seule étagère de libre.
— Je ferai avec.
— Ne compte pas sur moi pour te faire de la place.

Si son ton est expéditif, sa voix est douce et un brin aiguë. Bien que son timbre ne soit pas spécialement agressif, chaque mot est prononcé avec détachement. Elle saisit un gant de toilette, une serviette éponge, un nouvel uniforme et des sous-vêtements propres. Je la contemple s'activer devant le lavabo, retirer sa tenue, et se laver au savon noir. Elle enlève sa culotte et son soutien-gorge, comme si je n'existais pas, et parfait son hygiène avant d'enfiler ses nouveaux vêtements, tout en lançant des regards tendus vers la pendule. D'un coup de brosse énergique, elle lisse sa chevelure rousse puis l'attache en queue de cheval. Elle est prête, je n'ai pas osé bouger. Elle esquisse un sourire qui m'est destiné, mais il n'y a rien de convivial dans son signal. Postée au pied de son lit, droite comme un i, la tête rivée vers la porte, elle me glisse entre ses dents :

— Règle n ° 1, n'oublie jamais avec qui tu crèches.
— Pardon ?
— Tu crèches avec « la Terreur de Miedzeska ».
— Je ne comprends pas. Qui ça ? Toi ?
— JE suis la terreur ici. Autant que tu le saches.
— Je… j'en prends note.
— Tu as plutôt intérêt !

Un blanc gênant s'installe. Un peu mal à l'aise, un peu impressionnée, je me lance à mon tour :

— Je m'appelle Ewa.
— Qu'est-ce que tu veux que ça me fasse ?
— J'imagine que… si on doit vivre ensemble…

Elle m'adresse un regard moqueur et m'examine avec une moue amusée.

— Vu l'heure qu'il est et vu ton allure… tu ne vas pas tenir longtemps dans cette chambre.
— Pourquoi ?
— Chut, elle arrive !
— Qui ?

L'écho d'un pas lourd résonne dans le couloir. La « Terreur » se fige et se met à chuchoter. J'ai peur.

— Tais-toi. Règle n° 2… réponds seulement « Bien madame », quoi qu'il se passe.
— Et qu'est-ce qui se passe au juste ?

— C'est l'heure de l'inspection. Tu vas faire la connaissance d'Iwona.

Ma voisine se tient droite comme une statue de cire. Les yeux rivés sur l'entrée. J'en fais de même lorsqu'elle me glisse :

— Au fait, moi, c'est Alicja.

Dans un fracas effrayant, notre porte s'ouvre. Je sursaute et tremble de tout mon être. Une éducatrice, aussi large que le seuil, se présente avec un chariot à roulette. Elle n'a pas l'air commode. Alicja retient son souffle. La dame aux cheveux bruns est bourrue, massive, avec une mine renfrognée. Au milieu de ce visage bouffi, d'épaisses lèvres couvertes d'un rouge vif meuglent qu'il s'agit de l'inspection. Sous une frange coupée au cordeau, son regard sombre balaye la pièce avant de s'abattre sur moi. Elle est si imposante que le sol semble trembler sous ses pieds. La masse colossale stoppe à ma hauteur. D'un revers de la main, elle m'administre une gifle si puissante que je dois me cramponner au pied du lit pour ne pas chuter.

— Qu'est-ce que c'est que cette tenue ?
— Je viens d'arriver, je...
— Mettez votre uniforme !
— Désolée, je n'ai pas eu le temps de...

... de m'habiller, c'est ce que je voulais lui dire. Elle ne me donne pas l'occasion de répondre ni de me défendre. Une claque fouette encore ma joue et réveille de nouvelles larmes. Les premières d'une longue série, pour être tout à fait honnête. Mon regard embrumé cherche de l'aide en se posant sur ma voisine de chambre. Je lis sur les lèvres d'Alicja « Bien madame ». Et c'est ce que je réponds avec des trémolos dans la voix avant de m'exécuter. Un peu gauche, terriblement impressionnée, j'enfile comme je peux la blouse aux couleurs de l'établissement, tandis que la fouille méticuleuse de la pièce vient de débuter.

Ma joue semble doubler de volume, les pulsations nourrissent les boursouflures. Pendant ce temps, tout est retourné. Les lits, les tiroirs, mes bagages et même le contenu de l'armoire. Au milieu des vêtements qu'il va falloir ranger après ce saccage gratuit, le bruit sec d'un objet se fait entendre. La grosse surveillante ne peut pas laisser passer ça. Il s'agit d'un miroir. Un tout petit modèle avec des pierres incrustées sur un manche en bois.

— À qui appartient ceci ?

Alicja ne répond pas. Je prie pour que l'énorme éducatrice terrifiante ait assez de recul pour constater que je suis la nouvelle, que je n'ai pas eu le temps de déballer mes effets personnels. La face rebondie de la fameuse Iwona se pare de plaques rouge et blanche. Elle ne répètera pas la question.

— C'est à moi, madame Zubrzycka.

Alicja passe aux aveux du bout des lèvres, sa voix est étouffée. Les consignes étaient pourtant claires. Une claque déchire ce silence pesant. Alicja sera sanctionnée, c'est acté. Le large fessier de Mme Zubrzycka se dirige vers la sortie, nous laissant seules au milieu d'un capharnaüm sans nom. Avant de refermer la porte d'un geste rageur, elle balance la petite glace qui rejoint une dizaine d'autres trouvailles dans un chariot à roulettes puis elle me prend pour cible.

— L'heure du repas approche. Je vous conseille d'être présentable.

Claquement de porte. Chambre suivante. Je soupire si fort que je pourrais me dégonfler, mes genoux ont du mal à me porter. Dans ma poitrine comme sur ma joue, mon cœur bat la chamade. Je me rends compte que notre premier point commun avec Alicja est une énorme trace rouge sur la figure. Pour ne pas craquer ouvertement et me montrer faible devant « la Terreur de Miedzeska », je me focalise sur les vêtements qu'il faut remettre en ordre sans attendre. Accroupie au-dessus du désastre, elle m'interroge à propos des miroirs, mais je ne réponds pas. Moins Alicja en sait, mieux je me porte. L'alarme sinistre retentit dans le bâtiment comme un hurlement qui soulève le cœur. C'est un cri poussé par la sirène, une note molle, placée très haut. J'ai l'impression qu'on nous prévient d'une attaque imminente et qu'un bombardement va raser la pension. Mais il n'en est rien, il est simplement midi.

Ma colocataire ouvre la porte de la chambre et se précipite dans le couloir. Un grondement sourd se propage partout autour de nous. Je l'imite et me rends compte que nous sommes des dizaines à atterrir dans cette allée mal chauffée, au garde-à-vous devant les portes de chambres, et tétanisées par l'ambiance qui règne ici. Chaque fille conserve le menton levé, les mains plaquées le long du corps et les talons joints. Je me risque à jeter un œil en direction de la porte qui se déverrouille au loin. Il s'agit de la Directrice. Je ne le sais pas encore, mais je vais souffrir le martyre. Cette journée s'annonce comme un véritable calvaire, c'est le début de trois longues années – si toutefois, je ne parviens pas à m'évader. Moi, pauvre ignorante, je vais découvrir à quel point il est vital de se conformer au règlement. Je vais apprendre à mes dépens l'importance de la règle n° 3.

CHAPITRE 9

Les semelles rigides de Melle Szyller foulent le carrelage et s'immobilisent devant chaque chambrée. Son chignon strict marque un léger mouvement lorsqu'elle examine les pensionnaires de haut en bas. À deux reprises, sans le moindre mot, elle dégaine un petit carnet de notes pour y consigner quelque chose sous les yeux des filles incriminées. Aussitôt, les internes concernées se décomposent et changent de couleur. L'Allemande approche, c'est à mon tour. Son regard perçant me glace les os, elle affiche une moue méprisante et les remarques à l'écrit refont surface. Paniquée, je scrute Alicja d'un air effrayé. La Terreur de Miedzeska pointe discrètement ses cheveux de l'index puis me fait un signe de la main en mimant une tête tranchée.

— Mademoiselle Judowski, quelle est la règle n° 3 ?
— Je l'ignore, mademoiselle Szyller.

Lentement, comme un automate, la Directrice se tourne vers Alicja.

— Alicja, rappelez la règle n° 3 à « la nouvelle » je vous prie.

— Règle n° 3, mademoiselle Szyller : Nous devons être présentables en toute circonstance, nos cheveux doivent impérativement être attachés à l'extérieur de nos chambres. Le non-respect de la règle n° 3 entraîne une sanction avec Greta.

Je déglutis. J'ai envie de m'expliquer. Personne ne m'a parlé de cette règle, ni même de cette Greta. J'ouvre la bouche à mes risques et périls, mais Alicja me devance et poursuit :

— Madame la surveillante Zubrzycka lui a rappelé la nécessité d'avoir une tenue décente pendant son inspection. J'ai personnellement informé « la nouvelle » de l'importance de cette règle ainsi que de l'ensemble du règlement intérieur, mademoiselle Szyller.

La Terreur de Miedzeska ment avec aplomb et détachement. Je bondis et proteste sur-le-champ :

— Mais c'est faux ! C'est complètement faux ! Elle ne m'a rien dit !

— Silence !

Face à l'autorité de la Directrice, je me ravise, malgré l'injustice subie dans ce couloir. L'Allemande me crucifie avec ses pupilles aux nuances acier avant de passer à la fille suivante. Je fusille du regard Alicja qui me fait un clin d'œil. Elle a pris un malin plaisir à m'enfoncer devant tout le monde. Trahie par celle qui partage ma chambre, je prends conscience que je ne peux faire confiance à personne ici, surtout pas à la Terreur de Miedzeska. Le défilé de la Directrice se poursuit jusqu'au bout du couloir. Le verrou brise enfin le silence, et la grosse Iwona se présente afin de prendre le relais. L'éducatrice ouvre la paume de sa main et Melle Szyller lui laisse les bouts de papier sur lesquels figurent les noms des internes ayant fait l'objet d'une note. Les consignes de la responsable sont prononcées à demi-mot. La Directrice disparaît puis l'armoire à glace frappe énergiquement dans ses mains en hurlant « Mesdemoiselles, à table ! »

Dans un mouvement collectif aux accents militaires, les filles s'alignent en rang, deux par deux. Le régiment composé de pensionnaires craintives s'engouffre lentement entre les deux battants qui mènent au réfectoire. La file de têtes basses diminue, j'approche des odeurs de cuisine écœurantes. Il va falloir observer, me faire discrète et découvrir le règlement intérieur par moi-même – puisque personne ne daigne me l'expliquer. À voix basse, Alicja me tend un élastique pour les cheveux.

— Désolée, Ewa.

— Ne m'adresse plus la parole !

— Attache-toi les cheveux, ne rigole pas avec ça.

— C'est un peu tard pour me prévenir.

— Tu dois comprendre qu'à l'extérieur de la chambre, on ne peut pas se faire de cadeaux.

— Eh bien, tu excelles dans cet art. J'ai bien noté.

— Les surveillantes n'aiment pas que l'on tisse des liens.

— Alors pourquoi ton élastique ? Pourquoi maintenant ?

— Personne ne nous voit dans le rang. Attache-toi les cheveux avant de passer à table.

Je m'exécute en catimini et je dégage mon visage en nouant mes mèches blondes. Nous allons franchir la porte et pénétrer dans l'immonde cantine lorsqu'Alicja reprend entre ses dents :

— Fais-toi discrète. Tu es déjà punie par Greta, n'aggrave pas ton cas.

— Qui est Greta ?
— Tu le sauras bien assez tôt.

Face à cet océan de tables et de bancs, je me sens perdue. Pour ne pas avoir à croiser le regard des autres, je fixe le miroir recouvert, celui qui a fait voir rouge à Lesław lors de mon admission, et je me déteste d'avoir ce don obscur qui me contraint à vivre dans cet enfer. En dépit de la rigueur de l'établissement, un léger brouhaha s'élève dans la vaste salle austère. La Terreur de Miedzeska en profite pour me livrer les grandes lignes sur le fonctionnement du réfectoire. Alors que je m'avance vers une zone où les tables sont inoccupées, dans l'espoir de déjeuner seule, la main de ma voisine de chambre m'agrippe la manche pour me retenir.

— Tu vois la séparation au milieu ?
— Oui ?
— D'un côté mangent les bourgeoises. De l'autre les internes normales. On ne se mélange pas.
— On mange du côté des bourgeoises ?
— Tu es une bourgeoise !

Mon sourcil se lève, je nage en pleine confusion, ce qui force Alicja à poursuivre mon initiation. Il existe deux types de pensionnaires : celles dont les parents payent d'avance et qui ont droit à une chambre et à de la nourriture correcte, puis les autres, celles dont la famille règle les mensualités au fil du temps. On les appelle « les pauvres ». Elles dorment dans un dortoir, dans une autre partie du bâtiment, non chauffée. Elles n'ont pas accès aux soins, ni à l'eau chaude, ni même aux activités. Elles mangent après nous, on ne les croise jamais. Il paraît qu'elles sont crasseuses, laides comme des poux, malades pour la plupart. Je n'aurais jamais imaginé qu'il puisse y avoir pire que moi dans cette prison.

— Les nouvelles ont une place particulière. Tu ne peux pas t'asseoir à mes côtés.

— Pardon ?

— C'est la tradition. Tu dois t'installer là-bas.

— Tu veux dire… en bout de table ?

Je vais avoir le dos tourné à l'imposante glace recouverte. C'est déjà ça.

— Exactement. Mais attends un peu. Les filles décident si la nouvelle a le droit de manger en même temps qu'elles ou pas.

— C'est dans le règlement ?

— Ewa… Il y a le règlement et puis aussi… *notre* règlement.

— C'est un cauchemar…

— C'est une sorte de bizutage. Le privilège d'être la nouvelle…

— Tu parles d'un privilège…

— Pour l'instant, tu me suis et tu fais comme moi.

— Je dois mettre la table ? C'est ça ?

— Voilà. Et tu ne bronches pas, quoi qu'il arrive… On va te tester.

— Je crois que ce n'est pas le bon jour…

— Ne te laisse pas marcher sur les pieds, sinon les filles vont te prendre pour cible.

Les pensionnaires doivent mettre le couvert, prier, manger dans le calme et quitter le réfectoire en silence. Les « bourgeoises » ne débarrassent pas. Ce sont les « pauvres » qui se contentent des restes et nettoient la cantine après notre passage. Après avoir imité tout le monde devant le tas d'assiettes empilées, je dépose mon verre et ma gamelle sous le regard amusé de la tablée. Avant de s'éloigner de moi, Alicja me glisse entre les dents : « À partir de maintenant, tu es seule, je ne te connais pas. » Elle ne me laissera rien passer en public et ne me tendra pas la main en cas de problème, je commence à comprendre. À l'aube du pire repas de ma vie, mon envie de pleurer ne me quitte plus. Car on va me chercher, on va me trouver, et je vais perdre le contrôle.

CHAPITRE 10

Un homme barbu, grand et bedonnant, aussi laid que sale, se déplace avec une gigantesque marmite pour déverser dans nos assiettes une louche débordant d'une bouillie infecte et rouge. Il est rustre, ses bras sont massifs, ses petits yeux enfoncés s'agitent sous d'épais sourcils, il a le nez large… à l'image du bonhomme. Il porte une salopette bleu roi, une sorte de tenue de travail, loin d'être propre. Ses mains sont grossières, couvertes de traces de cambouis jusque sous les ongles. Chaque geste est bruyant, dégoûtant, agressif. Un morceau de pain noir est jeté à chaque bourgeoise. Puis le silence s'installe, le temps d'une prière effectuée debout, devant notre plat fumant.

Les mains jointes, je me sens désorientée et totalement démunie. J'ai du mal à réprimer mes hoquets. Le long de mes paupières closes, mes larmes dévalent sans retenue. J'évite de renifler pour ne pas me faire remarquer au milieu d'un silence religieux. Ayant les yeux à moitié fermés, je triche un peu et observe les internes quelques instants, tout en séchant mes larmes. Puis je joue le jeu et je les imite en essayant de faire de mon mieux. Elles récitent à voix basse, je m'efforce de faire de même, jusqu'à ce que j'éprouve un profond désespoir. Prier ? Pour quoi faire ? Pour remercier qui ? quoi ? Je pense à ce repas immonde, à cette odeur insupportable de tambouille. Je pense à ce que j'ai vécu et ce que j'ai fait, à cette pension inhumaine, aux règles que je découvre, à toutes celles que je ne connais pas encore. Je pense à mon triste sort. Si Dieu existe, où était-il quand je me suis regardée dans le miroir ? Je n'aurai aucune réponse, c'est la fin du recueillement.

— Tu peux t'asseoir la nouvelle.

Et j'obéis, sans faire de vagues. Je baisse la tête immédiatement. J'ai eu le temps d'apercevoir rapidement les filles qui mangent à la même table que moi. « On va te tester », la phrase d'Alicja me revient et je ne me sens pas capable de réussir un quelconque examen. La Terreur de Miedzeska est assise en bout de table, à l'extrême opposé de ma place. La brochette d'internes sur la gauche est composée de six filles plus ou moins moches. L'une d'elles me lance des regards qui ne présagent rien de bon. Ma voisine de table conserve un sourire en coin, un brin moqueur et je n'aime pas ça. À droite, les autres bourgeoises me paraissent tout à fait normales et presque inoffensives. Depuis hier, la faim me taraude, et en dépit de l'aspect repoussant de mon assiette, j'ai hâte de me remplir l'estomac. Le fumet qui s'échappe de cette épaisse soupe rouge est désagréable, mais ça ne m'arrête pas. Alors, comme toutes les autres, je saisis ma cuillère, mais visiblement, je ne devrais pas.

— On t'a donné l'autorisation la nouvelle ? Lâche-ça.
— Zofia, c'est bon… laisse-la manger.
— Toi, Natalia on ne t'a rien demandé ! C'est comme ça avec les nouvelles. C'est tout !

« On va te tester, ne te laisse pas marcher sur les pieds ».

Alors, je relève la tête et me prépare à ouvrir les hostilités avec la fameuse Zofia. Au point où j'en suis, je n'ai plus rien à perdre. Instinctivement, mon œil se pose sur la seule personne à laquelle je peux m'accrocher, Alicja. Peut-être que j'attends son signal pour pouvoir montrer les dents ou au contraire faire profil bas. J'avance en aveugle, sans connaître les subtilités qui régissent le fonctionnement de la pension. Ma voisine de chambre se pince les lèvres, m'observe avec insistance, et secoue la tête imperceptiblement. Je me ravise et attends sagement que la tablée me concède le droit de m'alimenter. Les premières cuillérées des filles se font en silence, à l'exception de l'insupportable bruit de mastication produit par la petite brune frisée, assise juste à côté de moi.

La Zofia en question porte la bouillie à ses lèvres en ne me quittant pas du regard. Elle a les yeux noirs, des sourcils sombres et les cheveux blonds, presque blancs. Un physique tout en contraste, une aura impressionnante. Les filles semblent la respecter et la craindre. Son visage pourrait être avenant, s'il n'était pas grimé en permanence d'une expression malsaine. La décision est prise, je pourrai manger une fois que les filles auront terminé. « On va te tester ». Je m'efforce de rester stoïque et examine mon assiette creuse qui refroidit, en réprimant l'envie primitive de tout foutre en l'air et de montrer ce que je suis réellement depuis hier. La salle est relativement calme, toutes les bourgeoises ont le nez dans les assiettes, c'est Alicja qui rompt le silence. Et visiblement quand la Terreur de Miedzeska parle, tout le monde tremble.

— Où est passée Anna ? Quelqu'un l'a vue ?

Les pensionnaires à notre table baissent toutes les yeux. Puis la brune frisée qui mâche bruyamment à côté de moi répond enfin, la bouche pleine. Elle a du rouge plein la bouche.

— Elle n'est pas revenue dans notre chambre depuis hier soir.

Une autre renchérit aussitôt.

— Elle a disparu. Encore une…

Le visage d'Alicja s'assombrit. Elle pose ses couverts et fait un tour d'horizon avant de regarder en direction de la porte, tenue fermée par la grosse Iwona qui guette nos moindres faits et gestes.

— Ça fait trois filles depuis l'été.

Zofia, celle dont je me méfie le plus, se tamponne les lèvres avec sa serviette de table puis tourne la tête dans ma direction.

— Eh oui, la nouvelle… Des filles disparaissent… sans laisser de traces… Je te conseille de faire gaffe à tes fesses.
— Et… euh… personne ne sait où elles sont ?

Ma voix ondule légèrement et s'envole dans les aigus. Je bredouille. Intimidée par tous les regards braqués sur moi. Je ne sais pas si j'ai l'autorisation de parler, ni même de respirer.

— Elles ne reviennent jamais.
Silence.
— Quelqu'un en a parlé à la Directrice ?
— On voit que tu viens d'arriver. Personne ne parle à Melle Szyller.

Alicja acquiesce. Une farandole de sourires discrets s'étire tout autour de la table. Ma naïveté me revient en pleine figure.

— C'est peut-être grave ? Il faut faire quelque chose.

— Laisse tomber, la nouvelle. C'est comme ça. C'est la vie…

Le regard de Zofia se pare de tristesse, peut-être même d'inquiétude. Ça ne dure pas longtemps. Elle verrouille son masque de méchanceté et retrouve son attitude de chef de guerre. Retour à la normale.

— Mais ? Il faut faire quelque chose !

— Tu la fermes. Mange maintenant !

Elle vient de taper du poing sur la table et de faire sursauter les autres pensionnaires. J'obéis et plonge ma cuillère dans cette espèce de purée qui a eu tout le temps de durcir. Cette pâtée rouge et insipide rejoint mon palais en me collant aux dents. Quelle horreur, c'est un *Bortsch*, enfin je crois. Étrangement épais et parfaitement répugnant. Cette soupe immonde venue de Russie est censée avoir la consistance d'un potage, pourtant j'ai l'impression d'avoir du mortier sur la langue. Je tente de mâcher amplement pour m'en défaire, il va m'être difficile d'avaler cette boule de betterave et de céleri dont les morceaux me provoquent des haut-le-cœur. À table, personne ne remarque que les arômes de terre humide, de navet et de moelle de bœuf vont me faire vomir.

— En parlant de choses graves… Le bruit court que tu es une sorte de cinglée…

La bouche pleine, engluée par la bouillie qui n'en fait qu'à sa tête, je ne parviens pas à répondre. Je lutte avec ma cuillérée, l'épaisse mixture vient de se plaquer au fond de ma gorge alors que chacune y va de sa petite rumeur. « On va te tester ». Ça y est, j'ai la nausée.

— Il paraît qu'on a retiré tous les miroirs, juste pour toi…

— C'est parce qu'elle est trop laide pour se supporter !

— Regardez-la… je suis sûre que c'est une attardée ou quelque chose dans ce genre.

— Je dirais plutôt qu'elle est folle. Elle a une tête à être frappée.

— Tu vas nous le dire ? Oh, la dingo ? Crache le morceau !

Je tente d'avaler, justement, mais ça ne passe pas. La gêne enfle dans ma trachée, il me faut de l'eau, je suis en train de m'étouffer. Je tends la main pour saisir la carafe en verre alors que je vire au rouge. Zofia se lève puis la retire en se mordant les lèvres inférieures, elle ne boude pas son plaisir. L'air me manque, elle se régale de me voir dans cet état. Alicja hausse le ton.

— Pose cette carafe. Laisse-la boire.

Les deux pensionnaires se dévisagent, il y a de la tension dans l'air. Je ne sais pas ce qui se passe entre les deux, ni si Miedzeska respecte une sorte de hiérarchie basée sur l'autorité naturelle. Toujours est-il que Zofia demande à ce qu'on fasse passer mon verre. Je me dis qu'Alicja est une fille qu'il vaut mieux avoir dans son camp. Je m'évertue à me défaire de cette boule dans la gorge en les regardant faire. L'eau est versée dans mon gobelet, puis Zofia renifle et crache dedans. C'est au tour de ses copines qui font de même, jusqu'à ma voisine de table.

— Tu peux boire maintenant.

L'eau sale m'attend avec les crachats flottant à la surface. « On va te tester ». Je ne peux pas m'y résoudre.

Avaler les glaires des autres est au-dessus de mes forces. Tous les visages sont tournés vers moi. Les pestes veulent me voir craquer. Zofia croise les bras et admire le spectacle. Alicja se retient pour ne pas intervenir. On m'attend au tournant. La pellicule gluante qui flotte à la surface me déclenche un renvoi. La moutarde me monte au nez, j'y vois rouge, je serre les poings. Je perds le contrôle. « Ne te laisse pas marcher sur les pieds ».

Les molards sont jetés à la figure de celle qui mastique trop fort et s'accrochent aux boucles brunes. L'effroi gagne la table qui s'agite et devient bruyante. Ma chaise tombe en arrière lorsque je bondis vers les pestes. Sur le nez de Zofia, le verre éclate. Je viens de le lui écraser sur la face, elle s'écroule au milieu des bris de glace. Les bourgeoises hurlent autour de moi. La bouillie remonte enfin vers ma langue. J'ouvre lentement la bouche en m'inclinant au-dessus de cette grande gueule. Avec son nez cassé, elle tente de se relever, mais n'y parvient pas. Je laisse tomber la purée rouge couverte de mucus sur le visage blessé de la garce qui me cherchait. Dans un silence incrédule, les filles m'observent comme si j'étais une bête.

— Si on retire les miroirs, c'est pour que je ne vous fasse pas la peau.

« On va te tester ». Je viens de passer le test haut la main, il me semble. Il ne fallait pas me chercher. Les pestes vont se souvenir un moment de mon premier repas. Et moi aussi par la même occasion. Parce qu'une vive brûlure dans le cuir chevelu me fait plier la nuque et partir en arrière. Iwona me traîne par la tignasse au milieu du réfectoire estomaqué. L'éducatrice me conduit chez Melle Szyller pour me faire passer l'envie d'en découdre. Elle me l'assure, on va me briser.

CHAPITRE 11

Le verrou de la porte de la cantine se referme en étouffant les pronostics émis depuis les tables et les bancs quant à ma sanction. À la racine de mes mèches blondes, mon crâne prend feu. L'éducatrice, cette brute épaisse, me malmène et me traîne littéralement dans le corridor pour m'extraire de l'aile ouest. Une main dans mes cheveux pour me faire courber l'échine, l'autre sur mon épaule qu'elle serre de toutes ses forces, Iwona me garantit que je ne ferai plus la maligne après avoir vu la Directrice. Mes supplications ne changent rien, je me rapproche inexorablement du bureau de Melle Szyller et la peur s'immisce pour envahir ma poitrine. Au milieu de mes pleurs, de mes explications confuses, je demande pardon, mais la surveillante reste inflexible, froide et implacable. Le long des fenêtres qui donnent sur le parc, son visage gras et dur, révélé par le ciel blanc, ne dévoile pas la moindre once d'humanité lorsque je parviens à relever la tête de temps à autre.

— Cesse tes jérémiades !

— Je ne veux pas être punie ! Elles m'ont poussée à bout ! Je vous en prie.

— Elles ne te lâcheront pas. Et moi non plus d'ailleurs.

— Madame, s'il vous plaît, je vous en supplie…

— Vas-tu te taire ? Dois-je me montrer plus convaincante encore ?

Les doigts se referment un peu plus, déclenchant une onde acide sur le sommet de mon crâne. La porte du bureau, me séparant de Melle Szyller, se dresse juste devant nous. Mon cœur cogne de terreur dans ma cage thoracique et sur mes tempes. Les larmes arrachées comme mes cheveux, par poignées, me brisent la voix. L'éducatrice libère mon cuir chevelu sensible et mon épaule douloureuse pour remettre sa frange rectiligne en place et signifier notre présence. De ses doigts ronds et bouffis, elle se risque à trois petits coups sur la porte. Trois petits coups discrets. Respectueux. Peureux. Annonçant les heures les plus difficiles de ma courte existence.

— *Donnez-moi un instant. Que se passe-t-il ?*

— La nouvelle vient de se battre dans le réfectoire.

— *Laissez-la dans le couloir.*

— Bien mademoiselle Szyller.

— *Vous pouvez disposer, Iwona.*

La surveillante Zubrzycka m'abandonne à mon sort, mais avant de tourner définitivement les talons, elle me pointe du doigt et m'affirme que je me suis mise toute seule dans cette situation. Son souffle hargneux résonne au-dessus du carrelage glacé. Ses mots tombent comme un couperet. Cette sanction est justifiée, je ne la dois qu'à mon attitude. Je tente d'inspirer calmement, de reprendre le contrôle et de ne pas baisser mes yeux déjà noyés de larmes, mais ses derniers mots me font perdre tous mes moyens. Peut-être qu'elle a raison, peut-être que je ne suis pas normale et que je mérite ce qui m'arrive au bout du compte. C'est vrai que je peux être instable, impulsive. Je ne suis qu'une meurtrière doublée d'une folle. Les images de Lesław et de Maman me reviennent. Les ongles crissant sur la glace, la mâchoire glissant de gauche à droite. Et si je ne parvenais plus à me contrôler ? De toute évidence, je suis un monstre. Un monstre terrifié. J'ai une trouille bleue en songeant à la suite, à ce que la Directrice va me faire. Aux trois années à tirer, calquées sur cette atroce journée.

Les secondes s'égrènent dans le corridor désert en tissant les fibres de mon mal-être. La porte reste close et me renvoie à mes responsabilités, au prix à payer. Qu'est-ce qui va se passer ? Qui est Greta ? La pression monte au fil des questions restant sans réponse. Le doute s'installe, et je suis dévastée par le sentiment de ne pas être à ma place. Je ne sais pas où est ma place justement, mais certainement pas ici. Cette pension m'étouffe déjà, la vengeance des pestes plane maintenant au-dessus de ma tête. Elles vont chercher à me le faire payer, surtout la fameuse Zofia, c'est sûr. L'ombre de Greta se profile et je n'ai qu'une envie… tout quitter, m'enfuir de cet endroit sordide. Alors qu'une nouvelle larme coule le long de ma joue, que tout devient trouble et flou, mon œil se perd dehors, vers quelque chose de plus doux, comme pour me donner un peu d'oxygène et me rappeler que la vie continue, au-delà des murs de Miedzeska. Rêver d'être libre, rêver d'un ailleurs et d'une autre vie… c'est encore la seule chose qu'on ne peut pas me prendre ici.

Je m'approche des carreaux givrés, et du bout des doigts, je touche la fenêtre condamnée. À l'extérieur, sous un ciel bas, la silhouette élancée d'un jeune homme sort d'une dépendance au bout du parc. C'est une petite maison, posée à l'écart du bâtiment principal. La zone est bouclée par une clôture grillagée. C'est gris, morne, cloisonné, à l'image de la pension. Il y a un sifflement aigu qui me surprend, juste en bas, sous mon nez. Il s'agit du gros barbu avec les doigts sales qui nous sert la bouillie à la cantine. Il fait de grands signes et siffle une nouvelle fois. La silhouette tend l'oreille depuis la dépendance et s'immobilise. L'homme à tout faire traverse l'espace dans sa salopette bleue crasseuse pour rejoindre le grillage et laisser passer le jeune par un portail en métal, visiblement fermé à clé. Tous deux progressent dans le parc pour revenir vers notre bâtiment.

Monsieur cantine marche comme un ours, son acolyte se contente de le suivre en adoptant une posture résignée. L'un fait de grands gestes avec ses mains épaisses puis il pousse le plus jeune en avant, à plusieurs reprises et sans ménagement. L'autre se laisse malmener, la tête basse et les mains dans les poches. On dirait qu'il se fiche bien des sautes d'humeur qui animent le gros barbu. Alors qu'ils approchent, je remarque qu'ils semblent discuter et ne pas vraiment s'apprécier. Au pied de la pension se trouvent plusieurs barils en métal, soigneusement alignés. Les deux hommes choisissent le premier tonneau en acier, ils ont bien du mal à le déplacer. Ils le font rouler péniblement puis le redressent au centre d'une dalle en béton avant de s'évertuer à retirer le couvercle. Manifestement, le jeune manque de force dans les bras, il est à la peine. Je ne savais pas qu'il y avait des garçons ici, j'ai l'impression qu'il n'est pas beaucoup plus âgé que les internes.

Je l'observe s'acharner, en vain, sous l'œil mauvais du gros porc. L'homme à tout faire perd vite patience et lui administre une gifle brutale. Emporté par la colère, il empoigne par le col le jeune homme en désignant le bureau de la Directrice. Le brun juvénile tâte sa joue, s'efforce de conserver le peu de dignité qui lui reste puis regarde dans la direction indiquée. C'est là que je croise son regard pour la première fois. Moi, à l'intérieur, sur le point de me faire sévèrement corriger. Lui, dehors, survivant sous le joug de la salopette bleue. J'ignore encore que nous allons nous revoir et qu'il va compter. Je recule, troublée.

— *Mademoiselle Judowski, entrez.*

Mon heure vient de sonner, la Directrice m'appelle. Fin du spectacle, début des complications. Je déglutis et ne m'entends plus penser. La frousse me dévore lorsque je pose ma main sur la poignée de la porte. Angoissée de la tête aux pieds, je pénètre dans l'antre de l'Allemande. Et j'ai peur. Terriblement peur.

Depuis l'entrebâillement, une odeur succulente vient me surprendre et flatter mon nez dans les premières secondes. J'ouvre en grand et foule son parquet en réfrénant la crainte qui m'habite. Elle ne m'adresse pas un regard et essuie simplement sa bouche à l'aide d'une serviette de table. Assise à son bureau, Melle Szyller mange seule. Le repas dressé sur son secrétaire est à couper le souffle. Vin blanc, *Łosoś* recouvert d'une sauce à l'aneth, aspic de légumes dans un bocal à terrine et une belle part de *Sernik* aux raisins secs. Avec gourmandise, je contemple tour à tour le saumon à peine entamé et le gâteau au fromage, servis dans des assiettes superbes et immaculées, entourées de couverts en argent. On est très loin de la mixture soviétique servie à la cantine.

Sans m'adresser le moindre regard, Melle Szyller s'incline sur la droite depuis sa chaise et se saisit d'un cadre rectangulaire enveloppé d'un vieux tissu. D'une main, elle déplace les assiettes afin de faire place nette et dépose la chose sur son secrétaire. Lorsque ses yeux se plantent dans les miens et que ses mains se posent sur le tissu, je ne sais pas à quoi m'attendre.

— Parlez-moi des miroirs.
— Madame Szyller, je…
— Mademoiselle ! C'est mademoiselle Szyller.
— Pardon, mademoiselle Szyller, je suis désolée. Je ne peux pas.

De ses longs doigts, elle écarte le linge et dévoile un miroir avec un cadre en bois précieux. Délicatement, elle pousse l'objet de tous mes malheurs dans ma direction. Ses coudes sont posés sur le rebord du bureau, elle abandonne son menton entre ses mains jointes et m'adresse un regard mâtiné d'une pointe de malice.

— Je vous propose de reporter votre entrevue avec Greta si j'en apprends plus sur les miroirs.
— Excusez-moi… je ne voudrais pas vous manquer de respect, mais j'ai l'impression qu'il s'agit d'une sorte de chantage. Je me trompe ?
— Non, une simple proposition.
— Je ne peux pas me regarder. Je ne dois pas. Mon oncle vous en a informée.
— Que se passe-t-il dans le cas contraire ?

Je me mets à trembler de tout mon être. Impossible de museler la terreur qui me lie à ce maudit don. Elle me place au pied du mur. Mon reflet. Greta. Le choix est atroce. Je me suis juré de ne jamais replonger. J'ai le sang de mes parents sur les mains. J'ai tué deux prêtres. C'est au-dessus de mes forces.

— Je vous en supplie, je ne peux pas.

— Je suis déçue, mademoiselle Judowski.
— Comprenez-moi !
— Très bien. Soit. Je comprends. N'en parlons plus.

Elle recouvre la glace sans aucune espèce de frustration. Une nouvelle fois, elle s'incline pour déposer le miroir à côté de sa chaise. Le sujet semble clos, à mon plus grand soulagement. En revanche, son visage se durcit en un battement de cils. Sa figure est soudainement figée sous un masque effrayant, la métamorphose est instantanée, saisissante. Melle Szyller passe à l'offensive.

— Déshabillez-vous !
— Je voudrais vous en dire plus, mais je ne peux pas !
— Tout ce qui va suivre n'a rien à voir avec votre don. Nous en avons terminé à ce sujet.
— Mademoiselle…
— Retirez votre tenue sur-le-champ.

L'ordre est si ferme qu'il n'y a aucune discussion possible. La Directrice n'a pas besoin de se répéter, je comprends immédiatement qu'il vaut mieux coopérer. Devant les mets appétissants, je m'exécute. En culotte et soutien-gorge, grelottant devant le chignon de l'Allemande, j'attends les instructions tandis que l'appréhension se larve au creux de mon estomac. Dans ma tête, des dizaines d'images se heurtent pour esquisser un scénario et anticiper la suite. Elle porte à ses lèvres le verre à ballon en me scrutant sans la moindre expression, puis le repose délicatement. Après avoir pris le temps d'essuyer une perle de vin tombée malencontreusement sur le secrétaire, elle indique enfin la chaise à proximité du paravent.

— À genoux sur l'assise. Tenez le dossier et regardez le mur.

La paille agresse mes rotules, je m'agrippe au dossier, comme elle l'exige, et je contemple le mur. Bête et disciplinée.

— Greta est prête.

Les pieds du siège de la responsable griffent le parquet, puis les talons de l'Allemande arrivent dans mon dos. Je me risque à un coup d'œil par-dessus mon épaule et découvre le martinet entre les mains de la Directrice. Ma respiration s'emballe, mon cœur se met à battre plus fort. Greta est le surnom donné à l'instrument de torture ! Je vais me faire fouetter. Pour un verre cassé.

— Mademoiselle Szyller, je vous en supplie ! Écoutez-moi !

— Cinq coups supplémentaires.

— Je n'ai rien fait ! Les filles m'ont poussée à bout !

— Dix coups supplémentaires.

— Pitié…

— Dois-je en rajouter ?

Les lanières de cuir m'effleurent les reins puis remontent le long de ma colonne jusqu'à ma nuque. Je frissonne, je suis terrorisée. Tout aurait été plus simple si j'avais cédé à sa proposition. Je m'attends à souffrir et je ne vais pas être déçue.

— Quand je n'étais encore qu'une jeune effrontée, Greta m'a sauvé la vie. Pourtant, je l'ai longtemps détestée, voyez-vous.

Il n'y a que la rigueur, la crainte de la sanction et le respect des règles qui peuvent nous faire rester dans le droit chemin. C'est ce qu'elle affirme, en tout cas. La Directrice se faisait fustiger par ce même fouet durant son enfance. Un châtiment qui lui a permis de s'affirmer, de s'endurcir, de tenir le cap et d'incarner la femme qu'elle est aujourd'hui.

— Finalement, Greta est devenue ma meilleure amie. Celle qui me rappelle à mes devoirs et mes responsabilités. Celle qui murmure que chaque faute doit être punie sévèrement. Greta matérialise la frontière entre une traînée et la jeune fille que vous allez devenir.

Les lanières en cuir quittent mon dos. Je suis terrifiée.

— Greta finalement, c'est une amie qui était là lorsque je n'étais rien… un peu comme vous actuellement… Greta, c'est une confidente, qui assiste aujourd'hui en silence à ce que je suis devenue. Elle a sculpté ma personne. Elle va sculpter la vôtre.

Le cuir se tend entre les mains de l'Allemande. Je plisse les yeux et serre les dents.

— Vous allez la détester, vous allez me détester et puis un jour… vous finirez par vous soumettre aux règles et vous comprendrez.

Le martinet fend l'air et claque sur mon dos. En plein milieu. Une décharge acide et violente me foudroie par surprise. Le premier coup répand une vague de souffrance jusque dans mon estomac. Je pousse un cri douloureux et lâche la chaise. Instinct de survie.

— Tenez-vous au dossier et acceptez en silence !

La seconde fois, le fouet me déchire de part en part et le supplice vient se planter jusque dans mes os. Comme le nerf d'une dent qu'il faut arracher et qui aurait un écho dans mes articulations, jusqu'au bout de mes orteils et dans le dos.

— Répétez : Je vous respecte.

Troisième couplet, sur mon corps martyrisé. La chaleur irradie ma peau, puis mon ventre. La fièvre me gagne et mon pouls crève le plafond. Le mal ronge ma poitrine et m'empêche de respirer tandis que la suite du châtiment s'abat entre mes omoplates.

— Je… Je vous respecte…
— Encore une fois.

Au sixième coup, je tremble compulsivement. J'ai du mal à répéter sa phrase. Le martinet claque sans relâche. Mes phalanges blanchies par l'effort enserrent le dossier, mes larmes dévalent et le traitement infligé m'empêche de penser. Je suffoque. Je souffre. Je subis. Je voudrais mourir et en finir. Au dixième coup, je ne suis plus moi. Je ne suis plus rien. Je la respecte. C'est tout ce que je suis capable de dire. Le cuir agresse ma peau à vif, brisant le socle de mon identité, ouvrant la chair violacée. Le rythme s'intensifie. Je voudrais sortir de ce corps. Je voudrais mettre un terme à ce calvaire, là tout de suite.

— Je vous respecte.

Vient le dernier coup. Le plus douloureux, au bout du compte. Celui qui laisse le supplice s'étaler, s'enraciner et s'emparer de mon âme dans le silence et le semblant de paix qui suit. Celui qui laisse mon corps hurler tandis que la souffrance imprime au fond de moi une trace indélébile. Sous les vagues atroces d'une torture qui me terrasse, je quitte la chaise et m'effondre à terre. Les genoux endoloris, le dos en sang. Je ne suis plus qu'une chose, une vulgaire poupée de chiffon qui gît sur les lattes. Je ne suis qu'une gigantesque blessure prise de soubresauts nerveux sur le parquet, aux pieds de mon bourreau.

— Rhabillez-vous et cessez de geindre.

Greta est posée sur le bureau. La Directrice me jette l'uniforme à la figure. Mes convulsions ne passent pas. Le tissu frôlant ma peau en feu est un supplice alors que je me rhabille. Je suis essoufflée, sonnée, broyée. J'attends la délivrance en chancelant jusqu'au secrétaire. Mais elle ne vient pas. Melle Szyller ouvre un tiroir et en extrait une clé. Elle me toise, satisfaite de m'avoir fait plier.

— Vous n'oublierez jamais que vos cheveux doivent être attachés à présent. Je viens de vous imprimer la règle n° 3 sur la peau.

— Oui, mademoiselle.

— Je recommencerai autant de fois qu'il le faudra. Sachez-le.

— B… Bien, mademoiselle.

— Voilà qui est plus sage. Attendez debout, je vous prie.

— Bien, mademoiselle.

Les trémolos dans ma voix balayent les miettes de ma dignité. Mon visage se tord de douleur, mais ce n'est rien à côté de la désolation qui règne dans mon cœur. J'espère avoir l'autorisation de quitter les lieux pour craquer ailleurs, mais le programme est tout autre. La Directrice déverrouille le cadenas et ouvre la fenêtre en grand. Elle s'incline vers l'extérieur et interpelle quelqu'un dans le parc.

— Tadeusz ? Tadeusz ? Pouvez-vous monter je vous prie ?

— *Oui, mademoiselle Szyller. J'arrive.*

— Oh ! Et prévenez Iwona, je veux qu'elle se tienne prête pour la suite.

La fenêtre se referme et la Directrice ne peut dissimuler le petit sourire sadique qui lui barre le visage lorsqu'elle me fixe. Ses yeux acier défient mon regard incrédule. Quelque chose m'échappe.

— M. Sulkowicz va vous prendre en charge. Tadeusz sait se montrer persuasif.

— Pitié… ça n'arrivera plus !

— Je vous le confirme, j'en suis persuadée.

— Mademoiselle Szyller…

— Silence ! Greta s'est occupée de vous pour le non-respect de la règle n° 3 ! Il reste à vous punir pour l'épisode fâcheux de la cantine.

Est-ce la raison pour laquelle je dois suivre l'homme en salopette, à présent ? Le pas de l'ours en bleu de travail approche et ça me terrifie. Je viens de comprendre que le châtiment par le fouet n'est que le début. La porte s'ouvre. Tadeusz est sur le seuil. Le sol se dérobe sous mes pieds. La Directrice fait le tour du secrétaire et place sa main sur mon dos en charpie pour me diriger vers la sortie et me pousser dans les griffes du barbu pas commode. Je fonds en larmes et l'Allemande se délecte. Avant de me libérer, elle tapote mon épaule et ne cache pas son plaisir.

— Ewa, cette journée va rester gravée dans votre petite tête. Vous pouvez me croire.

CHAPITRE 12

Dans le couloir, je refuse que Tadeusz me touche. La Directrice s'en lave les mains, et referme derrière moi. Je recule, je ne veux pas y aller. Je devrais hurler, me débattre, peut-être même le neutraliser et fuir d'ici. Mais mon dos vient d'essuyer de nombreux coups de fouet, je n'ai plus vraiment la force de lutter, je ne suis pas de taille. Je crois que Greta vient de m'ôter tout élan rebelle, toute étincelle de vie.

— N'aggrave pas ton cas. Viens là.

Ces grosses mains dégoûtantes s'approchent, je me retrouve contre le mur. Totalement affolée. Désespérément coincée.

— Qu'est-ce que vous allez me faire ?
— Faire ce qu'on me demande.

Il se rue sur moi et m'encercle de ses bras puissants. Je quitte le sol, transportée comme un vulgaire sac de pommes de terre sur son épaule. En désespoir de cause, j'agite mes jambes. Je tape le gros barbu dans le dos, mais rien n'y fait. Il pue l'huile, la transpiration et le tabac froid.

Mon nouveau bourreau dévale les escaliers principaux, ouvre la lourde porte qui mène à l'extérieur et marche dans le parc jusqu'au baril rouillé qui patiente dans le froid sur la dalle de béton.

Si le martinet vient de flageller mon âme pour des cheveux laissés libres, je n'ose imaginer la sanction qui doit être à la hauteur du verre cassé sur le nez de Zofia. Soudain, il s'immobilise. Fin du voyage. Dans un geste brutal, l'homme à tout faire saisit mes hanches et me plonge dans le baril.

La morsure glaciale vient me prendre par surprise. La fine pellicule de givre à la surface cède sous mon poids. L'eau croupie attaque mes jambes, meurtrit mon bassin et mes reins. Ma chair sensible semble se déchirer sur mon dos lacéré. J'ai le souffle coupé, la voix bloquée. La paume de Tadeusz enfonce ma tête dans la vase.

— Accroupie !
— Pitié ! Pitié, non !
— Tu ne bouges pas de là.

La douleur est d'un tout autre niveau, totalement différente et parfaitement ignoble. La brûlure du froid brise ma peau et s'infiltre au plus profond de moi. L'odeur répugnante de l'eau qui stagne me saute au visage. Tadeusz s'écarte un instant tandis que le choc thermique comprime ma poitrine et menace de faire éclater ma tête. Je m'accroche au rebord du baril et tente de me relever. Mes jambes ne me répondent plus, mes membres sont totalement engourdis. Le barbu se munit d'une branche sèche qui traînait à terre et donne un violent coup de cravache sur mes phalanges tétanisées.

— Enlève tes mains !

— Aïe ! S'il vous plaît…

— J'ai dit : Enlève tes mains !

À chaque fois que ma tête dépasse, j'ai droit à un coup de bâton. Mais mon corps alourdi par l'uniforme trempé ne veut pas rester dans ce bain atroce. J'ai la sensation que des milliers d'éclats de verre me pénètrent et tranchent ce qui reste de moi. Rapidement, je me mets à trembler au-delà de la raison. La température de l'eau gèle mes idées, attaque mes bronches, marque au fer rouge mes bras et mes doigts. Je ne peux plus bouger.

— Voilà, c'est bien. Respire lentement.

— So… Sortir… Je… Je veux… sortir…

— Ne bouge pas. La Directrice te regarde par la fenêtre.

Le supplice s'étire à l'infini, je voudrais que la mort vienne m'arracher de là. Je suis prête à en finir, à ne plus souffrir. Mes yeux se ferment. Je prie pour que mon cœur s'arrête et que la torture prenne fin. Mais on ne veut pas que je meure dans ce baril, on veut que je m'en souvienne éternellement et que j'en sorte lavée de toute forme de rébellion. Sous le ciel bas de Miedzeska, l'épouvantable sirène retentit et les bourgeoises arrivent en rang puis s'alignent devant le bidon.

Les filles sont conviées au spectacle. Silencieuses et mal à l'aise. Le poids de la honte s'invite au calvaire. Me voilà humiliée devant les pensionnaires. Ma souffrance devient lentement un grand tout qui me berce. Mon corps ne m'appartient plus. Je souffre. Je crève. Je survis. J'endure… sous les yeux larmoyants des âmes les plus sensibles. Certaines – celles qui ont déjà goûté à l'enfer du baril – baissent les yeux. Alicja contemple ses pieds, elle a mal pour moi. Zofia me fixe sans sourciller. Je l'entends penser d'ici : « Tu le mérites ».

Je donnerais n'importe quoi pour perdre connaissance. Je n'ai plus la force de pleurer, mon regard cherche à s'évader dans le vague, c'est bien la seule chose qui peut prendre la fuite en ce moment même. Les murs sont bien trop hauts, le barbelé doit dissuader les plus motivées, et je suis là, immergée dans ce tonneau. Punie pour avoir riposté, châtiée dans une eau que même les chiens refuseraient d'approcher et rabaissée devant mes semblables. J'imagine que ça ne peut pas être pire, lorsque mon œil accroche le grillage et ce visage qui me fixe. Celui du garçon giflé, devant la dépendance. Je crois que c'est la peine dans ses yeux qui déclenche mes pleurs, retenus jusqu'ici par l'ignoble douleur. Sa figure me renvoie ma propre détresse. Je voudrais me noyer dans la vase, je voudrais qu'un nouveau coup de bâton me soit fatal. La morsure du froid me blesse davantage à chaque seconde, le poids de l'humiliation m'enfonce dans ce calvaire, jusqu'à ce que Tadeusz lève le menton en direction des fenêtres de la Directrice et hoche la tête.

Les filles se remettent en rang et m'abandonnent. Iwona se joint à la fête, et l'homme dans sa salopette administre un violent coup de pied dans le baril. Je sens le choc contre mes genoux, le bidon commence à tanguer. Puis Tadeusz frappe à nouveau afin de le déséquilibrer avant de pousser brutalement le tonneau pour le renverser. Je chute lourdement avec le bidon à l'horizontale, qui se vide de son contenu infect sur le béton. Les relents de pourriture s'élèvent au-dessus du sol. Il n'y a pas de délivrance cette fois. Le mal continue à me ronger, comme de l'acide versé directement sur ma peau. La surveillante Zubrzycka fait alors un pas vers moi.

— Allez, viens par là. Je t'avais prévenue… Ce n'est que le début.

Cette espèce de cerbère me tire hors du baril et m'aide à me relever. Tout est confus. Je ne peux plus parler, c'est à peine si je peux respirer. Ma tenue pèse trop lourd, mes forces se sont évaporées. J'ai l'œil hagard, les idées au point mort. Tout ce que je ressens, c'est de la douleur, de la honte – encore et encore. Tout ce qu'il me reste, c'est une profonde souffrance qui vient de me briser. Iwona me hurle dessus, mais je suis incapable de réagir. Face à sa frange droite et ses lèvres charnues peintes en rouge, je ne peux que grelotter. Ses aboiements me semblent lointains et glissent sur ma peau souillée. Elle déboutonne alors mon uniforme, et m'oblige à enfiler une blouse sèche et propre. Comme un pantin frigorifié, je me laisse faire. Un bras, puis un autre. Les blessures dans mon dos ne sont plus rien. C'est mon cœur qui saigne à présent.

Je ne réalise pas que l'éducatrice m'entraîne à l'intérieur du bâtiment. D'un geste agacé, elle me traîne de force dans une pièce qui sent mauvais. Sur l'unique poteau, tout au fond, sont suspendus des tabliers. Mes pieds humides glissent sur le carrelage et je m'agrippe à la desserte juste devant moi. Devant l'enfilade de placards et de fourneaux, je ne comprends pas ce qu'elle attend de moi. C'est comme si je flottais à côté de mon corps et que j'assistais à un cauchemar sans queue ni tête. Il y a des piles d'assiettes sales et d'immenses casseroles, des plats en métal débordant de restes écœurants. Les vestiges du repas de ce midi. Iwona me tend une éponge et un seau d'eau froide. Je suis dans la cuisine de l'internat, à moi de faire la vaisselle pour toute la pension.

— Tu vas me gratter tout ça. Je veux que ça brille.

Le silence devant la plonge, c'est tout ce que j'ai à lui offrir.

— Je veux que tu récupères les restes, c'est avec ça qu'on nourrit les chiens.

— B... Bien...

— Oh, et je vais laisser ouvert... Le courant d'air te rappellera qu'on ne plaisante pas avec les règles à Miedzeska.

Je tremble tellement que saisir l'éponge m'est difficile. Replonger mes doigts dans l'eau glacée s'avère insupportable. Du mieux que je peux, je gratte la bouillie et les rebords séchés qui empestent la betterave. Chaque mouvement me demande un effort qui dépasse tout ce que j'ai pu connaître. L'air s'engouffrant d'une porte à l'autre vient me punir le long de ma colonne et aux extrémités. Mes pieds sont frigorifiés. Mes doigts sont gelés au point qu'ils ne répondent plus correctement. Je suis dans un tel état que les larmes ne sortent plus. Plus rien ne sort de ce corps, je ne suis plus rien. On me l'avait promis, je suis brisée. La grosse surveillante reste à côté de la porte et admire ce triste spectacle les bras croisés.

— C'est bien, je t'entends claquer des dents. Ne t'arrête pas de récurer !

Le tas d'assiettes et d'ustensiles diminue sensiblement alors que je ne parviens toujours pas à me réchauffer. Je n'ai jamais tremblé si fort de toute ma vie. La gamelle en métal que je suis en train de rincer est la dernière. L'eau glisse sur la surface brillante, et je me vois légèrement déformée à travers la matière irisée. Je découvre le reflet d'une esclave, dévastée, plus morte que vivante. Soudain une forme apparaît, une silhouette s'élevant dans mon dos. Est-ce mon père ? Est-ce que je vais à nouveau perdre le contrôle ?

Je fixe tant bien que mal le reflet tenu entre mes mains en souffrance. J'imagine que je pourrais peut-être sortir d'ici si je lui laisse les commandes, si je laisse le don m'envahir et agir en mon nom. Je ne sais même pas si c'est possible, ce n'est qu'une écuelle, après tout. La forme se précise, ravivant un espoir timide, mais c'est le visage d'Iwona qui se dresse derrière moi. Aucune apparition, aucune trace de Papa, seulement Mme Zubrzycka et sa frange brune. Du plat de la main, elle tape dans mon dos et déclenche un feu insupportable sur mes vertèbres. Je déchante dans la seconde.

— Vous me faites mal !

— On ne faiblit pas ! Tu les entends aboyer ? Les chiens ont faim !

Même les reflets obscurs ne peuvent pas me sortir de cette situation. Mon corps se tend sous l'effet de la douleur et je pose la dernière assiette avant de jeter l'éponge dans tous les sens du terme. La surveillante se poste devant la porte tandis que Tadeusz l'invective. Il veut savoir si j'ai terminé, « les clebs ne tiennent plus ». Elle lui répond sèchement en détournant son regard l'espace d'une seconde. Une toute petite seconde, c'est tout ce qu'il me faut pour retirer du tas de couverts un couteau que je glisse dans la poche de ma blouse. Si les heures qui arrivent sont au-dessus de mes forces, je pourrai toujours y mettre fin… et si je survis à ça, cette lame tranchera ceux qui m'empêcheront de fuir la pension. La donne vient de changer, la partie est loin d'être terminée.

CHAPITRE 13

Je charge les restes du repas de ce midi dans des écuelles et des bassines comme la surveillante Zubrzycka l'exige et je lui emboîte le pas en traversant le parc. Le vent qui bat les espaces verts brûle ma peau malmenée et transperce mes os. L'air ne frôle pas mon dos, il le fouette, le mordille et semble vouloir m'arracher des lambeaux de chair pour les éparpiller sur mon passage. Je tremble encore de la tête aux pieds, je suis une douleur à part entière et ce n'est pas près de se calmer. Savoir que je peux me donner la mort ou me défendre à l'aide de cette lame dérobée m'offre un peu de baume au cœur. La seule perspective qui se dessine à l'horizon est de me tuer dans le but d'abréger une insupportable souffrance. L'unique alternative qui m'est offerte est celle de prendre la vie de quelqu'un pour m'échapper de nulle part. À la lueur des options dont je dispose, j'imagine que je viens de toucher le fond. Alors qu'on se rapproche de la dépendance et que mon moral est au plus bas, l'abri pour chiens se profile, juste derrière la maison du grand brun chétif et de Tadeusz.

Plus on avance, plus les aboiements se précisent, et ça me glace le sang. Je n'ai jamais eu peur des chiens auparavant, hélas, ça va changer. Il y a de la rage dans l'appel des canidés et des grognements inquiétants qui ponctuent le hurlement de bêtes affamées. Nous voici devant l'antre des molosses bouillonnants. C'est une cabane au toit plat, composée de planches pourries. L'odeur du poil humide est vive, mais elle passe rapidement au second plan, derrière la puanteur des déjections. Les animaux grattent le bois et tirent sur leurs chaînes. Mon cœur s'emballe devant l'entrée. Iwona se munit de ses clés et ouvre la porte.

— Je te laisse les nourrir. Je viens te récupérer quand tu auras terminé.

— Ne me laissez pas seule avec eux, je vous en supplie !

— Je ne rentre pas là-dedans. Bonne chance.

— Madame Zubrzycka, pitié…

— Ça suffit ! Tu rentres ! Et débrouille-toi pour en sortir en un seul morceau.

Les bras chargés, je foule la boue et franchis le seuil avec une peur panique qui ne demande qu'à éclater. Iwona referme après moi et verrouille l'accès.

— *Oh, et j'allais oublier… Tadeusz ne veut plus voir la moindre crotte à l'intérieur. Tâche de ne pas le décevoir si tu ne veux pas qu'il fasse de ta vie un enfer.*

La dernière phrase précède les ténèbres et marque le début de l'épreuve. Prudente et la gorge serrée, j'avance avec mes gamelles. L'air est irrespirable. Mes tympans sont agressés par les puissants cris des animaux mourant de faim. Dans la pénombre mes yeux distinguent les auges crasseuses au centre de la pièce. Sous mes chaussures trempées, le sol est meuble. Les relents en tout genre déclenchent de violentes nausées. Je pose les écuelles dans la fange alors que les bêtes se jettent sur moi.

J'en compte cinq. Des brachets polonais. Noirs et fauves. Énormes. Le poitrail imposant, les longues oreilles rabattues, les crocs dehors et l'écume blanche au bord des babines. Des yeux injectés de sang me fixent. Le tintement des chaînes tendues devant moi me pétrifie. Le sol se dérobe à nouveau sous mes pieds, je ne sais pas si j'aurai le courage de les nourrir, encore moins de nettoyer les lieux. Je tente de respirer calmement en dépit de la peur de me faire dévorer, puis ma main saisit la première gamelle pour la déverser dans l'auge centrale. Le cœur battant, j'entre dans leur périmètre. Il va me falloir faire vite. Je dois servir l'immonde purée sans me faire mordre. Lorsque la pâtée de betterave et d'os à moelle chute dans la mangeoire, l'excitation des chiens est à son comble. Dans la précipitation, l'un d'eux se faufile entre mes jambes pour se ruer sur la nourriture en premier. Les autres suivent le mouvement en remuant la queue.

Les grognements et les coups de crocs s'organisent autour de la bouillie dévorée en quelques secondes, j'en profite pour me retirer discrètement. Sauf que ma cheville est prise dans la chaîne qui retient les chiens et je chute lamentablement dans la boue. Les bruits de mastication cessent. Les animaux me fixent et abandonnent leur repas. J'essaie de me relever, mais je glisse dans les excréments alors que le plus virulent se jette sur moi. Ses grosses pattes viennent me lacérer le dos alors que je suis sur le point de me remettre debout. La douleur est si violente que je tombe à nouveau à genoux. Ses crocs se plantent dans mon mollet, je me débats en hurlant. Le chien s'en prend à ma tenue, l'uniforme se déchire partiellement alors que je m'efforce de sortir de cet enfer.

— *Couchés ! J'ai dit : Couchés !*

Les éclats de voix stoppent les attaques. La porte s'ouvre à nouveau. Les brachets rebroussent chemin et se calment instantanément. Quelqu'un vient de me sauver la mise. Il s'agit du jeune homme de la dépendance.

— Tout va bien ?
— Je crois que je saigne ! Il m'a mordue !

Ma voix est atrocement aiguë, fragile. Je suis en train de craquer nerveusement. Dans le contre-jour, je ne distingue que ses contours, il semble tenir une baguette qu'il brandit en direction des chiens.

— Pas bouger ! Là… ce n'est que moi…

Les fauves s'assagissent, le calme revient. Sa main chaude enserre la mienne. Je me redresse avec son aide. La première chose qui me marque, c'est sa coiffure. Les cheveux coupés très courts sur les tempes contrastent avec une mèche brune plaquée sur le côté. La seconde chose saisissante, c'est son regard. Le bleu de ses yeux, très clair, comme délavé, et l'insistance avec laquelle il me dévisage. Ses paupières légèrement tombantes dessinent un air mélancolique sur sa figure angélique. Il est jeune, peut-être mineur.

— Rien de cassé ? J'ai entendu crier…
Silence.
— Tu es la nouvelle, c'est ça ? Montre-moi ta morsure.

Je ne bouge pas. En dépit de mes efforts, il m'est impossible de rassembler mes idées sur le moment. J'ai conscience qu'il est des leurs, il a installé le baril avec le gros costaud. Lui, se contente de mon silence et se penche afin d'examiner mon mollet d'un rapide coup d'œil.

— Bon… Rien de grave, visiblement.

Nouveau silence.

— Tu as eu droit au baril, aux chiens… Je suppose qu'ils te font la « totale »… Tu as connu Greta ?

« La totale », j'imagine que ça doit être le cas. La griffure du chien ravive les brûlures laissées par le martinet dans mon dos. Je me raidis, toujours sur la défensive. Je ne sais pas de quel côté mon sauveur se trouve. Il a eu pitié, mais il semble vivre ici – manifestement, avec Tadeusz. Ce que je retiens de mes premières heures, immergée en enfer, c'est que je ne peux faire confiance à personne.

— Je suis Maciej. Coincé ici pour toujours.

— Ewa… Pourquoi tu dis « pour toujours » ?

— C'est la vie… Je ne suis pas un pensionnaire.

Il m'adresse une poignée de main irréelle sous les regards des chiens obéissants. Ses doigts sont longs et fins, tout le contraire de l'homme à la salopette. Mes paumes sont recouvertes de crottes et de bourbe, pourtant ça ne le gêne pas. Ses yeux turquoise m'examinent une seconde. Il s'attarde sur mes cheveux humides. Maciej détaille ma peau virant au vert après mon séjour dans la vase, puis il contemple ma blouse en piteux état. Je le regarde, il me regarde. Quelque chose se passe, ici, dans cet enclos, mais le brun mystérieux se rétracte et rompt cet instant très particulier. Dans le but d'effacer la gêne qui s'installe, mon « sauveur » passe du coq à l'âne sans transition. Après un raclement de gorge, il enchaîne sur les chiens qu'il désigne du doigt pour attirer mon attention sur autre chose que ses yeux à la profondeur hypnotique.

— Ils sont turbulents, mais ils n'ont pas un mauvais fond.

— Ils m'ont attaquée. Ils sont dangereux !

— Non, ils sont simplement frustrés. Je t'assure.

— Si tu le dis…

J'ai droit à un laïus sur la lignée et le caractère des chiens polonais. On les appelle des Ogar Polski. Ce sont des chasseurs endurants et tenaces, utilisés pour le gros gibier. Ils font de bons gardiens, mais ne sont pas foncièrement méchants. C'est ce que Maciej prétend, je n'y crois pas une seconde. À l'écouter, ils auraient même un tempérament plutôt sociable et presque affectueux.

— Quand je les regarde baver en montrant les crocs, j'ai du mal à te croire. Ils m'ont sauté dessus ! Tu as vu mon mollet ?

— Melle Szyller ne les fait sortir que la nuit. Ils ont besoin de se dépenser.

— Pourquoi la nuit ?

— Quelle question ! Pour empêcher les filles de s'enfuir.

La Directrice veut empêcher les filles de fuir, mais des bourgeoises disparaissent. C'est étrange. Je garde la réflexion pour moi, ravale le constat et observe un nouveau silence. Maciej contemple les chiens avec une lueur que j'interprète comme de la bienveillance. Les épaules basses, il soupire avec un brin de mélancolie.

— Ils ne mangent pas assez. Ils sont mal traités… Les pauvres, ils sont…

Je lui réponds du tac au tac, et complète sa phrase dans un élan spontané. Mais je n'ai pas prévu qu'il prononce les mêmes mots que moi, au même moment. Là, dans l'abri pour chiens, on pousse un cri du cœur à l'unisson :

— … comme nous.

Notre conclusion simultanée dessine un sourire timide sur nos visages. Il a les dents du bonheur. Ses traits sont fins et délicats, il dénote complètement avec tout ce qui m'entoure. J'ai l'impression de rencontrer un pianiste dans une étable. Son pantalon caramel maintenu par des bretelles sur sa chemise écrue lui donne un petit air intellectuel, presque raffiné. Quoi qu'il en soit, je ne peux me fier à personne. La raison me fait vite revenir sur terre. Impossible de tisser le moindre lien avec lui, même s'il s'agit du premier individu agréable qui s'intéresse à moi depuis mon enfermement. Ma plaie au mollet me le rappelle, les boursouflures dans le dos me le confirment et la désolation dans mon cœur conclut cette évidence : à Miedzeska, la confiance est une faiblesse. Je baisse la tête et recule, je mets fin à cette parenthèse. Face à mon silence et la distance que j'impose, Maciej se retire sans insister puis il referme la porte.

Me voilà de nouveau seule face à ma punition. L'heure tourne et Iwona ne va pas tarder à revenir. Si je n'ai pas nettoyé le chenil, ma peine va s'allonger encore et encore. En parcourant l'espace du regard, j'aperçois une pelle posée contre le mur. Vu son état, j'imagine qu'il me faut décrotter les lieux à l'aide de cet outil.

Le manche truffé d'échardes glisse entre mes mains glacées et puantes. Je racle le sol et remue le fumier qui tapisse ce cloaque. L'odeur qui s'en dégage est infecte. Les chiens s'agitent à nouveau, mais je suis armée pour les tenir à bonne distance. Les tas de crottes se forment alors que mon estomac ne parvient plus à tenir le choc. Je vais vomir le peu que j'ai avalé.

— *L'odeur reste imprégnée un moment. Je t'ai apporté ça.*

Dans mon dos, Maciej est revenu sans que je l'entende. Je réprime mon haut-le-cœur et tourne la tête dans sa direction. Il sourit, m'observe en train de me débattre avec mes nausées alors que j'ai les pieds dans la mélasse. Timidement, il me tend une savonnette ainsi qu'une minuscule flasque d'eau de Cologne.

— C'est un savon à la lavande. Tu vas en avoir besoin.
— Merci, mais je dois terminer… sinon Tadeusz va me punir.
— Je m'occupe de lui. Laisse-moi nettoyer à ta place.

La proposition est séduisante, mais je n'y crois pas un instant. Si je cède et qu'il ne tient pas sa promesse, on va encore me faire vivre un calvaire. Accepter cette main tendue, c'est un risque que je ne peux pas courir. Pourtant, il retire délicatement le manche de mes mains, s'arme de la pelle et m'assure que tout va bien se passer.

— Fais-moi confiance.
— Pour que je me retrouve fouettée puis jetée dans l'eau croupie avant de nourrir les chiens ? Je ne crois pas, non.
— Tu devrais accepter.
— Non merci ! Tu peux me rendre la pelle ? C'est à moi de le faire.
— Il te faut garder des forces. Écoute mon conseil… Ils vont te récupérer pour la dernière sanction.
— Comment ? Ce n'est pas terminé ?

Maciej s'interrompt, il tend l'oreille, dépose la pelle et se rue sur les planches en bois qui cloisonnent le chenil. Je réitère ma question, mais d'un geste autoritaire de la main et sans la moindre explication, il m'invite à garder le silence. À travers les interstices des vieilles planches, il observe le parc, plaqué contre la cloison. Il se met à chuchoter, il ne panique pas, mais paraît soudainement très sérieux. Lorsqu'il se retourne pour m'informer, il affiche un air grave.

— Elle arrive pour te récupérer !

— Et qu'est-ce que je fais ?

— Prends le savon et le parfum et serre les dents. Dis-toi que tu arrives à la fin.

— Qu'est-ce qu'ils vont me faire ?

— Les toilettes.

— Les toilettes ? Qu'est-ce que ça veut dire ?

— Tu vas récurer les toilettes. Après, ça sera terminé.

— Qu'est-ce que tu fabriques ? Pourquoi tu te caches ?

— Si on me voit ici avec toi, je suis fini !

Maciej se rue dans l'ombre, il se plaque contre le mur afin de disparaître et se fondre dans le noir. Avant qu'il ne soit trop tard, le savon et l'eau de Cologne rejoignent le couteau dans ma poche. À l'arrivée de la surveillante, les chiens redonnent de la voix et sautent dans tous les sens. Les chaînes sont tendues au milieu des aboiements. Munie de mes écuelles et de mes bassines, je me poste devant la porte, comme si de rien n'était. Iwona ouvre à son tour, la lumière m'aveugle une nouvelle fois. J'abandonne Maciej et la pelle. Je n'ai pas d'autre choix que d'espérer secrètement qu'il tienne parole à propos du nettoyage. L'imposante Mme Zubrzycka me tire de l'enclos en m'empoignant par le bras.

— Tu es encore vivante à ce que je vois. C'est bien, mais ne te réjouis pas trop vite. Je t'ai gardé le meilleur pour la fin.

CHAPITRE 14

La descente aux enfers n'est pas terminée, hélas, Maciej disait vrai. Me voici de retour dans l'aile ouest, allégée des gamelles et du reste de purée de betterave. D'un geste brutal, Mme Zubrzycka ouvre la porte qui donne sur les toilettes communes. C'est une salle au carrelage blanc dont se dégage une odeur infecte d'urine et de matières fécales qui prend en otage les narines pour ne plus les lâcher.

— Allez, à toi de jouer !

D'une nouvelle tape sur mes omoplates à vif, Iwona me pousse à l'intérieur. Je contemple avec désolation, les lavabos repoussants, surplombés de traces laissées par les miroirs retirés avant ma venue. Puis j'examine avec dégoût les cuvettes à l'émail recouvert de taches suspectes, de giclures en tout genre et de traînées insoutenables. Au centre de la pièce se trouvent une brosse à poils durs et une bassine d'eau claire. Je comprends qu'il s'agit de mon seul équipement pour venir à bout de tout ça.

— Je veux que ça brille du sol au plafond.
— Bien madame.

— Tu ne sortiras que lorsque tout sera impeccable. Compris ?

Mes paupières se referment en silence sur ce spectacle abject. L'ampleur de la tâche est désarmante.

— Je n'ai rien entendu !
— Bien madame.

La porte claque, me laissant seule face à la sanction. Étrangement, la surveillante ne ferme pas à clé, j'en déduis qu'elle doit me guetter depuis le couloir. Je réalise qu'il me faudra des heures avant que je vienne à bout de cette saleté. Je me rappelle de la phrase de Maciej, il me faut serrer les dents et garder en tête que j'en aurai terminé après ça. Lentement, mes genoux touchent le sol dégoûtant et froid. Ma main saisit la brosse et plonge à regret dans l'eau gelée.

Je commence par les vasques sales. Des cheveux, des traces de dentifrice et de la moisissure que j'élimine en frottant consciencieusement. En astiquant les joints noircis et les résidus calcaires, j'ai tout le temps de penser. De penser à ce que j'ai fait. Il n'y a pas si longtemps, je me croyais presque normale. Avant de perdre ma famille, de perdre le contrôle et de me retrouver ici. Abandonnée par mon oncle dans un établissement que je déteste déjà, avec des règles que je ne connais pas et des punitions aussi humiliantes que douloureuses. Je frotte, je brique. À m'en faire mal aux mains. L'eau s'assombrit dans la bassine. Le sol est fait, les joints sont grattés. Il reste le cœur du sujet.

La sirène du soir retentit dans les couloirs, alors que je m'échine à faire partir la moindre salissure des cuvettes insalubres. De violentes remontées gastriques m'empêchent par moment d'y plonger les mains. L'odeur est épouvantable, les détails absolument écœurants. Le bout de mes doigts me fait atrocement souffrir. La chasse d'eau m'aide à rincer et éliminer les dépôts gluants et les amas de tartre. Dans les recoins inaccessibles, les poils pubiens se disputent la faïence. Sur les cloisons, des virgules douteuses et brunes s'effacent sous les va-et-vient de la brosse. Les pensionnaires font preuve d'une saleté qui dépasse l'entendement. À moins que tout le monde maintienne les w.c. dans cet état pour la prochaine fille à punir…

Insidieusement, le contrecoup s'installe. La fatigue m'envahit, mes muscles n'en peuvent plus mais il me reste encore beaucoup à faire. Penchée au-dessus d'un trou dont les rebords ignobles et visqueux m'obligent à retenir ma respiration, je sens un liquide froid gagner mes genoux par terre. Lorsque je pose mes yeux sur le carrelage, je constate que ma bassine est renversée, que la porte est ouverte et que les pestes sont entrées, Zofia en tête.

— Il est temps de payer pour la cantine, la nouvelle.

Lorsque je comprends, je tente de me relever le plus rapidement possible, mais mes membres usés par la journée ne répondent pas assez vite. La peste frisée, qui mâche bruyamment, ferme la porte de l'arène. Zofia et ses copines se jettent sur moi. Un déluge de claques et de coups s'abat sur ma tête. Puis mon ennemie, au nez abîmé depuis l'épisode du réfectoire, me saisit les cheveux et me frappe d'un coup de genou dans la cuisse pour me faire plier au-dessus des toilettes. Les pestes appuient sur mon crâne afin de le faire entrer dans la cuvette. Je me retiens de toutes mes forces à la faïence, mais je suis bien trop faible, je ne fais pas le poids. La chasse est tirée, le niveau de l'eau monte dangereusement et Zofia me contraint en me tenant fermement par les cheveux.

— Là… Tu es à ta place…

L'eau dégoûtante gagne mon visage, je retiens mon souffle. De ma main gauche, je cherche à tâtons la poche de ma blouse. Mes doigts tremblants effleurent le couteau. Cette fois-ci, je ne vais pas perdre le contrôle : je vais lui planter la lame jusqu'à ce que mort s'ensuive, et ça sera volontaire. Le manche est entre mes mains, il est temps de régler nos comptes et de lui faire la peau. Je le serre bien fort, toujours en apnée. Si j'en suis là, c'est à cause d'elle. Si je n'ai pas le dessus aujourd'hui, elle fera de ma vie un enfer.

À l'insu de mes assaillantes, la porte s'ouvre à nouveau. Il y a des cris, du mouvement. Une des filles tombe par terre. Puis on lâche mes cheveux avant que je n'aie le temps de frapper et de trouer la peau de ces garces. Je reprends mon souffle, les lèvres trempées d'une eau abominable. Zofia est emportée par une ombre rageuse, puis plaquée contre le mur. Dans le feu de l'action, je n'ai pas le temps de réaliser qu'il s'agit d'Alicja. La Terreur de Miedzeska brutalise Zofia contre le mur du fond, sous le regard tétanisé des bourgeoises. Prise à la gorge, la peste ne peut plus bouger.

— Maintenant tu lui fous la paix !

— Lâche-moi, Alicja…

— C'est clair ?

— Tu me fais mal !

— Réponds-moi ! C'est clair ?

Dans un minuscule filet d'air étranglé, Zofia acquiesce. Elle baisse les armes, contrainte et forcée. Je range mon couteau, il est inutile de faire couler le sang pour l'instant.

— C'est… C'est clair…

Ma voisine de chambre a l'œil mauvais. Les filles n'en mènent pas large. Alicja annonce que la prochaine fois, les choses se passeront beaucoup plus mal. La brune frisée, celle qui se tenait à la porte avant que la Terreur de Miedzeska ne débarque, prévient que la surveillante arrive. En un claquement de doigts, toutes les pensionnaires détalent des toilettes et me laissent seule, au bord des cabinets crasseux. Les filles viennent de déguerpir comme des rats regagnant les égouts, à l'exception de Zofia qui s'arrête sur le pas de la porte et m'adresse un regard haineux.

— Regarde-moi bien… On n'en a pas terminé toutes les deux.

CHAPITRE 15

La nuit s'est installée depuis un moment, plongeant la pension de Miedzeska dans un profond sommeil tandis que j'en ai enfin terminé avec ma punition. Iwona me raccompagne dans les couloirs noirs et silencieux, ravie de constater que la journée m'a broyée au-delà de ses espérances. Épuisée, mâchée, moralement anéantie, j'erre le long des fenêtres en suivant l'éducatrice qui ne m'a laissé aucun répit.

Le chauffage central s'est enclenché, une odeur de mazout flotte à présent d'une aile à l'autre du bâtiment. Dehors, les chiens hurlent à la mort, me rappelant qu'une évasion nocturne est impossible. Toute tentative d'évasion d'ailleurs, pas seulement de nuit. Sortir de ce piège est inenvisageable dans l'immédiat. Je réalise qu'il me reste encore trois années à tirer et je n'en suis qu'au tout début. Moins de vingt-quatre heures. Un peu plus de mille journées d'humiliations, de tensions et de souffrances m'attendent. Définitivement, c'est au-dessus de mes forces.

La porte 16 s'ouvre devant moi et je pénètre dans l'intimité de la chambre double, les bras ballants, totalement vidée, avec le poids de la sanction sur les épaules et un parfum insoutenable qui me colle à la peau. Une lampe à pétrole éclaire la pièce d'une lueur triste et insuffisante. Ma voisine de chambre semble écrire, confortablement installée au fond de son lit. J'ai le cœur démoli, le cerveau à l'arrêt, les yeux rougis, mais je suis incapable de pleurer.

Lentement et en silence, je retire l'uniforme déchiré. Le tissu colle aux plaies dans mon dos et ma peau s'accroche à la blouse. Le couteau est glissé sous mon oreiller avec l'idée fugace de me le planter en pleine poitrine ou de me trancher les veines si je n'ai pas la force de survivre à ma détention. Le savon et l'eau de Cologne sont rangés dans la table de chevet. J'agis comme une machine, sans parvenir à réfléchir. Une serviette éponge et un gant de toilette sous le bras, j'observe le lavabo se remplir d'eau tiède. Je me lave, nue et désolée. Je lave cet affront. Je lave le sel sur mes joues. Je rince cette peau qui a goûté à la dictature du cuir. J'élimine les algues, la vase, la boue et la fange. J'aimerais tellement que la mousse emporte avec elle les images de cette journée. Mais elles sont comme tatouées, elles font partie de moi, ça ne partira jamais.

C'est une certitude, rien ne parviendra à me réchauffer à présent. Le froid se fige à l'intérieur, autour des marques vivaces laissées par les maltraitances. Mon point de rupture prend naissance ici, à l'instant où je me saisis de la serviette pour m'essuyer. L'épaisse boule de souffrance, qui me comprimait le plexus jusqu'ici, explose en même temps que moi. La somme des sévices infligés m'accable. Je me fissure, la honte et le chagrin se déversent à mes pieds comme du pus. Mes pleurs de petite fille déchirent la nuit. Je craque. Je craque sous les yeux d'Alicja.

Sans dire un mot, elle pose son stylo et me rejoint sur la pointe des pieds. Ses yeux ne supportent pas les blessures qui ravagent mon dos. Sa gorge se noue, elle est prise de pitié. En douceur, elle s'empare de ma serviette, la déplie et m'enveloppe à l'intérieur, entre ses bras. Avec mes dernières forces, je dépose ma tête contre son corps réchauffé. Du pire naissent la lumière, la chaleur et l'humanité qui manque tant à cet internat. J'étais une naufragée grelottante sur le rivage, la Terreur de Miedzeska devient ma plage, que je le veuille ou non. Je ne suis pas certaine que c'est une bonne idée, je ne suis pas apte à penser, mais le lien se crée, de toute évidence.

— Je sais ce que c'est, Ewa… Je suis passée par là.

Tout contre son épaule, je respire l'odeur libérée par sa coiffure. Apaisée par le mélange subtil d'un parfum sucré et du gras produit par son cuir chevelu, je me laisse aller. Un pas après l'autre, Alicja m'escorte jusqu'au lit. Je m'écroule, à bout de forces sur le couchage ferme. Allongée sur le flanc, je m'abandonne à ces larmes qui dévalent, dans des spasmes pudiques, devant celle que mon cœur veut prendre pour amie.

Ma voisine de chambre se glisse sur le matelas à mes côtés, puis elle m'enlace pour tenter de me réchauffer. Ses jambes s'entremêlent aux miennes, sa main effleure mon visage éteint. Elle veut me consoler. Les caresses délicates prennent fin lorsqu'elle me tend un bout de papier.

— Je l'ai écrit en attendant ton retour. Ça va t'aider.
— Qu'est-ce que c'est ?
— Une sorte de kit de survie. Ouvre…

Tant bien que mal, je déplie la feuille, et me concentre pour déchiffrer les lignes rédigées à la main. Me voyant en difficulté devant les tremblements du papier, elle attrape le document afin d'apercevoir à nouveau mes yeux. Alicja m'adresse un sourire. Un sourire qui veut dire que je compte.

— Il s'agit du règlement intérieur et de tout ce que tu dois retenir pour survivre ici.

— Je ne sais pas quoi dire…

— Ne dis rien.

— Merci.

— Chut. Viens-là… Dors. Tu peux compter sur moi.

— Pourquoi tu fais ça ?

— Je n'ai pas toujours été une « Terreur ».

CHAPITRE 16

Aucun rêve. Aucun cauchemar. Cette nuit trop courte est un trou noir. Levée à l'aube, réveillée en douceur par Alicja, je viens de lire ce qu'elle a écrit. Elle me tient compagnie, au chaud dans le lit. Mon kit de survie se compose des règles de bases du pensionnat et des astuces pour ne plus subir. D'une certaine manière, les cartes sont redistribuées. À moi d'abattre mon meilleur jeu. Le seul problème, c'est que je ne suis plus la même. Physiquement brisée et mentalement éprouvée.

— On doit se lever. Allez, viens.

Quitter le matelas est une torture. J'ai toutes les peines du monde à me mettre debout en attendant la première sirène. Le signal est hurlé par les haut-parleurs dans la pension, il est l'heure de prendre la douche. Maintenant, je le sais. Je connais le règlement. Mes chairs se sont prises avec la serviette qui m'entourait durant la nuit. Les tissus fraîchement cicatrisés accrochent à la fibre, les premières croûtes cèdent. Les premiers picotements se changent en brasier. Le mal refait surface, mon sommeil n'a pas effacé les ardoises. C'est sans doute ce qui me pousse à emporter avec moi la lame dérobée hier.

Le rituel est toujours le même. Au garde-à-vous dans le couloir glacial, les cheveux tirés, on patiente sagement. On attend en silence que la surveillante daigne nous autoriser l'accès aux douches communes. Chaque pensionnaire dispose d'un petit sac contenant le nécessaire de toilette, j'y ai glissé mon couteau et les petits cadeaux de Maciej. Trop éreintée par le sort infligé la veille, les pensées embrouillées par la torpeur, je ne réalise pas qu'il manque des filles à l'appel.

Les courbatures, les ampoules, les griffures et les hématomes se réveillent lentement sous l'eau chaude. Depuis les canalisations rouillées, une pluie brûlante tombe sur les corps fatigués des bourgeoises silencieuses. La fumée s'élève dans la salle d'eau, au-dessus des yeux pleins de sable et des têtes embrumées. L'odeur de la lavande recouvre ma peau et mes cheveux alors qu'Alicja tamponne avec délicatesse les lambeaux sensibles le long de mon dos, à l'aide du gant de toilette. Je contemple mes pieds, les orteils baignant dans la mousse qui se faufile jusqu'à la bonde de fond. La température me berce, j'ai le plus grand mal à mettre mes idées au clair tandis que ma nouvelle amie me glisse une suggestion au creux de l'oreille.

— Laisse-moi défaire les nœuds dans tes cheveux.

Je ne dis rien, surprise par autant de gentillesse. Elle poursuit et complète sa pensée.

— Enfin, si tu veux bien…

En guise de réponse, je relève la tête et observe les larges fissures qui lézardent le plafond au milieu des gouttelettes provoquées par la condensation. Mes cheveux tombent sur mes épaules, j'acquiesce. Alicja ne tarde pas à glisser ses doigts dans mes mèches rebelles. Je ne suis pas habituée à tant d'attentions à mon égard. C'en est presque gênant et ce rapprochement me rend mal à l'aise. Son dévouement contraste tellement avec ce que j'ai subi. Je n'oublie pas Greta, le baril, la plonge, les chiens et les w.c. Alors qu'elle démêle soigneusement chaque mèche, Alicja se confie :

— Je ne tire pas trop fort ?
— Ça va, je ne crains pas spécialement les cheveux.
— C'est difficile de se coiffer seule…
— Je ne me coiffe pas d'habitude.
— Je veux dire… sans miroir, ce n'est pas commode.

Je me raidis, totalement déçue. Je la vois venir de loin avec ses gros sabots. C'était prévisible, mais ce n'est pas moins douloureux pour autant. Elle met les pieds dans le plat, mon amertume refait surface.

— On y vient… les miroirs…
— Oh, je n'ai pas dit ça dans le but de…

D'un mouvement de la tête, je retire mes cheveux des mains de l'apprentie coiffeuse. J'ai la désagréable sensation que son rapprochement n'a servi qu'à me questionner. Elle me manipule, se sert de moi pour me soutirer des informations au sujet de mon secret.

— Qu'est-ce que tu veux savoir ?
— Je veux savoir « pourquoi ? »
— Pourquoi quoi ?
— Pourquoi tu dois les éviter ? Qu'est-ce qui se passe si tu te regardes ?

Je me retourne et prends mes distances. Sa curiosité mal placée écrase nos rares échanges sincères. Je suis incapable de savoir si elle joue cartes sur table avec moi. Les autres internes ne prêtent pas attention à notre discussion. Après l'avoir jaugée du regard, je soupire simplement. Résignée.

— Ça serait trop long à t'expliquer…
— Alors donne-moi la version courte.

Je fais un pas vers elle, j'hésite une seconde. Elle était là pour me consoler cette nuit, c'est sans doute ce qui me pousse à avouer le strict minimum.

— Je vois des choses. C'est bon ? Tu es contente ?
— Comment ça, « tu vois » ?
— Alicja…
— Tu es une espèce de médium ?
— Je vois ce qu'il y a de pire chez les gens.
— Avec un miroir ?
— Oui. Je vois la vérité crue et laide. Et à chaque fois, je perds le contrôle.
— C'est pour ça que tu es ici ?
— Oui, si tu veux tout savoir.
— Quand tu dis que tu perds le contrôle… ça se passe mal ? C'est ça ?
— C'est ça. Généralement, c'est grave. Très grave.
— Grave ? Tu veux dire que tu as tué quelqu'un ?

Elle se pince les lèvres en réalisant être allée trop loin. L'eau se coupe. Fin de la douche. Je reste figée une seconde devant sa soif de savoir. Mes yeux larmoyants ne dupent personne, ma mâchoire serrée met un terme aux confidences.

— Je n'aurais pas dû t'en parler.

Il me faut moins d'une seconde pour me braquer et me renfermer sur moi-même. Vexée d'avoir été bernée par un soupçon de gentillesse, je me rhabille sans aide. Chaque muscle de mon dos me fait atrocement souffrir lorsque j'enfile ma tenue, je manque défaillir quand l'uniforme de rigueur effleure mes plaies. Pourtant, je ne laisse rien paraître, j'affirme ne pas avoir besoin d'aide alors qu'Alicja revient maladroitement à la charge, sous couvert d'une amitié qui sonne faux.

— Excuse-moi, je ne voulais pas te blesser.
— Tu l'as écrit dans ton kit de survie… je ne peux me fier à personne.

Mes cheveux sont attachés, ma blouse est fermée jusqu'au col. Je suis prête. Alicja me saisit doucement par le bras et se poste devant moi.

— Mais moi c'est différent ! Je ne suis pas « personne » !

La Terreur de Miedzeska me fixe intensément en attendant une quelconque réaction de ma part. Je me contente de passer à autre chose, je ne veux plus en parler. Elle n'est pas fiable, c'est irrévocable.

— Si j'ai bien retenu la leçon, on ne doit pas traîner si on veut pouvoir déjeuner correctement. C'est bien ça ?
— Ewa ? Pourquoi tu changes de sujet ?
— Tu me réponds ? On doit rapidement aller à la cantine, c'est ce que tu as écrit. Non ?
— Euh oui… Le matin, en général, les premières arrivées sont les premières servies.
— Alors allons-y, j'ai faim.

Je coupe court à son interrogatoire et m'apprête à quitter la salle d'eau, mon ventre crie famine. Plusieurs bourgeoises nous devancent. Je n'ai pas l'intention de jeûner plus longtemps. Pourtant Alicja me prend par la main et m'oblige à me retourner.

— Ewa ?
— Qu'est-ce que tu veux encore ?
— Ne le prends pas mal, je cherche juste à te connaître.

Un peu d'hypocrisie ne fait pas de mal. Si je laisse échapper un tout petit mensonge en camouflant ma déception, c'est simplement pour me protéger.

— Je ne le prends pas mal. C'est un peu tôt pour en parler. C'est trop frais.
— Je comprends…
— On peut y aller ? Je n'ai rien mangé depuis deux jours.

À en croire son air frustré et ses épaules basses, elle ne semble pas réellement comprendre. Je m'engage dans le couloir lorsque la Terreur de Miedzeska me retient encore une fois.

— Ewa ? Juste une dernière chose.
— Quoi encore ?
— Évite Zofia pendant quelque temps… Histoire de ne pas jeter de l'huile sur le feu…

CHAPITRE 17

Le réfectoire se remplit rapidement d'internes affamées qui fondent sur la soupe de lait et la charcuterie. Certaines préfèrent se jeter sur les tranches de fromages et de tomates, d'autres sur les œufs durs. Pour ma part, les *Pączki* me font envie, je raffole des beignets. Visiblement, je ne suis pas la seule, ils remportent un vif succès. Les bols de la plupart des filles se garnissent de céréales arrosées de lait entier. Le précieux liquide se fait rare par les temps qui courent. Les bourgeoises mordent la viennoiserie à pleines dents : le *Pączki* est la seule douceur que Miedzeska concède à ses pensionnaires. C'est un véritable luxe, doré et moelleux à souhait.

Naturellement, Alicja reprend ses distances et son statut de Terreur dans la basse-cour, notre duo se sépare aux abords de la table. Je m'installe tout au bout, avec l'étiquette de nouvelle, exactement comme hier. À ma droite, les bourgeoises dociles et insignifiantes engouffrent en silence les morceaux de beignets. À gauche, les pestes prennent place autour de Zofia.

J'évite de croiser le regard de mon ennemie jurée et j'ai l'impression qu'elle fait de même. Ce matin, il n'est pas question d'attendre l'autorisation des anciennes, j'avale mon lait goulûment et je dévore mon beignet sans me faire prier. On dirait que je n'ai rien mangé depuis des jours, et c'est précisément le cas. Chaque bouchée libère des arômes de vanille et de miel, il y a de la cannelle – je ne rêve pas. C'est fondant, tout en rondeur et encore tiède. Parfaitement exquis et en total décalage avec le décor. En savourant mon petit-déjeuner, je constate que la rangée de filles devant moi est édentée, il en manque une. Mais personne ne l'évoque, j'en déduis qu'elle est simplement en retard. La brune frisée qui mastique trop fort termine son bol de lait en se dandinant. Elle tranche sans scrupules dans le silence religieux du matin :

— Il me tarde les visites de Noël ! Pas vous ?

Aucune bourgeoise ne relève, la phrase tombe à plat, mais elle trouve un écho particulier en moi. J'effleure l'idée d'apercevoir mon oncle, tout en sachant pertinemment qu'il ne va pas tenir parole. Ma voisine de table reprend en se frottant les mains, avec une excitation qui agace passablement la tablée.

— Et aujourd'hui, c'est le jour du courrier ! Ça me met de bonne humeur, vous ne pouvez pas savoir !

Visiblement elle est bien la seule. Alicja n'a pas mentionné le « courrier » dans ses écrits, j'ignorais que les internes pouvaient recevoir des lettres de l'extérieur. Encore une fois, personne ne relève, mais une question me brûle les lèvres :

— Il faut s'adresser à Mlle Szyller pour recevoir le courrier ? Comment ça se passe ?

La brune frisée, tout étonnée de me voir enfin ouvrir la bouche, ne me répond pas et se contente de mâchouiller son reste de *Pączki*. Presque en bout de table, Zofia quitte son bol des yeux et me transperce d'un regard noir. Je n'aurais pas dû prendre la parole, ça risque de chauffer. Alicja se cramponne à sa place, les pestes me dévisagent. L'une d'elles lance une question en l'air :

— Vous ne sentez pas comme une odeur de vase ?

Une autre renchérit.

— Non, on dirait que ça sent la crotte de chien...

Après les deux premières piques lancées par sa garde rapprochée, Zofia prend la parole en me fixant avec insistance :

— Moi je dis que ça pue la merde tout court. Elle ouvre la bouche et ça sent les toilettes sales. C'est là que je l'ai trouvée hier… à sa place. Hein, la nouvelle ?

Une chose importante que j'ai retenue des astuces d'Alicja et de ma lecture, c'est que je ne dois pas me laisser marcher sur les pieds. La pension, c'est la jungle. Une jungle dans laquelle règne la loi du plus fort. Alors, en dépit de mon état lamentable et du calvaire enduré hier, je saisis mon bol vide dans les mains, je l'exhibe fièrement et je réplique aussitôt :

— Moi je dirais que ça sent la fille qui aime prendre une raclée en public. Tu veux que je te casse mon bol sur la figure ? C'est ça ?

L'effroi gagne toute la table, je viens de défier la grande Zofia. Une nouvelle fois. Alicja me fait signe de la tête, elle est tendue et sait pertinemment que je vais trop loin. Ce n'est pas le bon moment pour régler mes comptes, le message est passé. Bien entendu, revivre la journée d'hier est au-dessus de mes forces, et je ne ferai pas deux fois la même erreur. Elle est plus grande que moi, plus nerveuse aussi. Je tiens juste à la remettre en place et à lui montrer que je n'ai aucune intention de devenir son bouc émissaire. Elle plaque une mèche rebelle derrière son oreille et tente de conserver son calme.

— Ne me cherche pas, la nouvelle. Tu ne sais pas à qui tu te frottes…

— Tu ne sais pas de quoi je suis capable, tu ne me fais pas peur.

Elle se lève en poussant brutalement ses couverts devant elle. Je viens de titiller sa fierté. Je me lève aussi, mon dos me rappelle à l'ordre, mais je serre les dents. Je ne compte pas tomber dans son piège si facilement, cependant, il est hors de question que je me défile devant l'intimidation. En façade, j'ai le cran de lui tenir tête. À l'intérieur, je suis en miettes. Est-ce que mon bluff sera suffisant ? Je l'espère. La mâchoire crispée, je lui adresse mon avertissement :

— Quand Iwona aura le dos tourné, quand personne ne pourra me stopper… je m'occuperai de toi. Et tu vas t'en souvenir.

— Vous entendez les filles ? La nouvelle me menace maintenant…

Je suis plutôt sanguine, je l'admets. Je suis à fleur de peau avec toutes ces épreuves. C'est vrai que j'aurais tendance à sortir mon couteau là, tout de suite, pour avoir le dernier mot et la faire taire. Mais la punition d'hier est bien trop lourde à supporter. La grosse surveillante nous épie, elle n'attend qu'une chose : que je dérape, afin de me traîner par les cheveux dans le bureau de la Directrice. Elle n'aura pas ce plaisir, non, pas deux jours d'affilée. Je vais me contenir. La raison m'incite à ne pas répondre. Je calme le jeu et fais taire mes pulsions. Parce qu'il est évident que je n'aurai jamais assez de ressources pour survivre aux supplices de Miedzeska. Il ne faut pas longtemps à Zofia pour s'engouffrer dans la brèche.

— Je te rappelle que sans Alicja, tu ne serais pas là pour faire la belle.

Je me mure dans le silence. J'ai conscience d'avoir les mains liées dans cette cantine. Si je bous intérieurement, je m'efforce de garder mon sang-froid. J'encaisse et reste muette.

— Oh la nouvelle ? Je te parle ! T'as perdu ta langue ?

Je me contente de la regarder, sans rien dire.

— Tu te ravises ? C'est ça ? Alors, un bon conseil… baisse les yeux quand tu me croises. Tu vas regretter de m'avoir parlé sur ce ton.

C'en est trop pour ma voisine de chambre. Alicja se lève d'un bond et plaque son front contre celui de Zofia. Les deux adversaires font trembler les filles dociles sur toute la rangée. Iwona admire le spectacle et s'apprête à intervenir. La Terreur de Miedzeska siffle entre ses dents.

— Je t'ai demandé de lui foutre la paix hier. Tu t'en souviens ou je dois te rafraîchir la mémoire ?
— Tu veux jouer la partie comme ça ? Tu veux me chercher toi aussi ?
— Je ne vais pas le répéter. Tu-laisses-Ewa-tranquille.

Les deux pensionnaires craintes pour leurs frasques restent suspendues dans le silence pendant plusieurs secondes devant les bourgeoises interdites. Les poings sont serrés, les veines apparentes. Tout laisse à penser que ces deux-là vont en venir aux mains. Personne ne le saura jamais, parce qu'une fille que je ne connais pas traverse la cantine d'un pas pressé et rapplique comme un messager porteur de sombres nouvelles. Son visage semble affolé, je crois qu'elle vient de pleurer. Elle s'interpose entre les deux teignes puis chuchote quelque chose à l'oreille de la blonde platine qui change soudainement d'attitude.

La tension retombe finalement, il y a urgence. Zofia se ravise et quitte le périmètre d'Alicja. La Terreur de Miedzeska a eu le dessus, en apparence en tout cas. Celle qui me veut du mal semble troublée, dans ses yeux noirs, je décèle une certaine fragilité. La chape de plomb qui tétanisait la table se dissipe et les pestes quittent le réfectoire. Du haut de son mètre soixante-dix, Zofia s'immobilise avant de sortir, elle me regarde au loin, puis elle observe Iwona qui n'en perd pas une miette devant la porte. À haute voix, ma pire ennemie profère une dernière menace qu'elle décoche comme une flèche pour taper dans le mille.

— Tu ne seras pas toujours le toutou d'Alicja. Elle ne pourra pas te protéger éternellement. On va régler ça toutes les deux, tu peux me croire.

— Je n'ai besoin de personne. Je t'attends !

— Cause toujours ! Pour moi tu es déjà morte. C'est juste une question de temps.

CHAPITRE 18

Je regrette d'avoir poussé la Terreur de Miedzeska à prendre ma défense. J'ai dépassé les bornes avec l'autre peste, Alicja me l'a bien fait comprendre durant la prière du matin et juste avant l'inspection. Même si mon comportement me semble légitime, je m'en veux quelque part. Je voudrais dire à mon « amie » que je n'ai fait qu'appliquer ses conseils à la lettre, mais le froid s'est installé entre nous deux. Elle est ma seule alliée entre ces murs et elle vient de reprendre ses distances. J'ai encore du mal à trouver ma place, à adopter la bonne attitude. Je ne parviens pas à déterminer quand je dois faire profil bas et quand il me faut montrer les dents. Je suis déçue de l'avoir déçue. Cette histoire entre Zofia et moi n'est pas près de se tasser. Et maintenant, Alicja est directement impliquée.

Entre brimades et remarques désobligeantes, l'emploi du temps immuable de Miedzeska nous conduit en classe pour l'instruction obligatoire. J'ignore si j'ai le niveau requis. D'ailleurs, je n'ai pas la moindre idée du programme et, à cette seconde précise, c'est le dernier de mes soucis. Dans le couloir qui mène à la salle où sont dispensés les cours, je tente de revenir vers ma voisine de chambre. Jusqu'ici, mes tentatives sont maladroites et vaines. Je finis par m'excuser platement de façon un peu gauche.

— Je ne voulais pas que le petit-déjeuner prenne une telle tournure. Je suis désolée…

— Ça me fait une belle jambe !

— Je pensais ne pas devoir plier devant elle.

— On parle de Zofia, là ! Je t'avais dit d'éviter les embrouilles.

Elle semble préoccupée et sur la défensive. J'ignore ce que je viens de déclencher, mais au milieu des taches de rousseur sur le visage d'Alicja, je devine sa crainte face à une escalade de la violence.

— Pourtant… dans tes écrits, tu expliques qu'il ne faut pas se laisser faire… Alors, j'ai cru que…

— C'est vrai. Et je t'ai également conseillé de faire profil bas pendant un certain temps ! Mais tu n'en fais qu'à ta tête…

— Pardon, je vais arranger ça.

— Arranger quoi ? Tu plaisantes ?

— Je vais essayer…

— Tu vas t'y prendre comment ? Tu comptes lui parler, lui tendre les bras et lui demander d'oublier ?

— Je n'en sais rien…

Son claquement de langue réprobateur me ramène à la triste réalité. Aucune discussion n'est possible avec les pestes.

— Tu es dans le collimateur de Zofia. Et moi aussi maintenant. Ça craint, je n'aime pas ça.

— Je vais trouver une solution…

— Il n'y a pas de solution. C'est elle ou nous. Point final.

— Qu'est-ce que tu veux dire ?

— Il n'y a pas de compromis, soit elle a le dessus, soit on l'écrase. Dans tous les cas, tu me mets dans une position que je n'apprécie pas. Ça risque d'être violent.

— Excuse-moi. Je suis désolée.

— Ce qui est fait est fait. C'est trop tard pour pleurnicher. Mais cette histoire va mal se terminer.

— Alicja, tu me fais peur…

— J'ai surtout peur pour toi. Elle ne plaisante pas.

Le silence reprend ses droits, et le bruit de nos semelles sur le carrelage occupe toute la place dans nos esprits inquiets. Elle est en colère et en même temps je ressens beaucoup d'angoisse en elle. Est-ce que cette garce peroxydée est si mauvaise que ça ? Est-ce que Zofia est plus dangereuse que la Terreur de Miedzeska ? À quoi dois-je m'attendre ? Je n'en sais rien. C'est vrai qu'elle m'a menacée de mort. Pour l'heure, je vais simplement rester sur mes gardes et tenter de renouer le lien avec Alicja.

La salle de classe se profile au bout du couloir, les premières bourgeoises attendent que notre institutrice ouvre et les fasse entrer. J'ai une certaine appréhension à l'idée de me retrouver en cours avec toutes les filles. Une boule se forme au creux de mon estomac, je ne peux pas rester en froid avec mon amie, je tente le tout pour le tout avant que l'instruction ne débute :

— Après les cours, je te raconterai tout.

— De quoi tu parles ?

— Je te parle des miroirs.

Ses grands yeux écarquillés balayent l'espace, elle est étonnée et très intriguée. Je suis en train de lui apporter mon secret sur un plateau. Mon annonce a l'effet escompté.

— Tu vas tout me dire ? Vraiment ?

— Oui, tout depuis le début. Mais à une condition…

— Laquelle ?

— Tu me diras pourquoi on t'appelle « la Terreur ».

— On en discutera…

— Tu es d'accord ?

— Attention, elle est là ! Tiens-toi tranquille, Mme Bugajnik est sévère.

À notre arrivée, la salle de classe s'ouvre et la femme chargée de parfaire notre éducation se dresse sur le seuil. Stricte, froide, droite comme un i. Kaja Bugajnik, c'est son nom. Dans sa robe noire plissée et sous son gilet anthracite à gros boutons, elle dévisage chaque bourgeoise avec tellement d'insistance que je baisse la tête. Impressionnée, le cœur serré, j'avance jusqu'au pupitre aux côtés de ma seule amie. Je me retrouve côté fenêtre, à proximité du radiateur, j'ai une place de choix – à l'opposé du groupe de pestes. En parcourant la salle du regard, je remarque que Zofia n'est pas là. Son absence pique ma curiosité, mais le cours reprend rapidement le dessus.

Je découvre une classe austère aux écritoires griffées par l'usure, avec pour seule décoration sur les murs une croix du Christ et un immense tableau noir. Les internes se figent, debout, en silence, attendant que l'institutrice se place devant son bureau. Elle transpire l'autorité et aucune pensionnaire ne moufte en sa présence. Coupé droit, à mi-hauteur au niveau des oreilles, le carré châtain de Mme Bugajnik est à l'image du personnage. Son visage anguleux et maigre lui donne un air dur. Ses lèvres sont naturellement attirées vers le bas et lui confèrent une grimace intraitable. Son regard très clair me fait perdre mes moyens.

— Mesdemoiselles, asseyez-vous.

Comme de bons petits soldats, les élèves obéissent simultanément. Étrangement, la voix de Kaja me parvient comme délicate, feutrée et douce. J'ai du mal à croire qu'une personne avec un timbre aussi agréable puisse effrayer les filles à ce point. Sans rien ajouter, elle ouvre le tiroir de son bureau et extirpe un tas de lettres.

— Distribution du courrier. Je ne veux pas entendre le moindre bruit.

L'excitation se dessine en silence sur les figures des pensionnaires impatientes. Elles sont appelées une à une. Chaque interne s'avance vers le bureau, et rejoint sa place avec la précieuse enveloppe entre les mains. Exceptionnellement, les fêtes approchant, la lecture du courrier est autorisée avant le début de la leçon. Une fois n'est pas coutume, Mme Bugajnik concède quelques minutes à cet effet. Certaines filles sont exaltées, d'autres déconfites en fonction des messages envoyés par les proches qui ont payé pour les maintenir ici. On murmure que la guerre vient d'éclater, on chuchote à propos des visites. Tandis que l'ouverture des plis se poursuit, j'interroge Alicja à ce sujet. Bien entendu, le plus discrètement possible, sans me faire remarquer.

— Pourquoi tu n'as pas parlé du courrier dans ce que tu m'as écrit ?

— Je n'en reçois jamais… donc, je n'y ai pas pensé.

— Comment ça se passe ? Je pourrai écrire à mon oncle ?

— Pfff… Tu parles…

— Je pourrais lui demander de me sortir de ce trou. Qu'est-ce que tu en penses ?
— Tous les courriers qui entrent ou sortent sont examinés. Tu peux oublier de te plaindre, ça ne fonctionnera pas. Ta lettre ne partira jamais.

Mme Bugajnik hausse le ton, elle réclame le silence total et l'obtient dans la seconde. La récréation est terminée. Je me fige sur ma chaise en bois, exactement comme les autres élèves.

— Aujourd'hui, leçon de choses.

Avant qu'elle n'ait le temps de dévoiler le programme en détail, la porte s'ouvre et Zofia pénètre en silence. Le visage de l'institutrice se durcit, elle s'apprête à sanctionner la retardataire, mais elle remarque que l'élève rebelle a les yeux brillants, les joues rouges et qu'elle est particulièrement abattue. Avant de s'installer, Zofia s'excuse auprès de Mme Bugajnik.

— Natalia a disparu, je suis désolée.

Cette seule phrase ondulant sur des trémolos sincères suffit à changer radicalement le comportement de notre professeur. Visiblement affectée par la situation au moins autant que Zofia, elle baisse la tête et son regard incrédule se perd dans le néant. Elle marmonne quelques bribes de pensées inaudibles, son masque autoritaire disparaît alors que Zofia sèche ses larmes et s'installe devant son pupitre. Mme Bugajnik se ressaisit puis lui fait part de son soutien :

— On va la retrouver. Si je peux faire quoi que ce soit pour vous aider…
— Il n'y a plus d'espoir. Elle a disparu, comme les autres, madame…
— C'est regrettable. Je le déplore.

Notre institutrice place les mains dans son dos et se rend à la fenêtre à côté du bureau. Les yeux perdus dans le parc, à haute voix, elle s'interroge entre deux soupirs :

— Je me demande ce qui se passe ici…

Zofia se tourne dans ma direction. Elle me dévisage un moment, ses yeux sombres me fixent d'une manière gênante avant de prendre une nouvelle fois la parole :

— La véritable question qu'il faut se poser est : Qui sera la prochaine ?

CHAPITRE 19

J'ai traversé l'heure de cours sans retenir le moindre mot, trop préoccupée par la menace proférée entre les lignes. Et si j'étais la prochaine ? Et si les larmes de Zofia n'étaient qu'une façade ? Et si elle me faisait disparaître ?

La tête embrumée par l'ombre des problèmes à venir, j'abandonne Mme Bugajnik et sa salle de classe, je me laisse guider en suivant mes camarades, sans réellement prêter attention à ce qui se passe. Le cortège se rend dehors, escorté par Iwona. Alors que décembre sort ses griffes et que les températures négatives nous giflent aux abords du parc, Alicja s'éclipse quelques minutes avec l'autorisation de Mme Zubrzycka afin de se rendre au petit coin. À son retour, les consignes sont aboyées, il va falloir courir en groupe. Courir pendant deux heures, jusqu'à midi. L'endurance n'est pas mon fort, je tolère mal les activités sportives.

Il y a deux catégories de filles face à l'exercice demandé : d'un côté, les bonnes élèves qui ne se font pas prier et débutent leur course sans attendre, de l'autre, les tire-au-flanc comme moi, qui rechignent à se lancer et font traîner les choses avant de devoir transpirer.

Si j'arrive à faire taire mes douleurs depuis ce matin et à passer outre les blessures qui martyrisent ma peau, mon dos supporte mal le frottement avec l'uniforme pendant que je trottine. Les frissons se multiplient et répondent à la morsure qui me lance dans le mollet. Pour couronner le tout, un mal lancinant prend vie entre mes reins. Les courbatures se réveillent, et j'ai le plus grand mal à tenir la cadence. Alicja a beau m'encourager, je suis en peine, essoufflée, rouge comme une tomate.

— Évite d'être à la traîne si tu ne veux pas te faire remarquer.

— Je fais de mon mieux ! Ça fait un mal de chien.

Petit à petit le peloton s'étire, les sportives galopent loin devant, et les lanternes rouges accumulent le retard, je m'efforce de rester dans la moyenne inférieure au côté d'Alicja. Ma foulée prend de l'ampleur, on longe les murs de l'enceinte et je remarque, hélas, qu'il n'y a aucune faille. Aucune, à l'exception d'un portillon en bois dissimulé derrière quelques bouleaux, bien à l'abri des regards depuis l'établissement. J'imagine que cet amas de vieilles planches au centre d'un mur infranchissable doit facilement céder. Mon œil s'accroche à cette issue et je m'imagine un jour en franchir le seuil et quitter définitivement Miedzeska. Ni les chiens, ni Iwona, ni personne ne m'arrêtera. Un coup de coude me ramène à la réalité sans ménagement, Alicja attire mon attention sur Maciej.

— Regarde-le… Qu'est-ce qu'il est beau !

Alors que mes poumons sont en feu et que je rêve de mon évasion en secret, Alicja se dévisse la tête en direction de la dépendance. Les internes normales, celles qu'on appelle « les pauvres », ramassent les feuilles mortes à la main, aidées de Maciej et de son râteau. Droit dans ses bottes, il gratte le gazon brûlé par le givre sans aucune envie, le visage éteint, mais doté d'une certaine élégance qui dénote avec le reste de la pension. Lorsqu'elle parle du seul garçon vivant dans l'internat, la Terreur de Miedzeska en a plein la bouche, et son œil pétillant ne trompe pas. Elle en pince pour lui, j'en suis sûre.

— On se demande comment il peut être aussi différent de son père.

— Si tu le dis…

— Tu ne trouves pas ?

— Mais c'est qui son père au juste ?

— Tadeusz ! Qui veux-tu que ce soit ?

Je n'aurais jamais deviné un quelconque lien de parenté entre eux. Ils vivent sous le même toit, cependant l'idée ne m'a pas effleuré l'esprit. C'est vrai que le fils est élancé contrairement au père, qui est plutôt ramassé. L'un est tout en finesse, l'autre est un bourru aux traits vilains. Comment un ours mal léché peut donner vie à un ange aussi délicat ? Sa mère doit être magnifique, ce doit être ça. Mais comment une femme splendide peut fonder un foyer avec Tadeusz ? Sérieusement, ce point reste un mystère, et je ne me l'explique pas. À bien y réfléchir, je suis très différente de mes parents, moi aussi. C'est peut-être un mal pour un bien. En tout cas, ça me fait penser à la promesse que j'ai faite à Alicja.

— Je t'ai dit que j'allais tout te raconter.

— Quoi ? Tu veux faire ça maintenant ? En courant ?

— Pourquoi pas ? Mais tu me diras pour ton surnom en échange…

— Si tu veux, mais tu n'en parles à personne.

— Pou... Pourquoi ? Attends... On va trop vite, je n'arrive pas à te suivre...

— Tu es rouge, tu vas y arriver sans faire de malaise ?

— Je vais essayer, mais je crois que j'ai un point de côté.

— Alors, on va ralentir un peu... Je veux tout savoir.

Tandis que ma gorge brûle et que mes lèvres, gercées par un souffle difficile, peinent à délivrer les premiers mots, Alicja réduit son allure dans le dos des surveillants. Les foulées franches se muent en un petit trot, je reprends mon souffle en appuyant sur le point qui me fait mal.

— Je ne sais pas par où commencer.

— Eh bien... Commence par le début !

— Je crois que c'était il y a quelques années...

— Je t'écoute. Je suis tout ouïe.

Mon plus vieux souvenir avec les miroirs remonte à l'âge de cinq ans. Je me rappelle des premières disputes entre mes parents à propos de la glace trônant au milieu de la salle à manger. Elle ne voulait pas de ça chez nous, mais Papa refusait de s'en séparer. Le miroir appartenait à sa mère, qui le tenait elle-même de sa propre mère.

Comme toutes les petites filles, j'aurais beaucoup aimé me regarder, me trouver belle et jouer avec mes cheveux durant des heures. Mais je n'avais pas le droit de me contempler en présence de ma mère, ça la rendait folle de rage. Mon père ne voulait rien entendre et bottait en touche systématiquement lorsqu'il était sobre. Ils ont trouvé un compromis en recouvrant le miroir d'un drap. De cette manière, Papa pouvait le conserver à la maison, et personne n'avait le droit de s'en servir. Je me rappelle questionner ma mère en permanence à propos du miroir.

Le sujet me fascinait parce qu'il était tabou, parce que c'était interdit. Ce miroir avait à mes yeux un aspect presque magique, j'étais convaincue qu'il était spécial. Je voulais avoir l'autorisation de me regarder. Sans être une véritable obsession, cette envie revenait régulièrement. Mais Maman était catégorique, et s'opposait vivement à l'idée…

— Jusqu'au jour où elle a craqué…
— Qu'est-ce qu'a fait ta mère ?

Je devais avoir une dizaine d'années… Ce jour-là, après avoir lourdement insisté, elle a retiré le tissu sur le miroir avant de me placer devant. Elle était excédée et n'en pouvait plus de m'entendre l'interroger sans arrêt. Je me souviens encore de ses mots précédant le chant du drap qui tombe au sol. J'ai compris qu'elle avait déjà assisté à ce genre d'expérience par le passé et que sa peur n'était pas une simple superstition. À regret, elle a levé le voile sur les secrets de notre clan.

Maman m'a avoué que plusieurs cas inquiétants se sont déjà produits dans la famille. Des grand-tantes entendaient des voix, paraît-il. Tout le monde raconte qu'il s'agissait de prémonitions. Mais ce n'est pas le plus grave. Ma grand-mère avait ce don étrange, le même que le mien. Une espèce de malédiction provoquée par son reflet. J'ai appris de la bouche de ma mère, que le miroir en lui-même importe peu et qu'il n'a rien de particulier. Ce fléau fonctionne avec n'importe qu'elle surface renvoyant mon image. Je me rappelle avoir tremblé devant la glace en me demandant si j'étais prête à apprivoiser cette chose étrange. Tandis que ma mère m'avertissait, en m'intimant de ne pas m'approcher trop près du tain, elle me disait qu'il était là, derrière le reflet, qu'il n'attendait qu'une chose… que je m'avance pour s'emparer de moi.

— Mais qui ? De qui parlait ta mère ?
— Elle parlait du Mal. Enfin, je crois.

« Szkodliwy », ce mot résonne encore au fond de moi. C'est dangereux, c'est ce qu'elle me répétait en boucle alors que ses mains glissaient sur mes épaules avant de se plaquer contre mes joues pour me bloquer fermement la tête.

Puis elle m'a poussée vers l'avant en contrôlant son mouvement. Je me revois approcher du reflet, comme happée par le double qui se tenait face à moi. Je me souviens des particules noires qui virevoltaient tout autour. Mon visage était attiré par la glace, contraint par les mains de ma mère alors qu'elle me susurrait :

— Lorsque ton regard se perd dans celui du reflet, quand celle que tu observes n'est plus tout à fait toi, tu peux te dire qu'il est là… tout près… impatient de pouvoir s'emparer de ton âme.
— Le Mal ? Elle parlait du Mal ?
— Satan… Elle me parlait de Satan.

Ses consignes étaient prononcées avec une voix chevrotante aux intonations gutturales. Elle cherchait à me faire peur, et ça marchait. Mon cœur battait la chamade, mes pupilles se confondaient avec le reflet, les particules noires flottaient au-dessus du sol et je ne savais plus de quel côté se trouvait la réalité ni même la petite fille que j'étais. Sauf que ce jour-là, je n'ai pas vu le diable en personne dans mon reflet.

— Qu'est-ce que tu as vu alors ?

J'ai vu mon père. Je le voyais souffrir de douleurs abdominales. Je le voyais vomir, plié en deux. Le visage émacié, le teint gris, des cernes à faire peur. Il appelait à l'aide, il pleurait. Il avait du sang au bord des lèvres. Je ne comprenais pas le message, j'avais bien trop la frousse. Maman n'a rien vu et j'ai tout de suite arrêté de le faire. Enfin… j'ai arrêté, mais j'y pensais tout le temps. Traumatisée par l'histoire racontée par ma mère, je n'ai plus transgressé sa volonté. J'ai résisté de longues années. Jusqu'à ce que mes soupçons et mes questions me poussent vers l'interdit et que je m'abandonne devant la glace pour découvrir la vérité.

— La vérité ? Quelle vérité ?

— Je vois ce que les gens ont fait de pire dans les miroirs.

— Quoi ?

— Je vois la vérité, cruelle et sans aucun filtre.

Ma voix se brise en fin de phrase, révéler mon secret à une inconnue ravive une plaie sensible. Je me sens mise à nue, je lui tends mon cœur fragile entre mes mains tremblantes, je ne sais pas si elle va l'accepter.

— Ewa… Je ne te suis pas… De quoi tu parles exactement ?

— J'ai vu ma mère empoisonner mon père. Et j'ai perdu le contrôle, il s'est emparé de moi.

— Ton père ou Satan ?

— Peut-être un peu des deux… mais ça s'est très mal terminé.

— Qu'est-ce qui s'est passé ? Ewa ?

Voyant mes larmes déborder et mon visage se parer d'une profonde tristesse, Alicja s'approche de moi tout en continuant de courir, puis elle me prend par la main et m'avoue qu'elle peut tout entendre, elle ne va pas me juger. Elle m'accepte telle que je suis, et m'assure que si j'ai besoin de me livrer, elle saura me soutenir quoi qu'il arrive. Alors, au milieu de mes sanglots, je me lance :

— J'ai tué ma mère, j'ai tué des gens, Alicja… Voilà pourquoi je suis là. Voilà pourquoi les miroirs me sont interdits.

Nous partageons le même silence. Elle a la délicatesse de ne pas relever. Que pourrait-elle bien ajouter ? Ensemble, nous terminons le tour du parc sans un mot, je me sens étrangement libérée, légère et redevable. Redevable, parce qu'elle vient d'accueillir ma plus vilaine facette sans prendre peur. Je me suis livrée en pensant que mes aveux pourraient apaiser mes démons. Me confier aurait pu être salutaire, je le croyais en tout cas. J'aurais peut-être pu briser les chaînes du monstre que j'abrite, si seulement des oreilles indiscrètes n'avaient pas tout entendu. Je vais regretter d'avoir confessé mes fautes, car Zofia, trottinant dans notre dos à mon insu, n'a pas manqué un seul mot de mon terrible récit.

CHAPITRE 20

Au coup de sifflet, les bourgeoises essoufflées et en nage reviennent vers le bâtiment. Fin de l'exercice. Ici, le temps rentre dans des cases, tout est chronométré, millimétré, et les activités des pensionnaires restent scrupuleusement organisées. Je suppose que nous laisser seules avec du temps libre, c'est prendre le risque de nous voir commencer à penser par nous-mêmes, c'est bien trop dangereux.

Je foule les marches des escaliers principaux en prenant soin de jauger le comportement d'Alicja. Je suis dans l'attente et l'observation. J'espère ne pas l'avoir effrayée, j'espère qu'elle est effectivement capable d'accepter ce que je suis. Elle semble tout à fait normale, elle dégouline de sueur, et ses taches de rousseur se confondent avec les rougeurs provoquées par l'effort et le froid. Maintenant que je n'ai plus rien à cacher, j'imagine que cela fait de moi une véritable amie – ou une proie facile. Car, à bien y réfléchir, les prédatrices sont nombreuses à Miedzeska.

À propos de prédateur, Zofia rejoint le groupe de pestes sans se faire remarquer. Dire la vérité a un prix et je vais le payer. J'ignore encore que ma pire ennemie sait tout ce qu'il y a à savoir à mon sujet. J'ignore à quel point cette erreur va me coûter cher.

Une chose est certaine, on ne peut pas reprocher aux bourgeoises de la pension de ne pas se laver. Après la toilette obligatoire dans nos chambres, l'heure de l'inspection a sonné. Je me suis déjà savonnée deux fois depuis ce matin et j'ai l'impression de ne faire que ça. La surveillante en chef passe chaque chambre au peigne fin. La nôtre ne fait pas exception. Si Iwona vient de trouver le savon à la lavande et le flacon de parfum offerts par Maciej en mettant à sac notre intimité, elle est loin de se douter que j'erre dans l'internat avec un couteau dans les poches.

La fouille prend fin, mon œil fixe la pendule qui sépare nos lits, il ne reste que cinq minutes avant l'appel pour le repas. J'ai respecté ma part du marché, mais je n'ai toujours pas l'explication concernant le surnom d'Alicja en retour. Il me faut savoir. C'est une question de principe. Je me suis mise à nue, j'en attends autant de sa part.

— Alors, pourquoi on t'appelle la Terreur de Miedzeska ?

— C'est ce qui me va le mieux. Tu ne trouves pas ?

— Je ne m'attendais pas à ça. Ça ne répond pas à ma question.

— Tu veux vraiment savoir ?

— Je t'ai tout dit ! Tu as promis.

Elle quitte sa place et se rend lentement vers la porte en me rappelant que l'heure approche. À mi-chemin, Alicja se fige et me lance un sourire espiègle.

— Si tu veux le savoir… tu n'as qu'à utiliser les miroirs.

Je suis profondément frustrée, un peu désarçonnée. J'ignore si c'est de l'humour ou de la provocation. En tout cas, elle ne peut pas s'en sortir avec une simple pirouette. Mes cheveux sont attachés, la sirène retentit et je sors dans le couloir pour me mettre au garde-à-vous à côté d'Alicja. Les filles stressées attendent l'arrivée de Mlle Szyller dans le silence, sauf Zofia qui semble pâle et malade. La blonde platine est prise de violents maux de ventre, elle prend appui contre le mur, se plie en deux et vomit brutalement aux yeux de toutes les internes. C'est étrange, je n'ai rien remarqué d'inhabituel en cours et, pendant le sport, elle paraissait être en bonne santé. Troublée, mais en bonne santé.

La crise qui fustige ma pire ennemie est si forte, qu'Iwona l'escorte sans attendre jusqu'à l'infirmerie. Le malheur des uns fait le bonheur des autres, je vais passer un repas sans elle, ce qui est plutôt une bonne nouvelle. Pas de confrontation, pas de dérapage. Alors pourquoi Alicja paraît aussi nerveuse ? Elle ne parvient pas à masquer sa contrariété et observe cette garce s'éloigner avec une angoisse palpable. À voix basse, je l'interroge :

— Qu'est-ce qui se passe ? Qu'est-ce qu'elle a ?

— Je ne sais pas. Mais ce n'est pas bon. Pas bon du tout.

La Directrice vient d'effectuer son passage, pas de petite note aujourd'hui et aucune bourgeoise punie pour cette fois. Le sol est nettoyé dans la foulée, l'incident est clos. En file indienne, on se rend au réfectoire et j'en profite pour en apprendre davantage à propos des inquiétudes d'Alicja. J'ai la faiblesse de croire qu'on doit tout se dire, nous sommes amies après tout. Hélas, je fais fausse route, elle garde le silence et ne me répond pas.

Comme hier, l'odeur nauséabonde d'une cuisine infecte s'élève dans le couloir, on approche de la cantine. Le manque de communication de la Terreur me chagrine, j'avance tête baissée avec la désagréable sensation de me faire avoir et de vivre une relation à sens unique. Alicja devait m'avouer pour son surnom, elle devait tout me raconter comme je l'ai fait, mais j'ai la désagréable sensation qu'elle se sert à nouveau de moi. Le constat est amer, il ravive mon sentiment de solitude. Lorsque je pénètre dans le réfectoire, une vague de stupeur s'abat sur les pensionnaires, un brouhaha malsain se tisse dans la cantine. Celle qui ne me dit pas toute la vérité me prend par la main et me demande de rester calme.

— Oh mon Dieu. Ewa, surtout ne fais pas de vagues.

Au cours des premières minutes, je ne comprends pas. Puis je réalise que je suis la cible, la risée de la pension. Au milieu des tables et des bancs, le spectacle me choque, je suis humiliée devant tout le monde. Mon cœur se met à cogner très fort. Une barre comprime ma poitrine et les larmes me submergent. À cet instant précis, je voudrais devenir toute petite, insignifiante et même transparente. L'imposant miroir, habituellement recouvert, est à l'air libre. À sa surface, au centre des dorures, on y a écrit « Czarownica ».

« Sorcière », le message m'est clairement destiné. Je me sens sale, trahie, j'ai tellement honte. Tout le monde sait. Tout le monde se marre. Immobile, interdite devant la glace au milieu de dizaines de regards braqués sur moi, je m'écroule dans les bras d'Alicja.

— Ewa, ne pleure pas. Je t'en prie ! On va trouver qui a pu te faire ça !

— Co… Comment ? Qui ?
— Tu peux me croire, j'ai ma petite idée…

Bien sûr, le message est effacé sans attendre et le miroir recouvert dans la seconde. Iwona, revenue seule de l'infirmerie, m'assure qu'on mettra la main sur la fautive pour la punir sévèrement. Ça n'efface pas mes sanglots, ça ne soulage pas ma honte, parce que je me dis qu'une des pensionnaires doit sourire intérieurement et se faire une joie de me rabaisser de la sorte. Cette histoire va faire jaser les filles pendant un moment, dès que j'aurai le dos tourné. On va me coller cette étiquette, rien ne pourra m'en défaire.

Après un appel au calme autoritaire, le couvert est dressé, la prière est respectée et je dois continuer à faire semblant de rester digne. Mes spasmes ne me lâchent pas, ce coup bas est dégradant, j'ai rarement été aussi affectée. Bien loin de mes tourments, Tadeusz est chargé de servir le déjeuner. Il déambule de table en table avec sa marmite repoussante et sa louche pleine. Lorsqu'il arrive à mon niveau, il abandonne l'immense cocotte, essuie ses mains sales sur sa salopette bleue avant de poser son épaisse paume dans mon dos.

— Je dois te parler. Sèche tes larmes.
— Pardon ?
— Tu te lèves, personne n'a besoin de savoir.
— Je… J'arrive… Donnez-moi une seconde.
— Maintenant !

Avec sa grosse voix, il effraie l'assemblée. Il me fait sursauter en haussant le ton. Je déglutis et passe les mains sur mes joues en essayant de me ressaisir. Je ne me sens pas la force de prendre un nouveau coup de massue sur la tête. Fragile et peureuse, je cherche à savoir ce qui m'attend :

— De quoi s'agit-il ?
— Des chiens et de ta punition d'hier.

CHAPITRE 21

J'espère du fond du cœur que Maciej ne m'a pas menti. Je quitte ma place avec une trouille qui me scie les jambes et emboîte le pas de l'homme à tout faire. Mes trépidations angoissées me conduisent jusqu'aux abords de la fenêtre. Tadeusz m'impressionne, il me fait peur et je frémis quand il me fixe en reniflant. Pourvu que tout se passe bien, je ne vais pas survivre à une nouvelle sanction. Je veux prendre les devants et essayer de sauver ma peau en bredouillant quelques excuses :

— Écoutez, pardonnez-moi… je suis…
— C'est du bon travail.

Mes mots restent coincés au fond de la gorge, les siens me giflent d'un revers cinglant. Je ne suis pas en état de dissimuler quoi que ce soit et je le dévisage avec une pointe d'incrédulité. Il croise ses bras et bombe le torse en me toisant. Ses petits yeux sournois tentent de me percer à jour. À travers sa barbe mal entretenue, il me confie :

— Je n'ai pas l'habitude de faire de compliments. C'est la première fois que l'enclos des clébards est aussi propre. Je saurai m'en souvenir.

Sa main puissante s'écrase sur mon épaule. Pris d'un élan presque humain, Tadeusz tapote ma clavicule. Je suis perturbée.

— Je… Je ne sais pas quoi vous répondre.
— Tu peux retourner à table. Je voulais simplement souligner ton excellent travail.
— Merci monsieur.
— Une dernière chose.
— Oui ?
— Cette discussion reste entre nous.

Lorsque je regagne ma place, une douce chaleur se propage à l'intérieur. Ce n'est rien, mais cette bonne nouvelle me réchauffe enfin le cœur. Maciej a tenu parole. Je me dis qu'il fait partie des rares personnes de confiance ici. Je me dis que je peux compter sur lui.

Le repas se passe en silence. J'ai le droit de manger en même temps que les autres, Zofia n'est pas là pour ternir l'atmosphère et pourtant, je ne peux rien avaler. Les félicitations de l'imposant barbu se dissipent bien vite pour laisser place à de nouvelles inquiétudes. Et si l'absence de Zofia était liée à l'incident ? Si elle avait inscrit « sorcière » pour me déstabiliser ? Si elle me tendait un piège avec l'aide de ses chiennes de garde ? Difficile de me prononcer, j'aimerais tirer tout ça au clair. Pour couronner le tout, les regards et les chuchotements se poursuivent à mon insu. Cette histoire de miroir reprend vite le dessus, et j'ai hâte de quitter la cantine afin d'oublier l'affront qui me déconnecte totalement de la réalité.

Je découvre les activités de l'après-midi. Rien de bien réjouissant, mais c'est toujours mieux que de faire connaissance avec Greta, le baril et tout le reste. Même s'il est vrai qu'elle ne m'a pas confié le secret à propos de son surnom, Alicja continue de me réconforter et me console comme elle le peut, par petites touches subtiles. Elle me confie ne pas aimer me voir dans un tel état et me souffle qu'elle va se charger de réparer le mal qu'on m'a fait.

Dans une pièce chauffée, décorée d'épais tapis au sol et de rideaux bordeaux à chaque fenêtre, je participe à mon premier cours de couture. Iwona cède la place à une éducatrice que je ne connais pas. Elle semble plus souple que les adultes qui nous encadrent habituellement. C'est un petit bout de femme dont la mise en plis est discutable. Elle paraît douce, avec des lunettes rondes. Pas de regard noir, pas d'ordre aboyé. Ici, l'ambiance se veut détendue et c'est la première chose qui me marque.

Je vois des patrons et des rouleaux de tissu stockés sur un buffet à cinq portes. Il y a du matériel, des ciseaux, des bobines colorées soigneusement rangées dans des boîtes en bois, et de confortables fauteuils dans lesquels les bourgeoises s'installent durant l'atelier. Un peu hésitante, je fais mes premiers pas dans un exercice que je n'ai jamais eu l'occasion d'aborder. Le dé à coudre sur l'annulaire, l'aiguille pincée entre le pouce et l'index, je me découvre des prédispositions dans ce domaine. Alicja m'initie aux rudiments de la confection. Malgré ma légère déception à son égard concernant notre relation à sens unique et son manque de transparence, j'écoute les conseils avisés de la Terreur de Miedzeska et je retiens vite, à ma grande surprise. De fil en aiguille, la leçon de couture devient la seule chose que je trouve agréable dans cet enfer.

Après avoir expérimenté le surjet et les surpiqûres, j'assemble deux pièces en m'essayant au point de bourdon alors que les discussions feutrées prennent vie en présence de l'éducatrice plutôt magnanime. Je suis contente de moi, je ne me pensais pas aussi douée. Cette parenthèse est calme, les minutes qui s'écoulent dans l'atelier sont presque normales. Confortablement installée dans un fauteuil à proximité de la fenêtre, l'une des pensionnaires s'interrompt un moment et observe par la vitre, laissant échapper un large sourire qui en dit long. Ses yeux pétillent, elle se mordille les lèvres avec gourmandise. Les échanges entre les bourgeoises s'orientent rapidement vers la dépendance et plus précisément vers Maciej qui s'affaire dans le parc.

Certaines tueraient père et mère pour réussir à lui parler. Les internes les plus âgées ne cachent pas leur attirance pour le seul garçon vivant ici. À mots couverts, Maciej est décrit comme quelqu'un d'inaccessible, de secret et de timide. Très peu de filles ont eu la chance de l'aborder. On dit qu'il joue de la musique. On dit qu'il est cultivé. Les rumeurs vont bon train et chacune alimente la part de rêve qu'il engendre. À les entendre, le fils de Tadeusz est un fantasme collectif. Maciej est intouchable et c'est peut-être ce qui le rend aussi désirable à leurs yeux. Rapidement, elles sont toutes émoustillées, même Alicja ne dissimule pas ses sentiments.

Au fond de moi, je me sens flattée. Non seulement j'ai pu lui parler, mais il m'a offert du savon et du parfum avant de se proposer de m'aider. Sans que je m'en rende compte, mon intérêt grandit pour ce grand brun élancé. Lui et ses bretelles sont en train de prendre de plus en plus de place dans ma tête, et dans mon petit cœur blessé. Peut-être qu'il me trouve spéciale. Peut-être que je lui plais.

Cette idée enfle durant la prière du soir et le dernier repas de la journée. Je ne pensais pas que des idées aussi sucrées que fruitées pouvaient me traverser l'esprit dans cette prison, surtout avec ce que j'ai vécu hier. Si mon mental tend à s'améliorer, je suis loin d'être dans une forme olympique. Mon dos est encore et toujours une atroce plaie composée de croûtes en formation, chaque mouvement me rappelle à l'ordre. Heureusement que dans un recoin de ma tête il fait beau, et que je peux m'y réfugier avec Maciej. Je ne m'imaginais pas un instant avoir hâte de terminer la journée et trépigner d'impatience jusqu'au lendemain. Il me tarde déjà d'aller me coucher, de me réveiller pour aller courir et observer de plus près ce garçon mystérieux et tant convoité.

L'heure de l'extinction des feux a sonné et il aura fallu une simple discussion entre filles pour panser mes blessures et reléguer l'histoire du miroir au second plan. Mon amie – pas toujours parfaite –, se glisse dans les draps, je limite et m'allonge à mon tour. J'ai glissé mon couteau sous l'oreiller, c'est une habitude que je ne suis pas prête de changer. La lampe à pétrole se consume lentement alors que le sommeil ne demande qu'à venir me prendre. Il me reste à découvrir ce que le surnom d'Alicja cache réellement, je me dis que j'en saurai davantage durant les prochains jours. Le pas lourd d'Iwona résonne au loin dans le couloir éteint. Le calme s'installe dans les chambres, et la surveillante se poste devant la 16 avant d'ouvrir notre porte.

— Alicja, Mlle Szyller veut te voir.
— Pardon madame ?
— Immédiatement.
— Bien madame.

Surprise, ma voisine de chambre abandonne son lit, se chausse et rejoint la grosse gardienne dans le couloir. J'ai vu l'étonnement dans ses yeux. J'ai saisi la peur dans sa réponse. J'espère qu'il ne va rien lui arriver de grave. Les minutes s'étirent et la fatigue déploie ses ailes pour me faire doucement sombrer sous ma couverture rêche. Je me tourne sur le flanc, fixe la lune à travers la fenêtre et je laisse mes paupières se fermer progressivement. J'aimerais tellement rêver de lui, de ma fuite, de ma liberté, des années que j'aurai à vivre loin d'ici, peut-être en France… qui sait ?

Ma poitrine ondule au gré de ma respiration, mon souffle est de plus en plus lent. Je glisse dans mes songes et somnole, alors que la poignée s'abaisse dans mon dos. La porte s'ouvre discrètement, trois ombres se dressent sur le seuil. Deux bourgeoises. Deux pestes qui accompagnent Zofia, mais je ne les vois pas arriver, tandis qu'elles se faufilent sur la pointe des pieds jusqu'à mon lit. Je n'ai pas le temps de réagir ni de comprendre ce qui se passe. Elles se jettent sur moi pour m'empêcher de bouger et de crier. Dans leurs mains, je distingue des scalpels dérobés à l'infirmerie. Mais ce n'est pas ce qui me terrorise. Ce qui m'effraie et déclenche une peur panique, c'est le miroir qu'elles possèdent. Les lames menacent ma gorge, les filles bloquent fermement mes bras. Zofia se penche au-dessus de moi en tenant la glace puis me prévient :

— Il est temps de payer !

CHAPITRE 22

Je m'écrase dans le matelas, je me débats, mais je suis coincée. Mon pouls s'emballe de terreur et s'envole pour atteindre des sommets. Les mains froides des complices m'entravent alors que mon reflet s'approche dangereusement. À la surface du miroir, il y a ma figure pâle sous la lueur d'une lune sans pitié, il y a la crainte dans mes yeux et puis il y a cette fille qui me ressemble de l'autre côté, mais que je ne connais pas si bien que ça. Je veux détourner mon regard, mais les lames tranchantes comme des rasoirs m'empêchent de dévier la tête. Une des pestes saute sur le couchage et se met à califourchon au-dessus de moi avant de me comprimer la poitrine. Elle plaque rageusement mes bras de part et d'autre du lit. L'autre pointe lentement le scalpel vers mon visage, mon souffle trop court bloque des hurlements désespérés. Elles vont déclencher le pire. Et je ne peux rien dire, je ne peux rien faire.

Le froid de la lame effleure mes joues en remontant dangereusement vers mes yeux. Elles ne devraient pas me faire ça, elles ne devraient pas m'obliger à me contempler. Mon Dieu, si elles savaient… Zofia n'a pas conscience qu'elle est en train de réveiller un monstre hors de contrôle et elle se fiche éperdument des particules de suie qui s'élèvent au-dessus du lit.

J'agite mes jambes en vain. La fille qui me domine tressaute, mais ne lâche rien. Le miroir m'aspire lentement. Ma vue se trouble. Je pense à mon père. Je pense à ma mère. J'entends ses conseils prudents, puis le bruit de la chair que j'ai lacérée le soir du massacre. Je revois l'atrocité de mes actes. L'horreur figée sous les paupières froides des prêtres. Mon désespoir s'étrangle dans ma trachée et je songe au couteau dissimulé sous mon oreiller. Le visage qui me parvient dans le reflet n'est plus tout à fait le mien. Zofia vient de réveiller la bête. Je ne suis plus aux commandes, je ne réponds plus de rien.

Tout devient trouble et sourd. Je suis à l'étroit sous ma peau. J'étouffe. Je pourrais arracher ma chemise de nuit et me griffer jusqu'au sang pour me libérer des fourmillements atroces qui me gagnent. Je me perds dans les rétines livides qui me dévisagent de l'autre côté. La pièce change soudainement d'aspect. Je bascule. Dans un ailleurs. Dans une autre vérité.

Me voilà plongée dans un endroit bien plus beau, bien plus grand. Les plafonds sont hauts, avec des moulures ornant les angles ainsi que le pourtour d'un lustre somptueux. Un voile blanc s'étend au-dessus de mon corps, allongé dans un couchage dont les bords se dressent tout autour de moi. Ça sent la viande grillée, une odeur de cuisine flotte dans l'air. La fenêtre est ouverte dans cette demeure. Il fait bon, il fait jour. C'est peut-être l'été, une fin d'après-midi ensoleillée.

Le sol craque dans un gémissement discret, comme des lattes de plancher cédant sous les pieds d'un visiteur qui ne veut pas se faire remarquer. Je voudrais me lever et voir ce qu'il en est, mais rien ne répond. Ni mes jambes ni mes bras. Mes mouvements sont désordonnés, inefficaces. Je manque de tonus, je suis incapable de me redresser. J'ai peur, je ne sais pas pourquoi. Une ombre approche à travers la tenture claire. Zofia s'incline au-dessus de moi, elle est bien plus jeune qu'à Miedzeska. Je découvre un gigantesque monstre froid et blond, dont les yeux sombres me haïssent en silence. Ses mains approchent de ma tête. Au fond du couffin, je ne peux que hurler. Mes appels à l'aide ne sont que des pleurs de bébé qui s'échappent dans la pièce, jusqu'à ce que les doigts de Zofia serrent ma gorge ou plutôt celle du frère qu'elle étrangle sans scrupules. Mon petit cœur de nouveau-né se demande pourquoi. Pourquoi ralentit-il si vite ? Pourquoi cesse-t-il de battre ? Pourquoi vient-elle de commettre le pire ? Moi qui ne demandais qu'à vivre et être aimé.

Un trou noir happe mon âme et me projette sur mon lit en fer forgé. Retour violent au cœur de la pension, entourée de mauvaises filles qui viennent de provoquer le Mal. Le reflet vient de rendre son verdict, injectant dans mon cœur qui palpite des faits aussi laids qu'insoutenables. Le miroir délivre la vérité, je me charge du couperet comme de la peine infligée. Lorsque les mots sortent enfin de ma bouche, ce n'est plus tout à fait moi qui parle. Je ne suis plus toute seule dans ma tête.

— Je te jure Maman, ce n'est pas moi ! Je n'ai pas tué Lucek !

Zofia s'écarte et retire le miroir. Stupéfaite. Elle vient de reconnaître sa propre voix et ses propres mots. Ceux employés pour édifier un mensonge qui n'a dupé personne au sein de son foyer. C'était son petit frère. Elle a tué Lucek, je viens de le dire. Ses yeux terrifiés s'écarquillent dans la pénombre. Elle échange des regards inquiets avec les filles qui me maintiennent immobile avant de bredouiller :

— Co… Comment ? Comment tu sais ?

— Je ne voulais pas lui faire de mal ! Je ne sais pas ce qui m'a pris ! Je voulais juste rester ta préférée… Pardon Maman, pardonne-moi !

Le choc de la révélation est si intense que Zofia laisse échapper le miroir entre ses doigts. La glace chargée de secrets tombe à ses pieds et explose au sol. L'étreinte des pestes se relâche avec effroi. Mes dents grincent, une fureur terrible m'habite, si bien que repousser les bourgeoises ne me demande aucun effort. Arracher leurs armes blanches me prend moins d'une fraction de seconde. Le scalpel est planté dans la main de la première d'un geste rageur et brutal. Les tendons sont sectionnés, les os craquent mais ne couvrent pas le hurlement de cette garce. D'un geste féroce, je crève le ventre de l'autre qui se tord de douleur en reculant. Les filles répandent des gerbes sombres sur le sol en ignorant que le pire est à venir.

Ma main glisse sous l'oreiller pour se saisir de la lame qui n'attend qu'une chose : trancher la langue d'une vipère aux cheveux blond platine.

— Ewa… Je t'en supplie, ne fais pas ça !

— Ewa n'est plus là.

— Qu'est-ce que tu fais ? Pose ce couteau ! Non !

— Tu l'as dit… Il est temps de payer.

Son souffle se coupe net lorsque le manche percute son abdomen malléable. L'acier murmure le refrain incisif d'une justice rétablie par le sang. Et je frappe encore. Sur ses poignets lorsqu'elle veut se protéger le visage. Sur sa poitrine quand elle se retrouve acculée, dos au mur. Elle ne peut plus reculer, elle est en état de choc, prise dans l'angle de la chambre à côté de l'armoire. Je la contemple, en train de se vider et ça ne me fait strictement rien. Puis mes mains enserrent son cou tendre et sans défense pour la priver d'air, la priver de vie. Pour lui faire exactement ce que son frère a subi.

Son regard horrifié me supplie, mais je n'ai pas le pouvoir de pardonner, ni même de la relâcher. Je n'ai pas mon mot à dire. Lorsque je perds le contrôle, une part de mon hôte tient les rênes. La dernière fois, j'incarnais la victime, aujourd'hui, c'est le bourreau. Car c'est bien Zofia qui se retrouve aux commandes, je ne fais que l'assister dans sa propre mise à mort. Elle gesticule inutilement, pose parfois ses mains couvertes de sang sur les miennes, en essayant d'agripper mes doigts pour trouver l'oxygène qui lui manque. Dans quelques secondes, elle va sombrer, punie par son passé. Punie pour m'avoir cherchée. Punie pour avoir réveillé le monstre de l'autre côté du miroir.

Les copines blessées fondent sur moi afin de nous séparer, mais elles n'y parviennent pas. Rien ne peut me faire lâcher ma proie. Plus rien ne compte autour, mon champ de vision se réduit, rongé par la haine, obnubilé par ce visage qui tend à s'éteindre. Mes artères pulsent le requiem de cette idiote qui ne mérite pas de vivre. Une pellicule obscure engloutit ma vue en périphérie. Un profond malaise répond à ma colère. Des vagues de chaleur me submergent, le nuage de particules noires s'élève et nous enveloppe, le temps que Zofia agonise, presque aphone.

Ça se passe entre elle et moi, entre son expiration et mes paumes. Entre la vie et la mort, la faute et la sanction. Jusqu'à ce que je cède, foudroyée par une vive douleur dans le dos qui irradie dans mes jambes. Je m'écroule à terre. Un autre choc à la tête affole mes sens. J'y vois flou, j'entends des voix au loin. Un affreux goût de fer se répand dans ma bouche. Juste à côté de moi, les silhouettes d'Iwona et d'une infirmière s'agitent dans la chambre aux giclures rouges. La grosse surveillante tient dans ses mains la barre en métal qui vient de me faire plier. Je reconnais la salopette bleue de Tadeusz alors qu'il se jette sur mon corps inerte et me secoue dans l'espoir futile de me ramener à la raison. Il hurle, mais aucun son ne semble m'atteindre. Avant de m'évanouir, je peux seulement lire sur ses lèvres et à travers sa barbe hideuse « Qu'est-ce que tu viens de faire ? »

CHAPITRE 23

C'est dans le froid que je reprends connaissance. Ma vue est encore floue, mes sens sont amoindris. Mon corps est lourd, drogué, congelé. Mes côtes déclenchent un mal lancinant à chaque fois que j'inspire. J'ai mal aux lombaires, j'ai la migraine et la nausée. Mes doigts sont frigorifiés, chaque centimètre de ma peau ressent la morsure glaciale de l'air. Où suis-je ?

J'ai l'impression d'avoir rêvé. Un mauvais rêve, je l'admets. Il fait noir tout autour. Je suis allongée à même le sol, la terre est meuble. Je tremble, de la fumée s'échappe à chacune de mes expirations. L'odeur qui règne ici ne m'est pas inconnue. C'est un parfum infect, animal, le genre d'effluve qui s'incruste durablement dans les vêtements et les cheveux. Mes premiers mouvements sont accompagnés d'un tintement métallique. Je découvre avec stupeur une chaîne à mes chevilles, une autre à mes poignets. Le tout est relié à un anneau scellé sur un plot de béton. En distinguant mes liens et la fange puante qui m'entoure, je panique. Mon souffle affolé réveille les fauves et déclenche une avalanche d'aboiements. Je suis dans l'enclos, avec les chiens affamés.

Une lumière aussi violente que crue succède à l'ouverture de la porte. Après avoir été éblouie, je reconnais la carrure de l'imposante Iwona. Accueillie par la meute de brachets enragés, elle tient une longue planche abîmée entre ses mains. Sans m'adresser le moindre mot, elle écarte les chiens à coups de pied et de bâton. Enfin, elle me lorgne avec une expression de dégoût.

— Bon… tu es vivante… tenace comme du chiendent.
— Qu'est-ce que je fais ici ?
— On a pour habitude de laisser les animaux ensemble.

Avec cette phrase, je reprends ma perte de contrôle en pleine figure. Le ton agressif et l'expression du visage gras de la surveillante me ramènent à ce que j'ai fait. Elle enfonce le clou au milieu des hurlements canins :

— Tu n'es qu'une chienne ! Tu n'as rien d'humain.
— Je n'ai pas mérité ça !
— C'est une plaisanterie ?
— Ne me laissez pas là, j'ai froid. Par pitié.
— Il fallait y penser avant d'envoyer les filles à l'hôpital.
— Je vous le jure, je suis désolée !
— Je ne suis pas payée pour te croire, mais pour faire en sorte que tu ne fasses plus de mal à personne.
— Est-ce qu'elles vont s'en sortir ?
— Zofia a perdu beaucoup de sang…

La suite est prononcée entre ses dents, la gardienne serre les mâchoires avant de compléter :

— … et si elle meurt à cause de toi, je te jure que…

La phrase se termine par un mouvement de la tête et un pincement de lèvres. Iwona tapote la planche dans la paume de sa main, le message est clair : elle me le fera payer.

— Mon Dieu… qu'est-ce que j'ai fait… ?

— Tu es un monstre. Voilà ce que tu es.

— S'il vous plaît… Je vous…

— Silence !

Elle lève le morceau de bois au-dessus de sa tête, elle a la ferme intention de l'abattre sur moi. Je me mets en position fœtale, mais rien ne se passe. Iwona se ravise. Elle renifle simplement et essuie son nez du revers de la main. Son regard m'accuse de tous les maux puis elle recule vers la sortie. D'un coup presque masculin, la grosse surveillante repousse la porte avec l'avant-bras en s'engageant à l'extérieur. Je l'implore de ne pas m'abandonner dans le froid. Elle s'arrête un instant, puis se retourne sèchement.

— Il va falloir t'y habituer. La Directrice exige que tu restes ici jusqu'à nouvel ordre.

— Je… Je vous en supplie… Aidez-moi…

— Mlle Szyller m'a envoyée ici pour te dire que ton oncle venait d'envoyer un télégramme.

— Oncle Lesław ? Par pitié, de quoi s'agit-il ?

— Il sera présent pour la visite de Noël.

— Oh, mon Dieu ! Il a tenu parole…

— On dirait…

— … Si vous saviez comme je suis heureuse !

Elle se contente de sourire, en me répondant par un simple rictus. La surveillante franchit le seuil et s'apprête à refermer derrière elle. Mais avant de me laisser, elle passe la tête et me confie :

— J'allais oublier… Mlle Szyller m'a également dit de te faire à l'idée… tu n'auras pas l'occasion de le voir puisque tu seras enfermée ici lorsqu'il viendra.

— Ne me faites pas ça… je vous en conjure !

— Tu t'es mise toute seule avec les chiens. Et tu n'es pas près d'en sortir. C'est moi qui te le dis !

Les planches en bois claquent rageusement dans un mouvement brutal. La grosse Iwona clôt la discussion en quittant le chenil. Le verrou scelle mon sort. Ma gorge se serre. L'amertume se confond à ma tristesse et j'éclate en sanglots au milieu des déjections et des cabots.

L'image d'oncle Lesław traverse mes pensées. Il est la seule personne pouvant me sortir de cet enfer, et la Directrice vient de me priver de retrouvailles qui auraient pu tout changer. Je n'ai plus d'espoir. La température est insupportable, le froid m'envahit, grignote mes membres et m'assomme. La souffrance se propage, le mal me gangrène. Chaque minute passée dans cet enclos me plonge davantage dans la souffrance, la solitude et le sentiment d'injustice. Les chiens se calment et se regroupent pour se tenir chaud lorsque le silence revient. L'espace d'un instant, je les envie. J'aimerais me blottir contre un autre corps et oublier ce que je vis. Je croise les bras et me recroqueville avant de m'adosser à un angle du chenil. Comme un misérable petit amas de chair, ratatiné sur un cœur atrophié, je laisse le sillon de mes larmes prendre le gel et griffer mes joues. Si Zofia m'a poussé dans mes derniers retranchements, je n'en reste pas moins une créature inadaptée. J'ai fauté parce que je ne suis qu'un pion au service des reflets, une bête qui perd pied devant les miroirs. Je me dis que je le mérite, que je ne suis pas normale et que la vie est ainsi faite – injuste et implacable. Je me laisse aller, sous l'emprise glaciale de la météo, j'attends la fin. Le repos. L'éternité.

Peut-être qu'il s'agit du seul moyen de sortir d'ici en ce qui me concerne. Mourir dans le froid. Mourir avec les chiens. Mourir à Miedzeska, comme ça, un vendredi après-midi, dans l'indifférence la plus totale. La mort pourrait me libérer de ce fardeau, me faire quitter ces murs et ce secret trop difficile à porter. Entre sommeil et perte de conscience, je divague en tremblant de tout mon être. En pensant à un futur inaccessible, peut-être en France, à des parents aimants, à un homme avec qui je pourrais partager ma vie. Une vie très différente, loin de la menace des reflets obscurs, loin de mes accès de rage incontrôlables, loin de la guerre. Une vie dans laquelle j'aurais peut-être droit à de l'amour, à des sentiments doux et sincères, à une âme sœur qui pourrait me comprendre et me rendre heureuse…

Mais dans ce supplice, même les songes n'ont pas leur place. Les chiens sont à l'affût et se mettent à aboyer. Il y a du mouvement dans le parc, quelque chose attire leur attention. Avec le peu de force qu'il me reste, je me hisse contre les parois de l'enclos, à la recherche d'un minuscule trou pour observer ce qui se passe à la pension.

Au loin, sous les fenêtres donnant sur le bureau de Mlle Szyller, mon œil accroche la rangée de barils puis la dalle de béton. Un tonneau y trône en plein milieu, attendant d'accueillir une coupable après la sentence prononcée par la Directrice. Tadeusz transporte une fille qui se débat, j'imagine qu'elle vient de croiser les lanières de Greta. Plongée dans l'eau croupie, elle hurle et encaisse les coups de bâton. J'ai mal pour elle. Je me rappelle. De longues minutes s'écoulent, je suis spectatrice d'un traumatisme encore frais. Les filles arrivent en rang et observent l'interne immergée dans l'eau gelée. Iwona rapplique, la sirène retentit, sensation de déjà-vu. Je n'en crois pas mes yeux. Cette bourgeoise punie, couverte de vase lorsque le bidon est renversé à la fin du calvaire, n'est autre qu'Alicja.

Qu'est-ce qu'elle a bien pu faire ? Je suppose qu'elle a voulu prendre ma défense et qu'elle en paye le prix. Définitivement, je n'en vaux pas la peine. Alors que je m'inquiète de son sort, je lutte contre le froid dans une bataille perdue d'avance. La faim se fait sentir, la soif m'obsède, je souffle sur mes doigts frigorifiés pour les réchauffer en me disant que je donnerais n'importe quoi pour tenir une malheureuse allumette au creux de mes mains.

Au loin j'entends des cris, des éclats de voix. Quelqu'un approche, si j'en crois l'excitation des chiens. Lentement, je progresse dans la boue à quatre pattes et retrouve l'interstice à travers lequel j'observe la pension.

À travers le parc, Alicja est escortée par la grosse Mme Zubrzycka. Mon amie transporte les gamelles, la tête basse, le visage rougi. Il ne fait aucun doute qu'elle est en train de subir ce que Maciej appelle « la totale ». Toutes les deux progressent vers le chenil tandis que les chiens se déchaînent juste à côté de moi.

La serrure est ouverte, Iwona pousse brutalement la Terreur de Miedzeska à l'intérieur. Alicja se cambre et se raidit. Je connais la douleur qui traverse son dos lacéré à présent. Elle avance vers les chiens qui se mordent et ne tiennent plus devant l'appel du ventre. La pâtée est déversée dans l'auge centrale, et c'est là que nos regards se croisent. Alicja se décompose en me voyant enchaînée, par terre, dans le fumier et les excréments. Elle a les yeux bouffis, le regard éteint. Je sais ce que ça fait. Je n'oublierai jamais. Iwona passe la tête à travers la porte de l'enclos et s'adresse à Alicja :

— *Je vois que tu as retrouvé ta voisine de chambre.*

La Terreur de Miedzeska baisse la tête, elle ne parvient plus à soutenir mon regard.

— Ewa… je suis désolée…

La surveillante se met à beugler plus fort que tous les chiens réunis :

— *Je veux que tu lui dises ! Allez !*
— Je ne peux pas, madame…
— *Bien sûr que tu peux et tu vas le faire !*

Iwona est agressive, mais ne boude pas son plaisir. La mâchoire serrée, elle jubile. Lorsqu'elle pénètre à son tour dans l'enclos et que ses bottes écrasent la boue sous son poids, la situation prend une autre tournure. Elle brandit la planche de bois avec laquelle elle repousse les chiens, pénètre dans le chenil puis menace Alicja.

— Je te conseille d'obéir. Tu vas lui dire.
— Madame…
— MAINTENANT !

Alicja fond en larmes, brisée comme je l'ai été. Elle s'approche de moi, les yeux rivés au sol, l'œil humide et perdu dans d'affreuses pensées.

— Ewa… C'est moi…
— PLUS FORT MADEMOISELLE ! JE N'ENTENDS RIEN !

La Terreur de Miedzeska n'a plus rien d'une terreur, elle se tient les mains et grimace de honte.

— ALICJA MIESKOWSKA, AVOUE OU JE M'EN OCCUPE !

Iwona bave et hurle sur la pauvre Alicja, qui se décompose davantage à chaque mot prononcé par la gardienne qui agite sa planche de bois. Elle menace de l'éclater sur son corps déjà largement fustigé. J'ai pitié. Si j'en avais la force, je prendrais sa défense et ferais avaler ce morceau de bois à cette grosse mégère. Alicja ouvre une nouvelle fois la bouche. Ses sanglots ne s'arrêtent pas. Elle hoquette à plusieurs reprises avant de fermer les paupières, de serrer les poings et de me murmurer ses aveux :

— Le miroir à la cantine, c'est moi.

— Pardon ?

— Et c'est moi qui ai écrit « sorcière » dans le réfectoire.

CHAPITRE 24

Elles m'ont laissée seule après avoir jeté une bombe dans mes sombres confusions. Alicja avait prétexté aller aux toilettes avant l'endurance pour découvrir le miroir et le grimer d'une insulte qui m'était destinée. Je lui ai fait confiance, elle s'est servie de moi. De fil en aiguille, je réalise que son absence hier soir tombait à point nommé, juste avant que les pestes m'obligent à me montrer telle que je suis.

Mes chaînes sont tendues, je tire si fort sur les maillons que mes poignets et mes chevilles violacées pourraient céder. Mon hurlement sauvage fait taire les brachets. Mais personne n'entend ma détresse, il ne reste que les chiens.

Comment ai-je pu être aussi stupide ? Je m'en veux. Ma naïveté est désarmante, mais cette trahison reste un crève-cœur. Je la considérais comme mon amie, je lui ai offert mon intimité, j'ai pris le risque de me confier. Mes larmes tombent dans la boue, poussées par des spasmes affligeants. Je suis terrassée. Je n'ai plus aucune raison de survivre ici, plus personne à qui m'accrocher. Je rumine encore et encore. Je me fais du mal. Les heures passent, le jour se retire pour laisser place à la rudesse de la soirée. Si le froid était un ennemi vicieux et tenace jusqu'ici, il s'avère létal quand le soleil disparaît.

Mes membres s'engourdissent au fil des minutes. Mes cheveux se durcissent avec le givre. Le cartilage de mes oreilles devient cassant comme du verre. Le bout de mon nez est si froid qu'il en est insensible. Mes tremblements s'amenuisent, je n'ai plus de force. Est-ce que je vais mourir au milieu de la nuit ? Combien de temps vais-je souffrir du froid ? En désespoir de cause, je me traîne par terre jusqu'au premier chien que je peux atteindre. Il a les babines retroussées, les crocs dehors, mais qu'est-ce que je risque après tout ?

Lentement, je tends mes mains liées vers son museau. Après un premier contact méfiant et quelques coups de dents, l'animal s'assagit et s'allonge au sol. Je ne lui veux aucun mal, peut-être qu'il le sent. Peut-être que les animaux sont bien plus fiables que les pensionnaires. Au loin, la dernière sirène de la journée hurle dans le ciel de Miedzeska. En tirant sur mes chaînes, je me hisse jusqu'à ses côtés, et me blottis contre sa fourrure malodorante. Il a la langue pendue sur le côté, son souffle haletant me réchauffe. Les relents des restes indigestes ne sont rien à côté de la chaleur qu'il m'apporte en ce début de soirée. Entre ses pattes, contre son poil dur, je crois que je somnole, au rythme de sa queue battant le sol et des coups de truffe bienveillants qu'il donne contre ma joue.

Un peu plus tard, des aboiements déchirent le soir et me font sursauter. Les chiens m'arrachent aux griffes de terribles cauchemars. Je me suis endormie sans m'en rendre compte. Quelqu'un vient d'entrer, une lueur émanant d'une petite lampe repousse le noir. Il est l'heure de lâcher les fauves, Maciej est chargé de les libérer. La meute détale dehors dans une anarchie effrayante, me laissant seule avec le fils de Tadeusz.

— Je t'ai entendue crier tout à l'heure, je ne pouvais pas venir… Mais… oh… mon Dieu, tu es attachée !

Les bras chargés, il pose un regard inquiet sur mes chaînes puis il s'attarde sur mon apparence dans la pénombre. Lui debout, dans son pantalon beige à bretelles, et moi, grelottant dans la fange, tenue en laisse comme un animal que l'on veut dresser.

— Je t'ai rapporté de quoi tenir.

Doucement, il dépose à mes pieds deux épaisses couvertures et un peu de pain. Sans me faire prier, je m'enveloppe dans les couvre-lits usés et mords dans la miche à pleines dents. Maciej s'accroupit afin de se retrouver à ma hauteur. Je sens bien la gêne dans son regard, il est peiné, mais ce n'est pas important à mes yeux. Je ne vais pas mourir d'hypothermie cette nuit, c'est mon unique priorité pour l'instant. Je vais vivre.

— Tu… tu veux en parler ?

Je secoue la tête en réprimant mes tremblements sous les couvertures. J'ai conscience d'avoir l'air d'une bête sauvage, mais je crois que si les mots viennent à sortir, je n'aurai pas la force de retenir mes pleurs jusqu'au petit matin.

— Et… à propos de ces traces… tu ne veux rien me dire ?

De son index, il désigne un bout de ma chemise de nuit dépassant des couvertures. Muette, j'observe les taches de sang séché et je m'arrête de mastiquer. Il reprend, doucement, en me montrant ses mains ouvertes, comme pour éviter de m'offenser.

— Je sais que les filles sont à l'hôpital… Pour Zofia ça semble sérieux.

Je me recule, en me demandant ce qu'il attend de moi. Je ne suis pas prêtre à me justifier, je n'ai aucune envie de m'étaler à propos de mon dérapage. Ces maudites chaînes m'empêchent de trop m'éloigner. Maciej poursuit :

— … Je ne te juge pas. Je n'ai pas les détails…

Il n'était pas là pour voir et semble rester prudent vis-à-vis des rumeurs. Cette simple phrase me fait baisser la garde un instant. Il ne va pas me juger, c'est la seule chose que je voulais entendre à cette seconde précise. Mais ça ne suffit pas à m'engager dans son monologue. Lentement, il tend sa main vers mon visage et je bats en retraite dans un mouvement instinctif.

— Cette peste te voulait du mal… c'est ça ?

Il se satisfait de mon silence. Dans la lumière mordorée de sa petite lampe à pétrole, nos regards se croisent. Le sien est humain. Profondément humain. Je me rends compte qu'il vient pour la deuxième fois me réconforter. Je n'oublie pas les félicitations de son père à propos du chenil. Maciej a tenu parole, il est bien le seul à Miedzeska. Ses pupilles brillantes me déshabillent. Comment me trouve-t-il ? Certainement pathétique… je dois faire peur à voir. Couverte de sang et de boue, humiliée par ma voisine de chambre, les lèvres gercées et les joues creusées par la fatigue et le froid. Ses doigts chauds caressent ma joue glacée lorsqu'il me souffle :

— J'ai aussi entendu pour ton oncle.

D'un léger mouvement de tête, je quitte ses mains. Le sujet est sensible. Trop sensible. Il ne faut pas remettre cette déception sur la table.

— Pardon… Ewa, je ne voulais pas te vexer…

— Je ne veux pas en parler avec toi.

— Je vais trouver une solution. Il doit bien y avoir un moyen.

— Ne me donne pas de faux espoirs ! Par pitié…

— Ce ne sont pas des paroles en l'air.

— Je crois que dans ma situation… l'espoir est pire que tout…

— Tu verras ton oncle. Je te le promets.

Sa main attrape la mienne, comme pour sceller son pacte. Son regard ne vacille pas, il a l'insistance et la détermination des pensées les plus sincères. Comment suis-je supposée réagir face à une telle promesse ? Dois-je m'accrocher à cette idée, au risque qu'une nouvelle déception m'achève ? Ou dois-je la rejeter et regarder la réalité en face ?

— Pourquoi ? Pourquoi tu ferais ça pour moi ?

Ma voix se brise sur les dernières syllabes, ma question trempe dans des larmes qui ne demandent qu'à revenir. Maciej semble étonné de mon attitude, il me répond avec des mots simples, tout en gardant son calme :

— Et pourquoi pas ? Tu sais… je te comprends, je suis de ton côté…

— Tu ne sais pas ce que j'ai fait ! Tu ne sais rien de moi !

Je ne voulais pas céder à de nouveaux sanglots, mais il est trop tard. Il se redresse et étire son dos. Il s'apprête à se retirer, du moins, c'est ce qu'il me laisse entendre. Avant de s'éclipser, il se livre sans sourciller :

— Je sais seulement qu'on est parfois poussé à faire des choses regrettables pour survivre.

— Maciej… c'est plus compliqué que ça…

— Je sais aussi que quoiqu'il arrive, tu verras ton oncle le jour des visites. Tu peux compter sur moi.

CHAPITRE 25

Depuis la visite de Maciej hier soir, il m'a fallu traverser la nuit dans une profonde solitude. Puis il y a eu l'aube, la lumière. La vie tout autour. Une nouvelle journée vient de s'écouler, j'ai senti chaque seconde passer. Au loin, les sirènes ponctuant le quotidien à Miedzeska se sont succédé jusqu'au soir. La vie semble avoir repris son cours dans la pension, mais sans moi. Le ciel bas, annonçant la neige depuis l'après-midi, s'est paré de noir. Les filles ont couru ce matin, c'est loin maintenant, il me semble que c'était dans une autre vie. Du haut de mes quinze ans, je n'ai jamais connu un tel isolement, un tel désespoir. Je n'ai jamais touché le fond à ce point.

Je n'ai jamais eu à partager mon repas avec des chiens, je n'ai jamais mangé à quatre pattes en luttant pour me tailler une place autour d'une auge écœurante. Je n'ai jamais fait mes besoins ainsi, dans la boue, à proximité de l'endroit où je suis censée dormir. Les couvertures de Maciej me maintiennent en vie, c'est bien la seule bonne nouvelle – à condition que quelqu'un retire un jour mes chaînes. Et dire que demain, les familles normales prépareront le réveillon bien au chaud, en effleurant inconsciemment la douce magie de Noël. Il y aura des sourires, un peu de chaleur humaine autour de mets préparés avec amour, des petites attentions, des cœurs ouverts aux autres et des enfants pressés de se réveiller pour ouvrir des paquets offerts par des proches bienveillants…

Je n'ai reçu aucune visite, à l'exception de mon « sauveur » ce soir. Maciej vient pour libérer les chiens, comme d'habitude. Alors que les brachets se dégourdissent les pattes à l'extérieur, j'échange quelques phrases avec le fils de Tadeusz. Même si je n'ai pas vraiment le cœur à discuter, le mot qui revient régulièrement entre mes lèvres est « merci ». Sans son aide, je serais morte dans cet enclos, emportée par le froid. Je ne suis pas certaine de savoir exprimer toute ma gratitude envers lui, je ne suis pas sûre qu'il saisit à quel point je lui suis reconnaissante. Je crois même qu'il s'en fiche. Ce soir, il semble préoccupé et pressé. Il m'a laissé une pomme gâtée, un peu d'eau potable et un morceau de porc enveloppé dans du papier. La viande est grasse, froide, bourrée de nerfs, mais c'est bien mieux que la bouillie que je partage avec les chiens. Alors que je me jette sur la nourriture sans aucune forme de politesse, je sens que quelque chose ne tourne pas rond. Mon invité est distant. Je vois bien qu'il a l'esprit ailleurs.

— Quelque chose ne va pas ?

— Je ne supporte pas de te voir comme ça…

— Maciej, tu fais déjà beaucoup pour moi.

— Comme t'empêcher de mourir de froid au milieu des chiens ?

— Par exemple…

— Ça me semble être un minimum !

— Et pourtant, tu es le seul à t'inquiéter de mon sort. Alors merci.

— Mlle Szyller est une vraie peau de vache ! Ça me met hors de moi !

— Je ne vais pas te contredire…

— Demain c'est la veille de Noël, aucune pensionnaire ne devrait connaître ce que tu vis.

Qu'est-ce que je peux ajouter à ça ? Comment changer le cours des choses ? Je m'efforce de lutter, de survivre, d'accepter lentement mes chaînes et la chute des températures la nuit. Je m'estime déjà bien assez chanceuse de pouvoir me réchauffer sous une couverture. J'use de mes dernières ressources pour tenir, pour résister aux nuits glaciales, en me répétant que je vais bien finir par sortir d'ici et retrouver un véritable lit. Maciej écourte mon silence en expliquant que son père l'a chargé de veiller sur le parc. Il doit faire la ronde le long des murs ce soir, c'est sa corvée et il ne peut pas y échapper.

— Je dois y aller. Je suis désolé.

— Ne sois pas désolé. Fais ce que tu as à faire.

— Promets-moi de garder le moral.

— Je vais faire de mon mieux…

— Je ne t'oublie pas.

Alors qu'il se retire et quitte le chenil à regret, je voudrais le retenir, lui dire merci encore une fois et insister pour qu'il comprenne que ses gestes comptent pour moi. Je voudrais qu'il me prenne dans ses bras et qu'il continue à me parler. Surtout qu'il ne me laisse pas seule avec mes vilaines pensées. Mais rien ne sort de ma bouche, et je me contente de le regarder fermer l'enclos en silence.

J'ai dévoré la pomme jusqu'au trognon, j'ai même mangé les pépins sans distinction. Emmitouflée dans les couvertures, je laisse le temps filer sous ma carapace bourrée de puces. Dire que je ne souffre pas du froid serait un mensonge, mais la nuit est bien plus supportable depuis que je la passe sous plusieurs couches de tissus. À travers les planches de bois du chenil, j'observe la pension qui tombe rapidement dans le silence et le noir. Les lueurs aux fenêtres s'éteignent les unes après les autres dans l'aile ouest, extinction des feux. Le long des couloirs, une lumière discrète traverse le bâtiment, j'imagine qu'il s'agit d'Iwona passant de chambre en chambre.

Dehors, dans le noir, Maciej marche le long des murs, les chiens viennent le renifler de temps à autre et repartent aussitôt en galopant dans le parc désert. Les mains dans les poches, il s'éloigne tranquillement dans les ténèbres pour ne devenir qu'une forme parmi tant d'autres. Lentement, je le perds de vue lorsqu'il disparaît derrière le bâtiment. Passer de longues minutes à observer l'ombre des chiens allant et venant dans l'herbe reste ma seule distraction. Certains flairent les troncs d'arbres avant d'uriner à leur pied. D'autres creusent la terre pour déterrer je ne sais quoi. C'est un spectacle ennuyeux à mourir, je m'apprête à quitter mon poste de surveillance, mais un bruit métallique attire mon attention.

On dirait qu'il s'agit du grincement provoqué par l'ouverture du portail principal. Au beau milieu de la nuit, je distingue les contours d'une charrette tractée par deux chevaux. Les chiens, censés être à l'affût de la moindre intrusion, ne réagissent pas. C'est étrange. En temps normal, la meute fait office de sentinelle et bondit au premier bruit suspect, mais curieusement, ce soir, aucun chien ne s'inquiète de cette visite nocturne. La carriole s'immobilise en silence sur les gravillons, au pied de la bâtisse. Toujours pas de traces de Maciej. Je suis simplement intriguée par la silhouette qui abandonne les montures crachant de la buée par les naseaux. L'intrus se rapproche de l'entrée principale en empruntant les escaliers. Je suis trop loin, bien incapable d'identifier cette personne, mais il est certain que ce petit manège n'a rien d'habituel.

Lorsque l'ombre sort à nouveau, c'est la stupéfaction qui me frappe. Je plaque la main sur ma bouche, comme si on pouvait m'entendre d'ici. Sur l'épaule du malfaiteur, une sorte de grand sac de toile, ou peut-être même un drap, semble gigoter. On dirait que quelqu'un se débat à l'intérieur. La silhouette progresse vers la charrette avant de jeter brutalement à son bord le paquet qui gesticule. Un cri aigu se fait entendre lorsque celui-ci chute lourdement.

Les chiens rappliquent vers la charrette, ils sont anormalement calmes. Comme si les fauves connaissaient ce visiteur obscur, comme si tout était normal pour eux. Certains remuent la queue. Aucun aboiement. Aucun débordement. Rien.

La silhouette se dirige tranquillement vers les brachets, il me semble qu'ils ont droit à des caresses alors que le sac de toile s'agite depuis la carriole et se redresse. Il en sort une fille, en robe de chambre, elle se met à courir pieds nus sur le gravier, en direction du portail laissé ouvert. Dans sa fuite, sous mon regard médusé, elle pousse de petits gémissements terrifiés. Le kidnappeur abandonne la meute et part à sa poursuite.

La victime n'a pas le temps d'atteindre la sortie, l'individu vient de la rattraper en quelques mètres. J'ai l'impression qu'elle se fait ceinturer. Elle quitte le sol. Il y a de l'agitation tandis que tous deux reviennent vers la charrette. Un nouveau hurlement étouffé déchire la nuit, c'est celui d'un homme cette fois. Il se tient l'épaule. Elle vient de le mordre et il riposte en levant son poing menaçant. La victime se met à crier. L'agresseur lui décoche un grand coup sur le visage et le silence revient.

Lentement, les chevaux font demi-tour et franchissent le portail en transportant l'une des nôtres, embarquée de force. Les fenêtres de Miedzeska restent tristement éteintes, personne ne s'est aperçu de rien. La rumeur prétend que des filles de la pension disparaissent, c'est un mensonge. Je le sais maintenant. On les kidnappe.

CHAPITRE 26

Comment dormir après avoir assisté à l'enlèvement de cette fille ? Des dizaines de questions viennent s'entre-choquer, provoquant des étincelles de doute qui gravent en profondeur les images du rapt dans un recoin de ma tête.

Miedzeska est une forteresse. Comment quelqu'un peut-il y entrer et en sortir sans difficulté ? Comment peut-on pénétrer dans le bâtiment et en repartir avec une innocente sans être inquiété ? J'ai passé des heures à ruminer l'inexplicable. Je suis restée longtemps, assise à même le sol, en songeant au triste sort réservé à cette pensionnaire qui n'a rien demandé. Si bien que les premiers rayons du soleil percent maintenant à travers les planches du chenil, dessinant des arcs lumineux sur le sol puant de l'enclos vide.

Lorsque Maciej ramène les chiens au petit matin, il semble ne rien savoir des évènements de cette nuit et s'inquiète simplement de me voir éveillée. Les chiens sont attachés dans une excitation bruyante puis ils se calment devant l'autorité de Maciej. Ils obéissent en sa présence. C'est un peu ce qu'aurait pu faire le kidnappeur.

— Déjà réveillée ?
— Je n'ai pas dormi.
— Ça n'a pas l'air d'aller… Tu n'as pas eu trop froid ?
— J'ai tout vu, Maciej…

Il s'immobilise puis fronce les sourcils. D'un geste agacé, il ordonne à la meute de se taire et les quelques chiens encore joyeux se couchent au sol lorsqu'il tape du pied.

— Qu'est-ce que tu as vu au juste ?
— Je sais ce qui se passe la nuit, ici.
— Et il se passe quoi exactement ?
— …
— Ewa ?
— Les filles qui disparaissent… Je sais. Je sais tout !

Son regard se voile, mais Maciej reste stoïque. Il se passe la main sur le visage en le déformant, il grimace à présent. Un soupir précède sa question, il me regarde droit dans les yeux.

— Une fille a disparu cette nuit ? C'est ça ?
— Ne me prends pas pour une idiote ! J'ai tout vu !
— Et moi je t'assure que je n'ai rien vu.
— Quel heureux hasard… tu ne trouves pas ?

Il tique en haussant les épaules. Mes sous-entendus le surprennent, mais il ne peut pas me berner. Son implication est évidente.

— Qu'est-ce que tu insinues ?
— Je n'insinue rien… Je dis que tu devais faire ta ronde et que c'est arrivé.
— Qu'est-ce qui est arrivé ? Calme-toi…
— Ne m'approche pas ! Un homme est entré.

— Je ne comprends pas. Un homme ? Comment est-il entré ?

— Par le portail. Il avait une charrette, il a kidnappé une interne, sous mes yeux. Et il est parti, comme il est venu.

— Une charrette ?

— Tu aurais dû le voir ! Tu aurais dû l'entendre ! Tu étais où ?

Il se prend la tête entre les mains, comme s'il réalisait enfin.

— La Directrice avait besoin de moi…

— Ne me mens pas !

Lentement, il se risque à faire un pas vers moi. Je sais qu'il me cache quelque chose. Décidément tout est biaisé à Miedzeska, même lui n'est pas digne de confiance.

— Je te jure que c'est la vérité…

— La vérité, c'est qu'une pensionnaire vient de disparaître cette nuit. Et ce n'était pas la première !

— Mlle Szyller est venue à ma rencontre…

— Comme c'est étrange !

— Laisse-moi au moins m'expliquer… La chaudière centrale marchait mal. La Directrice ne trouvait pas mon père et j'ai passé une bonne partie de la nuit à essayer de la faire fonctionner.

Je sors de mes gonds. Je n'y crois pas une seconde.

— Ne me fais pas avaler une histoire pareille !

— C'est la vérité !

— Tu bricolais ? Vraiment ? Alors qu'une fille se faisait enlever brutalement par la porte principale ?

— Parce que tu penses que ça me fait plaisir d'apprendre la nouvelle ?

— Je n'arrive pas à croire que tu n'aies rien vu ni rien entendu !

— Je te le jure ! Ewa, regarde-moi…

Silence perplexe. Colère sourde. Sentiment de trahison.

— Ewa, je-te-le-jure.

Nos éclats de voix versent dans le silence, il ne reste que nos respirations énervées et nos regards sensibles. Il a beau jurer, je n'arrive pas à me calmer. Est-ce qu'il dit vrai ? Est-ce que je peux le croire ? Il soupire, les épaules basses, puis passe la main dans ses cheveux en reprenant à demi-mot :

— Une fille a disparu et tu as raison… j'aurais dû être là…

— Maciej, je te demande seulement la vérité…

— La vérité… c'est que je n'ai pas pu la protéger, parce que j'étais occupé ailleurs avec une machine capricieuse et encrassée. Je m'en veux terriblement.

La première sirène du matin réveille l'internat à l'autre bout du parc. Son visage se fige dans un glacis coupable, son regard balaye l'espace, comme s'il cherchait dans le décor une solution à laquelle s'agripper. Mais visiblement, il n'y en a pas.

— Il… Il faut que je te laisse.

— Maciej ? Et c'est tout ?

— Je n'ai pas le temps. J'ai une urgence à régler.

— Qu'est-ce que tu vas faire ?

— On reprendra cette discussion plus tard si tu veux bien…

— Mais, Maciej…

— Stop ! Je dois y aller. Je repasserai. Promis.

La porte de l'enclos se referme sur mes doutes et nos tensions. Quoi qu'il fasse, il a l'air sincère, mais ses réponses ne m'apaisent pas. D'ailleurs rien ne m'apaise. À chaque fois que je referme les yeux, je vois ce paquet, dans la charrette, qui s'agite en vain et j'ai envie de pleurer. Sous mes paupières, le choc de l'enlèvement m'apparaît comme les flashs d'un appareil photo.

Flash. Elle sort de l'espèce de sac et saute de la carriole pour s'enfuir dans les ténèbres.
Flash. Les pieds quittant le sol, lorsque l'ombre l'enserre.
Flash. La morsure et le cri étouffé du ravisseur en colère.
Flash. Le coup de poing sur la victime pour la faire taire.

Je n'ai pas pu les identifier, ni la fille ni l'homme. Il ne me reste que des incertitudes et le sentiment poisseux de n'avoir rien pu faire. Je retourne la situation dans tous les sens, j'oscille entre l'envie de le croire et l'intuition que toute cette histoire camoufle un mensonge. Je me torture l'esprit tandis que la seconde alarme retentit dans Miedzeska. Je ne sais pas combien de temps s'est écoulé exactement, mais la porte du chenil s'ouvre et Maciej revient.

Dans une main, il porte un seau en zinc rempli d'eau. Dans l'autre, une éponge propre, un morceau de savon noir ainsi qu'une serviette. Il évite soigneusement de croiser mon regard et s'avance timidement vers moi. Les maillons des chaînes glissent sur la terre humide. Assise à même le sol, je recule.

— Je voudrais te laver.
— Pardon ? J'ai bien entendu ?
— Ewa, je voudrais te laver.
— C'est une plaisanterie ?
— Si tu le permets…

— Non. Je n'ai pas envie de...

Il dépose le seau à mes pieds. De la fumée s'en échappe, il a pris soin de faire chauffer l'eau. J'ai envie d'y donner un grand coup, de tout renverser et de lui demander de me laisser tranquille avec son savon. Il devrait plutôt chercher à faire toute la lumière sur l'enlèvement, au lieu de s'inquiéter de ma toilette. Qu'est-ce qui lui prend ? Il s'accroupit en douceur et me fixe intensément.

— Qu'est-ce que tu fais ? Maciej ?
— Laisse-moi au moins nettoyer ton visage.

L'éponge absorbe le contenu du seau avant de rejoindre ma joue. C'est surréaliste. Je détourne légèrement la tête pour ne pas me laisser approcher. Trop tard, il caresse ma peau. En frottant lentement mon front et en repoussant mes cheveux pour découvrir mon visage, Maciej se met à murmurer :

— Tu n'as rien à craindre. Je ne vais pas te faire de mal.

Il rince et essore l'éponge, l'eau se teinte de la boue qui recouvrait ma figure. Délicatement, il prend ma main et la nettoie en douceur.

— Tu as le droit d'être propre… avant de sortir…

J'écarquille les yeux et je ne peux m'empêcher de contempler les chaînes qui m'entravent. Sortir… c'est impossible. Compte-t-il scier les maillons ? A-t-il la clé ? Alors que l'eau chaude ruisselle maintenant dans mon cou et que Maciej s'attarde sur le haut de ma poitrine, mon corps se contracte, et je marque un mouvement de recul. Je prends un coup au cœur, cette proximité me rend fragile.

— Maciej ? Qu'est-ce que tu fais ?
— Pardon, je ne voulais pas te brusquer…

Il abandonne mon décolleté, rince une nouvelle fois ses mains et s'occupe à présent de mes genoux et de mes tibias maculés de fange. Lorsque ses mains remontent sur mes cuisses et effleurent ma chemise de nuit sale, un malaise me dévore brusquement. Je recule encore et le repousse. J'éprouve de l'attirance, mais ce n'est ni le moment ni l'endroit. L'instant me trouble terriblement.

— Maciej, arrête… s'il te plaît…

Il s'interrompt puis place ses avant-bras humides sur ses genoux en me dévisageant une seconde. Il se contente d'esquisser un sourire et de me fixer avec davantage de profondeur. Je me sens rougir, je suis affreusement gênée par la persistance de son regard. En levant le menton, il désigne les planches derrière moi et me suggère de l'écouter.

— Tu devrais regarder dehors.
— Qu'est-ce qui se passe ? Pourquoi tu fais tout ça ?
— Je te conseille de regarder en direction de l'entrée…
— Mais de quoi tu parles ?
— Tu vas comprendre. Lève-toi…

Il s'incline vers moi, se redresse en me tendant les mains et m'aide à me relever. Lorsqu'il me hisse à la verticale, un large sourire se dessine sur son visage et l'éclaire d'une joie presque contagieuse. Il poursuit :

— Je t'en prie, regarde à travers les planches. Tu reconnaîtras l'élégante Fiat noire garée au milieu de l'allée.

CHAPITRE 27

Mon cœur explose de bonheur lorsque mon regard incrédule se pose sur les lignes de la berline d'oncle Lesław. Une bulle d'air chaud irradie mon estomac puis ma poitrine. Je n'y croyais pas, je n'y croyais plus, pourtant Iwona disait vrai. Il est venu, la veille de Noël. Il a fait ça pour moi. Je me retourne vers Maciej, mon sourire vient de disparaître. Gommé par la réalité du chenil et le bruit de mes chaînes.

— Ewa, tu vas le voir. Je te l'ai promis.

— Regarde mes poignets et mes chevilles ! Je ne peux pas sortir d'ici !

— Il viendra à toi.

— Mais comment tu vas faire ? Tu ne l'as jamais vu.

— Je vous ai vus arriver dans cette même voiture. Et puis, il me suffit de repérer le seul visiteur qui ne discute pas avec une pensionnaire.

— Et si ça ne marche pas ? Si la Directrice le renvoie ? S'il repart ?

— J'attendrai près de la voiture et j'aviserai.

Son plan est simple. J'aimerais tant qu'il fonctionne. Sans rien ajouter, Maciej s'éloigne en embarquant son nécessaire de toilette. D'un coup de coude, la porte du chenil s'ouvre. Avant de s'éclipser, il m'avoue :

— C'est mon cadeau de Noël.

Je l'observe fouler l'herbe du parc sous un ciel pâle, au milieu des arbres sans feuilles. Il a le pas vif, la démarche alerte, et semble bien décidé à mettre son plan à exécution. Au loin, les parents des internes les plus chanceuses s'amassent devant les escaliers principaux. Ma figure se plaque contre le bois, je m'efforce de ne rien rater du spectacle. La graine d'espoir semée par Maciej germe en moi. Je me dis que c'est possible. J'y crois. Je me surprends à sourire une nouvelle fois.

Le cortège des visiteurs s'engouffre entre les portes de la pension, puis un voile noir bouche ma vue soudainement. Je sursaute. Quelqu'un vient de passer devant moi. Là, tout près. Le verrou de l'enclos se fait entendre. Iwona se dresse sur le pas de la porte, accueillie par une cascade d'aboiements. Dans ses mains, les clés de mes chaînes oscillent au-dessus du sol.

— Tu viens avec moi. On change d'endroit.
— Madame Zubrzycka, vous ne pouvez pas me faire ça !
— Tiens donc ? Je vais me gêner.
— Pitié ! Je refuse.
— Je ne suis pas d'humeur. Donne tes mains.

Résignée, je tends mes mains. Qu'est-ce que je peux faire d'autre, de toute manière ? Un tour de clé vif et brutal me libère les poignets.

— Si tu bouges le petit doigt, si tu tentes quoi que ce soit, tu vas t'en souvenir. Crois-moi.

— Où allons-nous ?

— Toi, tu vas dans le cabanon avec les outils de jardin. Et moi, j'attendrai devant jusqu'à la fin des visites pour ne pas que tu en sortes.

En me répondant, elle s'occupe d'ôter mes chaînes aux chevilles, avec le même manque de délicatesse.

— Ne me faites pas ça. Je vous en supplie…

— Silence ! Tu pensais que personne n'aurait vu le petit jeu de Maciej ?

— Par pitié… Mon oncle est là…

— Ordre de la Directrice ! C'est précisément parce que tu reçois de la visite qu'elle ne veut prendre aucun risque.

— Madame…

— Tu te tais et tu me suis !

Privée de tout espoir, j'obéis. Fermement tenue par Iwona, j'avance à regret sur le gazon givré du parc. On abandonne l'enclos, et je traverse Miedzeska avec un nœud à l'estomac et l'envie de vomir. J'étais si près du but. Elle va m'enfermer ailleurs, dans le dos de Maciej. Il ne me trouvera pas. Mon oncle non plus. Mlle Szyller s'acharne contre moi, elle en fait une affaire personnelle. Le cabanon à la peinture écaillée se dessine inexorablement entre les buissons qui longent le mur d'enceinte. La tête lourde et le cœur gros, je regarde mes pieds, l'immense déception coule par vagues sur mon visage désabusé.

— *Ewa ?*

Je ne rêve pas ! Cette voix, je la connais. C'est un peu comme une étincelle d'espoir qui met le feu au champ des possibles. Je lève la tête et parcours l'espace du regard. Au loin, Maciej est accompagné de mon oncle. Tous deux trottinent pour aller à notre rencontre. La poigne d'Iwona se fait plus ferme, elle comprime mes épaules et m'empêche de bouger.

— *Qu'est-ce que vous faites avec ma nièce ?*

— Elle est punie pour avoir blessé plusieurs pensionnaires.

— *Regardez dans quel état elle se trouve ! Lâchez Ewa immédiatement !*

Ils approchent en pressant le pas, je fonds en larmes. Je suis incapable de parler. Lesław se poste devant Iwona et lui bloque le passage en barrant le chemin de ses mains gantées de cuir. Il me contemple d'un air horrifié. La surveillante se défend sans se démonter :

— Veuillez vous écarter. Vous ne pouvez pas l'approcher.

— Et vous pensez avoir l'autorité pour m'en empêcher ?

— Écoutez, monsieur…

— Non, VOUS… vous allez m'écouter. Je vous paye pour en prendre soin. Je vous paye pour ne pas qu'elle sorte. Et par-dessus tout, je vous paye pour qu'elle ne s'en prenne pas à ses camarades et qu'elle ne soit pas une menace pour elle-même.

— Monsieur, je ne vous permets pas…

— Taisez-vous ! Visiblement c'est un échec sur toute la ligne.

Les grosses joues de la gardienne virent au rouge. Pour la première fois, elle baisse les yeux.

— C'est inadmissible. Lâchez-la.

— Je ne peux pas, monsieur.

Il inspire profondément par le nez, reboutonne son élégant manteau en bombant le torse et plaque son visage contre la figure bouffie de la grosse surveillante. Le front contre la frange trop courte de l'énorme Iwona, mon oncle se veut menaçant.

— Je vous conseille de la lâcher, vous ne savez pas à qui vous parlez.

La ligne de la mâchoire de Lesław se creuse, laissant apparaître des muscles crispés. Il ne plaisante pas et souffle entre ses dents qu'il peut la faire renvoyer d'un claquement de doigts. Iwona obtempère après une seconde d'hésitation. Oncle Lesław me prend dans ses bras puis me repousse rapidement en grimaçant. Je dégage une odeur repoussante visiblement. Maciej, en retrait, m'adresse un clin d'œil discret, je lis sur ses lèvres « Joyeux Noël » tandis que Lesław passe à l'offensive :

— Appelez-moi Mlle Szyller. J'exige de la voir sur-le-champ !

CHAPITRE 28

Oncle Lesław me tient par la main et nous fendons le parc d'un pas déterminé. Mon cœur s'emballe à l'idée d'être enfin défendue. Justice va être rendue. Je suis le mouvement, comme une enfant qui attend réparation, cachée derrière un adulte qui montre les dents. L'air chaud me frôle lorsque je rentre dans le bâtiment. La Directrice vient d'être prévenue. Elle prie mon oncle de ne pas faire d'esclandre devant les parents, qui ne se doutent pas une seconde de ce que leurs filles endurent. Dans le sillage du chignon blond de la Directrice, j'avance dans le couloir avec le cœur empli d'espoir et un sourire discret au bord des lèvres. La porte du bureau de Mlle Szyller claque, et le ton monte rapidement. Oncle Lesław ouvre le bal des hostilités :

— C'est une honte ! Vous m'entendez ?

— Je vous demande pardon ?

— Regardez dans quel état je trouve ma nièce ! J'attends des explications.

— Monsieur… Ewa a blessé ses camarades et refuse de se plier aux règles de Miedzeska.

— C’est une raison pour la laisser avec les chiens ?

— Je ne pouvais pas fermer les yeux sur un tel bain de sang.

— Attendez, vous me parlez d’un bain de sang ?

— Votre nièce est dangereuse !

— Comment a-t-elle blessé les pensionnaires ?

— Lors d’une crise, à coups de scalpel pour l’une d’entre elles. C’est grave, très grave.

— Des scalpels ? Lors d’une crise ? Avec un miroir ?

Silence embarrassant. Le doigt est mis sur le cœur du problème.

— Il s’agit d’un miroir ? C’est ça ? Répondez-moi !

— Il en restait un dans l’infirmerie. Des internes l’ont dérobé…

— Il me semblait pourtant avoir été clair à ce sujet ! C’est une faute impardonnable.

— Je n’ai pas pour habitude d’essuyer des reproches sans me défendre !

— Vous avez fauté. Ce n’est pas un reproche, mais un constat !

L’Allemande accuse le coup. Lesław vient de la déstabiliser et prend l’ascendant.

— Je paye pour Ewa ! Dois-je vous le rappeler ?

— Monsieur…

— J’ai payé trois années d’avance. J’ai même versé une prime importante pour les miroirs ! N’est-ce pas ?

— C’est exact.

— Nous allons redéfinir les termes de notre accord. Je ne suis pas satisfait ! Pas satisfait du tout !

Lesław est enragé. Le voir me défendre bec et ongles me réchauffe le cœur. Je n’ose pas battre le moindre cil et reste debout, parfaitement immobile, à ses côtés. La Directrice se fait toute petite, c'est la première fois que je la vois impressionnée de la sorte.

— Ewa, je te prie de nous laisser.
— Mon oncle ?
— Attends-moi dans le couloir, je ne serai pas long. Je dois m'entretenir avec Mlle Szyller.

J'obéis sans répondre et referme derrière moi. Je tends l'oreille, mais n'entends rien. Pas d'éclats de voix. Pas un mot. Je trouve ce silence étrange. Les secondes s'écoulent dans le couloir, je suis toute seule et j'ignore ce qu'ils se disent derrière cette porte. Je patiente, j'espère, dans le corridor désert. Comme la dernière fois que je me suis retrouvée ici avant de découvrir Greta, je laisse plonger mon regard à travers les carreaux des fenêtres et me retrouve absorbée par ce parc désolant. J'y trouve Maciej qui revient lentement de la dépendance, il est rejoint par Tadeusz et son affreuse salopette. Maciej… mon sauveur… Je lui dois beaucoup.

— *Ewa ? Tu peux revenir…*

La voix de mon oncle s'élève, une nouvelle fois. Le verdict m'attend de l'autre côté. La porte s'ouvre, il m'accueille dans le bureau et je ne sais pas à quoi m'attendre. Au fond de moi, j'espère secrètement qu'il est en mesure d'annoncer ma sortie. Après tout, Mlle Szyller est mise en cause, il tient à ma sécurité et ne peut pas me laisser dans cet établissement sordide. J'y crois. Je reste debout à l'angle du secrétaire et n'ose pas lever les yeux vers la Directrice.

— L'incident est clos. Mlle Szyller voudrait te demander pardon.

La stupeur étire mon visage, si bien que mes sourcils restent bloqués très haut. J'en reste bouche bée. Au nom de l'établissement, elle me prie d'accepter ses plus plates excuses et m'assure que mon séjour ici se passera pour le mieux à présent. Si son discours présage de meilleurs traitements et des heures moins sombres, je comprends que je ne vais pas sortir, la désillusion est amère.

Dans ses yeux brillants et délavés, je ne parviens pas à cerner ce qu'elle pense de tout ça. En revanche, le chèque établi à son nom et laissé sur le bureau par mon oncle m'éclaire sur la situation. Il s'agit d'un énorme montant. Une provision colossale accompagnée de documents sur lesquels figure mon nom. D'un raclement de gorge, mon oncle s'éclaircit la voix.

— Maintenant, Mademoiselle Szyller, j'aimerais parler avec ma nièce.

— Mais bien sûr, j'ai beaucoup à faire. J'ai prévenu Tadeusz, il se charge de votre demande.

Mielleuse, elle répond avec un sourire commerçant et nous reconduit sur le pas de la porte. Que viennent-ils de conclure ? Oncle Lesław me prend par le bras avec douceur et m'invite à déambuler jusqu'à l'aile ouest. Il tient à me raccompagner jusqu'à ma chambre.

— Mon oncle, je ne sors pas ?

— Non, ce n'est pas prudent. Tu le sais.

La nouvelle est difficile à accepter. Je crois qu'il saisit que je suis sur le point de pleurer et de sombrer dans une déprime abyssale.

— Tu restes ici, mais tout va changer pour toi.

— Comment ça ?

— Oublie ce qu'on vient de te faire subir. Aujourd'hui est un nouveau départ.

— Sauf que je ne pars pas. Je ne vais nulle part…

— C'est vrai. Je regrette Ewa, mais je n'ai pas d'autre option.

— Tout ce que je demande, c'est que vous m'emmeniez loin d'ici.

— Je ne peux pas. Mais j'ai convenu d'un accord qui doit te rendre la vie plus facile entre ces murs.

— La Directrice est cruelle… Si vous saviez…

— Elle a l'obligation de bien te traiter. Tu auras droit à un traitement de faveur. Je te le garantis.

— Merci mon oncle.

— Ne me remercie pas, la situation me peine déjà bien assez comme ça…

— J'y tiens… Merci d'être venu…

— Je te l'avais promis.

— Depuis que je suis ici, j'ai appris à me méfier des promesses…

— Ça va changer.

Il répète une seconde fois « ça va changer » en tapotant doucement le dos de ma main. Le silence qui suit laisse toute la place à mes questions. Tout est allé si vite. Il y a moins d'une heure, j'étais attachée avec les chiens, et maintenant j'ai droit aux révérences de la Directrice. C'est improbable, complètement fou.

— Que s'est-il passé exactement mon oncle ?

— Je lui ai parlé avec les bons mots, tout simplement.

— Que lui avez-vous dit ?

Il lève la tête, son regard se perd dans le couloir avant de se poser sur moi avec un sourire timide, mais il ne me répond pas. Alors j'insiste :

— Si ce n'est pas indiscret…
— Je n'ai rien dit de particulier.

Une nouvelle fois, il tapote affectueusement mon avant-bras alors que nous sommes sur le point de traverser le réfectoire.

— Je lui ai simplement laissé de l'argent. Beaucoup d'argent.
— Je ne comprends pas… Pourquoi ?

Il semble chercher ses mots puis son regard s'arrête au fond de la cantine. Son visage s'illumine et je découvre l'objet de sa satisfaction. Tadeusz et Maciej sont en train de décrocher l'imposant miroir, sur lequel Alicja avait écrit « Sorcière » pour m'humilier. Les choses sont en train de changer, c'est vrai. Tout en continuant à marcher, je cherche à croiser les yeux de Maciej, mais il ne me voit pas. Il est bien trop occupé à soutenir le poids de la glace.

Nous poursuivons notre chemin lentement, jusqu'aux chambres. Le visage de mon oncle redevient sérieux, puis grave, avec une pointe de mélancolie.

— Ewa… Il faut que je te parle… sérieusement.
— Vous m'inquiétez. De quoi s'agit-il ?

Sa figure se pare d'une profonde tristesse, son regard brille et devient humide. Il semble avoir du mal à déglutir.

— C'est sans doute la dernière fois que tu me vois.

Immédiatement, les larmes me montent aux yeux. On dirait qu'il vient de me boxer en pleine poitrine. Le sentiment d'abandon refait surface, le sol se dérobe et je crois que je pourrais faire un malaise.

— Calme-toi. Je vais t'expliquer…

S'il est venu, s'il a tenu parole, c'est qu'il s'apprête à quitter le pays. La guerre vient d'éclater, c'est officiel. Notre nation est prise en otage entre l'Allemagne et la Russie. L'armée polonaise est insuffisante, sous-équipée. Il est conscient qu'en cas de défaite, les premières cibles du régime qui se profile chez nos voisins allemands ne sont autres que les intellectuels et les riches. C'est la première étape d'un plan de destruction massive.

— Mais ça veut dire que je suis en danger ici ?

— La pension n'a rien à craindre. Mlle Szyller a des relations, tu peux me croire.

— Alors vous allez partir ? Comme ça… Mais où ?

— Je ne sais pas encore. Mais je te laisse tout.

— Pardon ? Tout ?

— Je te laisse tout mon argent. Il me faut repartir à zéro, ailleurs…

— Mais vous ne pouvez pas me faire ça ! Ne me laissez pas seule !

— Il le faut, je dois me faire discret.

— Mais mon oncle ?

— Je conserve de quoi subvenir à mes besoins, une petite somme pour me relancer à l'étranger.

— C'est un cauchemar, dites-moi que je vais me réveiller d'un instant à l'autre.

— Je suis désolé de te l'apprendre d'une manière si brutale…

— Vous êtes ma seule famille à présent, et vous partez. Vous me laissez, comme ça ?

— Ewa, tu es aussi la seule famille qu'il me reste. Je le fais pour toi.

Même si sa voix est éraillée par le chagrin, même si notre peine est immense, il conserve l'attitude d'un battant.

— Ne pleure pas. Tu t'en sortiras.

— Je m'inquiète pour vous.

— Ne te fais aucun souci. La vie est ainsi faite. Il faut savoir se relever en toute circonstance.

Son point de vue ricoche sous mon crâne. Avancer en dépit des coups durs, ne jamais avoir peur de tout perdre pour mieux repartir et garder foi en l'avenir… Autant de valeurs qui font de lui un homme distingué à qui tout réussit.

— « Se relever en toute circonstance »… Vous savez… quelque part… je vous admire.

— Je n'ai pas le choix. Il me faut exercer ailleurs, refaire fortune. Ça ne me fait pas peur.

— Je ne sais pas quoi dire… Je n'arrive pas à y croire. Vous partez quand ?

— Le plus tôt possible. Mais je ne veux pas attirer l'attention. Je démembre mon capital pour ne pas être suivi à la trace. On parle beaucoup dans les dîners à Varsovie.

— Vous ne pouvez pas me laisser si vite. Pas maintenant. Pas aujourd'hui. Pas comme ça !

— Tu as toute la vie devant toi. Tâche de ne pas la gâcher.

Sa voix se pare d'un timbre sensible. J'ai envie de pleurer et je ne suis pas la seule. Il se racle la gorge et rompt le silence. Je bois ses paroles, je lui dois tellement.

— Maintenant, il faut que je te parle de l'argent.

Un regard jeté de part et d'autre du couloir, afin de s'assurer que personne n'épie, précède ses instructions.

— Mon ami, maître Musial est en charge de ton nouveau patrimoine. Officiellement, tu n'as que très peu de liquidités, je ne veux te faire courir aucun risque si la guerre venait à détruire notre pays… Mais dans les faits, tu disposes de tout mon capital. J'ai pris soin de déplacer des fonds à l'étranger. Damian, mon ami, se chargera à ta majorité de te restituer le tout.

— Oncle Lesław… je ne suis pas sûre de le mériter…
— Moi, je suis certain de faire ce qu'il faut. Damian veillera sur toi, de loin.
— Comment le contacter ?
— Il te contactera en temps et en heure. Voici ses coordonnées. À la moindre difficulté, appelle-le de ma part.

Du bout des doigts, je me saisis de ce papier imprimé tandis que Lesław complète ses explications.

— Mlle Szyller est au courant.
— Mon oncle… en parlant de Mlle Szyller… Comment êtes-vous sûr qu'elle va respecter votre engagement si vous quittez le pays ?
— Elle le fera.
— J'ai peur… Une fois que vous serez parti, rien ne l'arrêtera. J'ai peur de revivre à nouveau…

Mes mots restent bloqués, je n'arrive même pas à évoquer ce que je viens de traverser.

— Ewa, ça n'arrivera plus. Jamais plus.

Il se met à parler à voix basse en se rapprochant de moi :

— Parce que je lui donne aussi une part de mon argent.
— Excusez-moi ? Vous me faites marcher ?
— Tu as bien entendu. Il est convenu que maître Musial lui délivre les provisions futures à dates régulières. À condition que tu sois bien traitée. Une sorte de bonus pour ses vieux jours.

— Je ne comprends pas…

— Si tu n'as pas droit au meilleur des services, si quelque chose se passe mal… le contrat qui me lie à Miedzeska prévoit la suspension des versements complémentaires concernant Mlle Szyller.

— Donc… si elle s'en prend à moi, l'argent à venir reste bloqué ? parce que Damian Musial, l'avocat, sera au courant ? C'est bien ça ?

Il passe sa main dans mes cheveux crasseux et m'adresse un sourire. On vient de s'arrêter devant la porte de la chambre 16.

— Tu vois que tu comprends.

Il me prend dans ses bras, me souffle qu'il regrette que les choses se soient passées si mal pour moi. Je serre les dents, je ne veux pas qu'il découvre les cicatrices dans mon dos. Ça ne ferait que rendre les choses plus difficiles encore. Blottie contre son torse, j'entends ses mots qui me font du bien à l'intérieur, tout au fond. Il m'assure que tout va aller pour le mieux, que je suis capable de m'en sortir.

— Je te demande juste une chose…

— Je vous écoute.

— Jure-moi de ne plus jamais te regarder dans un miroir.

— Je vous le jure.

— Ewa… J'aurais aimé m'occuper de toi et te voir grandir. Mais ton… « don » et le contexte en ont décidé autrement… Prends soin de toi…

Je le repousse légèrement et lève la tête de manière à croiser ses yeux. Ils sont rouges, ça me touche. Je repense à tout ce qu'il a fait pour moi. Je repense à mes démons, à sa décision et maintenant à cette donation. Mon sourire figé accueille des larmes mêlant soulagement et tristesse infinie, le déchirement est atroce. Il va me quitter, c'est imminent, je le sens.

— Mon oncle, je ne sais pas quoi dire. Merci pour tout. Je ne vous oublierai jamais.

— Je dois partir à présent. Adieu Ewa.

CHAPITRE 29

J'ai insisté pour raccompagner mon oncle et le voir jusqu'au dernier moment. Le claquement sourd de la portière marque la fin d'une période. Une page se tourne, et c'est à moi d'écrire la suite à présent. Il me faut me reconstruire, laisser les humiliations derrière moi et tenter d'avancer. Le cœur gros, débordant d'une gratitude sans commune mesure, j'observe Lesław mettre le contact et quitter Miedzeska. Discrètement, il balaye ses larmes du revers de la main avant de manœuvrer pour faire demi-tour. La Fiat s'éloigne lentement vers le portail, et disparaît à l'horizon.

Il est tout ce qui me reste et il est déjà loin maintenant. Je reste de longues minutes abattue et complètement sonnée en songeant à ce qu'il va devenir, en priant pour qu'il réussisse. J'ai juré de ne plus jamais toucher à un seul miroir de ma vie, j'ai fait la promesse de me montrer digne et d'être à la hauteur de la décision de mon oncle. Il me fait confiance et ne me voit pas comme un monstre. Pourtant, le sang de mes parents entache à jamais mon existence. C'est un fardeau que je ne suis pas certaine de pouvoir porter tout au long de ma vie. C'est ce même fardeau qui m'emmure ici, qui dessine des plaies dans mon dos. Ce don épouvantable m'a enchaînée avec les chiens. Comment vivre avec ça ?

Lentement, la vie reprend son cours à Miedzeska. Je suis seule, livrée à moi-même, dans une détresse qui me fend le cœur. Qu'est-ce que je vais faire maintenant ? Comment tenir trois ans ici ? Sans visite, sans aucune famille. Mes yeux larmoyants se posent sur les murs d'enceinte, sur le fil barbelé puis sur l'établissement et enfin sur l'enclos des chiens. Je n'ai pas le choix. Je dois me ressaisir et accepter. Il me faut mettre un pied devant l'autre, tenir le cap et aller de l'avant quoi qu'il arrive. C'est ce que mon oncle aimerait que je fasse. Je ne peux pas rester plus longtemps dehors et malgré les larmes, je dois cesser de me torturer l'esprit. Je suis toujours enfermée ici, c'est vrai. Sauf que la donne vient de changer.

Lesław a tout fait pour que mes jours dans cette pension deviennent supportables. Je m'accroche à cette lueur d'espoir. Je dois la considérer comme une opportunité. Après tout, Mlle Szyller s'est excusée, il lui a donné beaucoup d'argent. Elle s'est engagée à bien me traiter en échange d'un bonus versé par maître Musial. Dans la balance, il y a mes conditions de vie contre les finances de l'Allemande. Avec un peu de recul, je comprends que je ne suis plus une pensionnaire ordinaire. Il faut que je l'accepte et que je fasse valoir mes droits. J'ai du mal à réaliser l'ampleur des pouvoirs en ma possession. La liberté dont je dispose maintenant est si vaste que je n'en cerne pas toutes les possibilités. Il y a quelques heures, je n'étais qu'une détenue survivant dans le froid au milieu des chiens. À partir de cette seconde, je prends conscience que je suis au-dessus de tout. Au-dessus du règlement, au-dessus d'Iwona et le plus important…

au-dessus de la Directrice elle-même. Je suis parfaitement intouchable.

Je ne m'en rends pas compte, mais la métamorphose s'opère bel et bien, je laisse les souvenirs douloureux sur les allées de gravier. Le sourire qui se dessine sur mon visage est indélébile lorsque je regagne le bâtiment. L'argent ne va pas cicatriser mes plaies, il ne va pas me faire oublier les longues heures à lutter dans le froid et les déjections canines, mais il va modifier les règles en ma faveur et faire taire mes vagues à l'âme.

J'emprunte les escaliers pour rejoindre l'aile ouest et plus précisément le bureau de Mlle Szyller. J'ai dans la tête la liste de mes premières requêtes et j'ai bien l'intention de jouir de cette nouvelle position de force. Ce n'est pas de la vengeance, simplement un juste retour des choses.

Si mes intentions sont claires et que je suis déterminée, ce n'est pas si facile dans la réalité. Je lutte contre le trac, je viens de toquer à la porte de la Directrice en me présentant. Je n'ai pas attendu l'autorisation pour entrer, c'est ma toute première résolution. L'initiative me provoque des papillons dans le ventre, je surventile, mais je me lance.

— Ewa ? Qu'est-ce que je peux faire pour vous ?

Comme si je venais de la prendre sur le fait, elle plaque ses mains sur un document de plusieurs pages et m'accueille d'un ton doux et faussement enjoué. À en croire son attitude, les papiers semblent importants.

— Eh bien, Ewa ? Ne restez pas plantée là. Je vous écoute.

Dieu qu'il est difficile de se montrer sûre de soi. Je bredouille et suis sur le point de perdre mes moyens :

— Comme vous le savez… Je… Euh… Mon oncle vient de partir.

— Oui, et ?

— Vous avez accepté de mieux me traiter contre de l'argent.

— C'est exact.

La petite fille impressionnable au fond de moi veut partir en courant. Un poids désagréable sur l'estomac m'empêche d'avoir la voix claire. Des vagues de chaleur me déclenchent des vertiges. Pourtant j'inspire profondément par le nez avant de poursuivre :

— J'ai besoin d'une nouvelle tenue.

— Bien sûr, je vais dire à Iwona de vous l'apporter dans votre chambre.

Elle accepte, sans aucune réticence, et je me sens libérée. C'est une réalité, mes pouvoirs sont concrets. Discrètement, la Directrice range les feuilles dans son tiroir et continue comme si de rien n'était. Sauf que je la sens gênée et confuse. Je profite de cette faille pour appuyer ma demande.

— Non, je préfèrerais qu'Iwona me l'apporte ici, dans votre bureau.

Ses yeux bleus bien trop clairs s'écarquillent, mais le sourire forcé reste au beau fixe.

— Pardon ?

— Je souhaite m'entretenir avec Mme Zubrzycka, et je voudrais que vous assistiez à notre discussion.

— Bien… Mais…

— Oh ! Et je voudrais prendre un bain également.

Je me surprends à aller de plus en plus loin, emportée par l'euphorie du pouvoir. Sur le visage de l'Allemande, le sourire de façade se dissipe. L'attitude mielleuse se dilue.

— Un bain ?
— Oui, un bain. Je suppose que vous jouissez d'une baignoire ?

Avant de me répondre, elle regarde derrière le paravent, en direction de la porte donnant sur ses appartements. Bien sûr qu'elle dispose d'une baignoire. Je suis de plus en plus confiante, à ma grande surprise.

— Oui, mais elle n'est pas destinée aux pensionnaires.
— Je ne suis plus une pensionnaire.
— Voyez-vous ça ?
— Je suis la clé de votre compte en banque. Vous le savez pertinemment.

Elle inspire en se pinçant les lèvres, je devine que d'accepter cet état de fait lui coûte. Presque imperceptiblement, ses yeux se détournent vers le tiroir dans lequel les documents sont à l'abri. J'attends sa réaction dans le silence. Enfin, elle me répond en restant aimable, en apparence :

— Je vous fais venir Iwona avec un uniforme propre, et je prépare votre bain.
— Merci beaucoup Mlle Szyller.
— Je vous en prie Ewa, appelez-moi Beata.

Bien entendu ses intentions sonnent totalement faux, mais j'acquiesce et accepte cette nouvelle proximité entre elle et moi. Bien sûr, ce revirement de situation et le fait qu'elle cède du terrain si facilement éveillent en moi des soupçons. Je reste sur mes gardes. Le tiroir du secrétaire est ouvert, elle est sur le point de se munir de la clé qui déverrouille le cadenas de la fenêtre. Je reprends la parole.

— Merci Beata… Encore une chose…

— Oui ?

Alors qu'elle ouvre la fenêtre pour interpeller la surveillante, elle se raidit. Beata se trouve de dos, mais je n'ai pas besoin de voir son visage pour deviner que mes petites exigences entament sa patience. Ma position de force est grisante, je pousse le bouchon un peu plus loin.

— Je voudrais manger seule.

— Seule ? Voyez-vous ça ?

— Dans ma chambre. Je voudrais le même repas que vous.

— Excusez-moi ?

— Vous m'avez bien comprise. À partir d'aujourd'hui, je souhaite bénéficier du même menu que vous. Et ce, trois fois par jour.

Un brin agacée, elle se retourne et ne peut plus contenir son exaspération. Pourtant, il ne s'agit que du commencement, nous sommes à l'aube d'une nouvelle ère qu'elle devra passer à ma botte. Je me sens gonflée à bloc.

— Ça sera tout ?

— Oui. Pour l'instant.

CHAPITRE 30

Me plonger dans l'eau chaude, parfumée aux huiles essentielles, est un délice. Après mon séjour dans l'enclos, la douceur du bain est simplement divine. Je me laisse glisser lentement pour immerger mon corps tiède, je n'arrive pas encore à croire qu'il s'agit bien de la réalité. Je me pince les lèvres en savourant l'instant. Ce n'est pas un rêve, je suis tout en haut de l'échelle. Étrangement, l'image des mains de la Directrice plaquées sur ces feuilles de papier me revient en tête. Qu'est-ce qu'elle faisait ? Pourquoi était-elle aussi embarrassée ? Tout en laissant s'évaporer l'idée au-dessus des eaux parfumées, je contemple l'espace qui m'entoure : les appartements de Beata sont d'un raffinement exquis. Je suis certaine que personne ne soupçonne que la Directrice évolue dans un tel cadre, surtout lorsqu'on pense aux conditions de vie des internes.

Des boiseries sculptées ornent les murs, il y a des tableaux et de nombreuses bougies dans la salle d'eau. Les miroirs ont été retirés avant que je prenne mon bain. Ici, tout est calme, j'apprécie cette volupté. Quelqu'un frappe timidement à la porte. Tout en continuant de me savonner, je l'autorise à entrer.

— *Ewa ? Vous vouliez me voir ?*

La grosse Iwona se tient sur le seuil. Craintive, dégoulinante de condescendance. Dans ses mains, il y a ma tenue et dans son dos, j'aperçois Beata. Je les invite à me rejoindre.

— Oui, je voulais vous parler et je tenais à le faire en présence de Mlle Szyller.

Elle avance, prudente. J'imagine que la Directrice vient de l'informer de mon nouveau statut et que le nouvel ordre en marche doit affoler cette brute épaisse qui me maltraitait.

— Je… Je vous écoute.

Mes bras humides longent la paroi émaillée de la baignoire sur pied, puis je me cramponne au rebord et me redresse pour être assise. Je l'examine des pieds à la tête. Elle tremble et ses plaques rouges, provoquées par le stress, sont un ravissement pour mes yeux. Elle me craint.

— Je voudrais que Mlle Szyller prélève une petite partie de mon capital pour augmenter votre rémunération durant les trois années à venir.

— Excusez-moi ? Vous voulez m'augmenter ? Après… Après tout ça ?

— Je veux doubler votre paye, en effet.

L'incompréhension sonne la surveillante. Iwona, troublée, dépose l'uniforme sur la chaise, à côté du lavabo et des flacons de parfum. Elle fait tomber la blouse. Je viens de la perturber. La Directrice me lance un regard inquiet et je reprends :

— Il est évident qu'avec cette promotion, vous aurez à cœur de bien me traiter.

— Vous souhaitez m'acheter si je comprends bien ?

— Je souhaite m'offrir vos services. Prenez ça comme une manière de faire table rase du passé.

Elle ne répond pas, j'ai le sentiment qu'Iwona attend l'approbation de Beata. Celle-ci hoche la tête et abonde dans mon sens. Je me lève, entièrement nue, et demande à la gardienne obèse de me faire passer la serviette. Iwona s'exécute en baissant les yeux. Mais il est trop tard, elle a bien vu les hématomes sur mon corps et les traces laissées par les chaînes sur mes poignets. La vision de mes stigmates lui coupe le souffle, mais je ne relève pas. Lorsque je me retourne pour me sécher, j'imagine qu'elle ne peut pas éviter mon dos noueux, couvert de plaies, une monstruosité signée Greta. L'espace d'un instant, je me demande ce que ça fait de recevoir une main tendue de la part d'une victime que l'on a martyrisée sans une once de pitié.

— Dites à Maciej que je veux le voir.

— Ewa, vous n'avez pas le droit. Vous le savez.

La surveillante semble avoir du mal à saisir la situation, son rappel aux règles de la pension ne me sert à rien maintenant. Je ne suis plus concernée. Je suis au-dessus de tout ça. La serviette nouée recouvre ma poitrine, je tends ma main dans le vide pour en réclamer une seconde afin de sécher mes cheveux. Iwona répond à ma demande et j'obtiens ce que je veux. En frictionnant ma chevelure, je plante mon regard dans les yeux aux nuances métalliques de Beata et j'ajoute :

— Que vous le vouliez ou non, l'une comme l'autre… sachez que j'ai tous les droits.

Le silence embarrassé des deux femmes reste leur seule réponse. Sur le point d'enfiler ma tenue, je mets un terme à notre entrevue. En guise de point final, j'arbore mon plus joli sourire et conclus :

— Oh… et Joyeux Noël. Vous pouvez disposer.

CHAPITRE 31

Lorsque je quitte le bâtiment pour rejoindre le parc, la sirène de la pension retentit et cette alarme stridente me laisse de marbre pour la première fois. Je suis hors du temps, hors des règles. Ne pas avoir à me tenir au garde-à-vous, avec la trouille de me faire punir ou de devoir ingurgiter un souper infect, est un bonheur qui inonde ma poitrine d'une douce chaleur. Alors que le jour se retire et que le soir s'étend, je marche en direction de la dépendance, fraîche, propre et parfumée. Maciej a été informé de ma visite puisqu'à mi-chemin, il quitte la petite maison pour venir à ma rencontre.

Il s'est également changé. Il a pris soin de revêtir une chemise sombre et une veste assortie. Il est coiffé, rasé de près. Son père n'est pas là pour le surveiller. À l'heure qu'il est, Tadeusz et sa louche doivent errer de table en table pour servir les bourgeoises. Il n'y a que Maciej et moi, son sourire et ma gratitude. Cette rencontre programmée prend des allures de rendez-vous galant et ce n'est pas pour me déplaire. J'approche et je vois d'ici qu'il est heureux de me retrouver saine et sauve.

— Tu voulais me voir ?
— C'est exact, je voulais que nous soyons seuls.

Il me dévisage lorsque j'arrive à son niveau puis m'examine de haut en bas avec un regard plein d'envie.

— Tu es…
— Propre ?
— … et sublime.

Il sourit et s'arrête net. Mes deux derniers pas sont accompagnés de puissants battements de cœur et de merveilleux papillons dans le ventre. Son sourire éclatant répond à mes yeux pétillants, je lui dois tellement.

— J'aimerais que tu me suives, si tu veux bien.

Je m'attarde sur son visage, si fin. Il a les traits délicats et une pointe de tristesse qui le rend tout à fait humain. J'hésite une seconde à me lancer, puis je tends mes doigts, j'espère qu'il va vouloir me prendre par la main.

— Allez, viens.
— Où allons-nous ? Et où est ton oncle ?
— Je t'expliquerai tout dans ma chambre.

Il saisit mes phalanges froides. Ma poitrine s'embrase. Je me sens rougir.

— Dans ta chambre ?
— Nous allons manger.

Ses sourcils se lèvent puis se froncent. La situation lui échappe. Il veut en savoir plus, mais je me contente de sourire en l'entraînant dans mon sillage vers l'établissement. Mon cœur bat à tout rompre, je suis heureuse, excitée et j'ai un peu peur de me retrouver seule avec lui.

— Mais tu as l'autorisation ? On a le droit de faire ça ?
— Maciej... Ne t'inquiète pas, on ne risque rien.

Il serre ma main un peu plus fort lorsque nous gravissons les escaliers principaux. Une odeur infecte empuantit les couloirs déserts tandis que l'on bifurque aux abords du réfectoire pour se faufiler dans le périmètre des chambres. Tadeusz vient de terminer son service et s'éclipse de la cantine, je crois qu'il est surpris de nous voir passer en coup de vent, tout sourire et main dans la main. Maciej se crispe à la vue de son père, mais je ne lui laisse pas le temps de tergiverser et l'entraîne vers ma petite surprise, emportée à la perspective euphorique de me retrouver seule avec ce garçon. Ses paumes tendres deviennent moites et j'évite de le regarder pour conserver la part de mystère qui me tient tant à cœur. La porte de la chambre 16 nous barre la route. Dans un élan palpitant, j'abaisse la poignée. Il tire sur ma main et m'interroge une dernière fois.

— Ewa ? Tu es sûre de toi ?
— Allez, viens...
— Et Alicja ?
— Les filles sont à la cantine ! Ne te fais pas prier.

Dans la chambre, il flotte un parfum d'interdit, mais surtout l'odeur agréable d'un repas quatre étoiles. Sur mon lit, la Directrice a fait livrer un plateau comme je l'ai demandé. Maciej dévore des yeux la volaille, les marrons et les petits légumes. Un festin digne d'un réveillon.

— Co... Comment tu as... ?
— Je voulais te remercier.
— Je n'arrive pas à y croire !
— À moi de t'offrir ton cadeau de Noël.

Il regarde partout autour de lui et détaille chaque élément comme s'il entrait pour la première fois dans la chambre d'une bourgeoise. Il n'y a plus aucune trace de mon dérapage. Le sang des pestes a été nettoyé, cet épisode tragique appartient au passé. À la lueur de la lampe à pétrole, il retire sa veste et la dépose au pied du lit, c'est vrai qu'il fait particulièrement chaud ce soir dans ma chambre. Je me contente de l'observer en souriant. On dirait un enfant émerveillé. À cette seconde précise, mon cœur s'emplit de joie et je me lance :

— Tu as tellement fait pour moi.
— Ce n'est rien…
— Sans ton intervention, je n'aurais pas pu voir mon oncle. Tu as pris beaucoup de risques. Et grâce à toi, tout vient de changer.

Je prends sa main entre les miennes pour la caresser, je crois même que j'ai envie d'embrasser ses doigts encore chauds. Je détaille son visage et m'attarde sur l'expression de son regard, sur la ligne de ses arcades, sur ses lèvres qui m'offrent un sourire charmant. Au creux de mon ventre, la flamme d'un bonheur naissant se ravive, alors je me rapproche de lui et dépose timidement ma main sur son torse.

— Tu comptes beaucoup pour moi.
— Ewa, tu comptes aussi pour moi.

Je ne vois pas qu'il serre les dents. Il se retire légèrement en se raidissant.

— Maciej ? Tout va bien ?
— Je me suis blessé en retirant le miroir du réfectoire.
— Ça va aller ?
— Oui, ne t'inquiète pas. J'ai dû le porter jusqu'à la cave avec mon père. Ça va passer.

Il s'attarde sur sa clavicule pour tâter sa blessure du bout des doigts, puis d'un geste de la main, il balaye le sujet en me faisant comprendre que ce n'est pas important. Je l'entraîne au bord du lit et l'invite à partager mon repas tandis que je lui raconte, dans les grandes lignes, la cause de cette transformation radicale. Maciej boit mes paroles et se délecte du blanc de dinde et des marrons qui l'accompagnent. Je picore à ses côtés, mais je savoure surtout l'instant et je l'observe manger en essayant de paraître la plus naturelle possible. Je viens de le mettre dans la confidence et je réalise l'importance de pouvoir partager ses peines et ses petites victoires avec quelqu'un. Il se racle la gorge et s'efforce d'avaler sa bouchée pour résumer mes propos :

— Donc, si je comprends bien… Tu es en quelque sorte… protégée, maintenant ?

— C'est à peu près ça.

— Je suis heureux pour toi. Vraiment.

— C'est grâce à toi. Tu es le seul sur qui je peux compter.

Ses yeux se voilent, comme si ses pupilles devenaient ternes. Comme si je venais de mettre le doigt sur un sujet épineux. L'espace d'une seconde, il semble absent. À quoi pense-t-il ?

— Tu es sûr que tout va bien ?

— Oui… C'est juste que…

— Maciej ?

— C'est la première fois qu'on me dit ce genre de choses.

Ma main glisse sur le couvre-lit pour rejoindre la sienne, j'en profite pour lui rappeler qu'il est à l'origine de tout. La confiance ne s'achète pas et il m'a prouvé à plusieurs reprises à quel point il était sincère avec moi. Il se contente de sourire timidement et de repousser le plateau-repas hors du couchage. J'expérimente un sentiment nouveau, le désir me traverse et m'habite. J'ai quinze ans, et je crois que je vibre pour lui.

— Ewa, il faut que je te dise quelque chose…
— Pas maintenant. S'il te plaît.

Je n'ai aucune envie que cet instant vole en éclats. Maciej s'incline vers moi. Je l'imite. Nos cœurs sont dangereusement proches. Je me noie dans son regard luisant, sa bouche fine et délicate approche inexorablement de mes lèvres. Il y dépose un baiser fiévreux, je me mets à respirer un peu plus fort. Mon corps se cambre et je m'allonge, serrée tout contre lui. Il m'embrasse au creux du cou et affole tous mes sens. Je déboutonne les premiers remparts de sa chemise, mes mains s'agrippent à ses épaules, j'ai un peu peur de me laisser aller et terriblement envie d'aller plus loin, pour la toute première fois. Soudain, il se raidit et grimace. On dirait que je viens de lui faire mal. Je retire mes mains et m'excuse aussitôt. Un hématome dépasse du col de sa chemise entrouverte. Du bout des doigts, j'écarte le tissu et découvre sa blessure à l'épaule.

— Qu'est-ce que c'est ? Maciej ?
— C'est de ça… que je devais te parler…
— Ne me dis pas que… ?

Il se redresse et ne me répond pas. En une fraction de seconde, son visage se barricade derrière un masque froid, aussi vite que le poison lucide qui se répand dans mon cœur. Il se contente de refermer sa chemise. Il m'observe. Je l'observe. Mon désir retombe comme un soufflet. Ma confiance fait de même. Une vague de froid s'empare de moi. Je sais. Et il sait que je sais. Sa chemise dissimule des traces de dents. Une morsure. Une morsure laissée par la pensionnaire kidnappée la nuit dernière.

CHAPITRE 32

J'étais prête à lui offrir mon cœur et mon corps, à m'abandonner à lui parce qu'il m'avait prouvé qu'il était digne de confiance. J'avais des sentiments pour lui. Il m'a offert son aide à plusieurs reprises, il vient de tout gâcher. Les flashs de la nuit dernière me reviennent et le sol se dérobe sous mes pieds. Il n'est pas ce qu'il prétend être. Pire, il m'a menti.

— Tu n'as pas vu la Directrice cette nuit-là.
— Ewa, je peux tout t'expliquer.
— Tu as frappé cette fille ! Tu l'as enlevée de force !
— Ewa…
— Ne me touche pas !

Mes muscles sont tendus, je crois que je pourrais le gifler tant je suis déçue. Tout s'embrouille, je suis confuse. Maciej abandonne le lit, sans dire un mot. Sans chercher à recoller les morceaux.

— Que fais-tu à ces filles ?
— Je suis désolé, c'est compliqué… Je…

— Non ! Ne dis rien finalement ! Je crois que je préfère ne pas le savoir.

— Ewa…

— Sors. Sors et ne reviens plus.

D'un geste las et résigné, il récupère sa veste et traîne les pieds jusqu'à la porte. En ouvrant, il se retourne une dernière fois. Son visage se décompose. Il semble souffrir, mais pas autant que moi. Il ouvre la bouche puis timidement, il s'apprête à me parler. Est-ce qu'il va trouver les mots pour m'apaiser ?

— Ne dis rien à personne.

— Pardon ?

— Il ne faut pas que ça se sache.

Sa seule préoccupation reste la discrétion. Je m'attendais à ce qu'il se livre, à entendre une bonne raison. Naïvement, j'espérais qu'un miracle prononcé par ses lèvres pourrait réparer le mal qu'il vient de nous faire. Mais non, tout ce qu'il souhaite, c'est que je ne parle pas de ses agissements. La déception enfle et mon cœur saigne. Il part.

Seule, dans ma grande désillusion, je craque. Mon visage enfoncé dans l'oreiller, je pleure toutes les larmes de mon corps. Noyée sous des tonnes de regrets, je ne parviens pas à comprendre comment Maciej peut-être aussi serviable, attentionné et humain, alors qu'il est responsable de la disparition des pensionnaires. Ses deux facettes me terrifient, sans doute parce qu'elles me renvoient à ce que je suis. Je porte aussi en moi le meilleur et le pire, je suis un terrain vague sur lequel le Bien et le Mal s'affrontent. Cette vérité m'anéantit et bouche définitivement la vue que je portais sur un horizon heureux.

Comme un malheur n'arrive jamais seul, de nombreux bruits de pas ricochent dans le couloir. Le troupeau de bourgeoises regagne les chambrées après le repas. Ma porte s'ouvre à nouveau. Alicja pénètre timidement, surprise de me voir de retour et dans un tel état.

Après son aveu dans l'enclos, le silence est le porte-parole du froid qui nous sépare. Son œil se pose sur le plateau-repas et les restes de volaille. Elle fronce les sourcils et jette un regard en direction de la porte. J'imagine qu'elle vient de croiser Maciej.

— Ewa…

Je me recroqueville et me tourne dans le lit, La Terreur de Miedzeska est bien la dernière personne à qui j'ai envie de parler ce soir.

— J'ai appris pour ton oncle.

Je regarde simplement par la fenêtre en la méprisant du mieux possible.

— Tu n'as pas mangé avec nous. Tu te fais livrer ?

Elle doit se contenter de mon dos pour seule réponse.

— Le bruit court que ton oncle a passé une sorte d'accord ? C'est vrai ?
— Tu m'as trahie. Je n'ai rien à te dire.

Mon ton est sec. Elle ne peut que comprendre ma position, je ne reviendrai pas vers elle. Elle souffle à voix basse qu'elle est désolée et tente de s'asseoir au bord de mon lit.

— Ne m'approche pas.

Alicja s'exécute, renvoyée dans les cordes avec toute ma peine. Lentement, elle fait le tour du lit, puis elle se poste devant son couchage, soulève le matelas et semble le déchirer un peu sur le bord. Qu'est-ce qu'elle fabrique ?

— Tu sais, je n'ai pas écrit les règles pour te manipuler.

— Je m'en fiche.

— Je t'ai sauvé la mise dans les toilettes. Tu te rappelles ?

— Et tu as disparu avant que Zofia m'agresse !

— Je n'ai pas eu le choix !

— Tu m'as humiliée avec le miroir de la cantine. Demain tu changes de chambre.

Elle s'interrompt un instant. Étonnée par ce que j'avance. Elle me répond que je ne peux pas faire ça.

— Bien sûr que je peux. Je peux même décider de t'envoyer avec les chiens jusqu'à ce que tu sois en âge de sortir d'ici.

— Ewa…

— Tu verras ce que ça fait. Il me suffit de le demander à Beata.

J'insiste sur le prénom de la Directrice comme pour affirmer haut et fort que je ne mens pas. Je suis d'ailleurs la seule ici.

— Ewa, je voulais faire porter le chapeau à Zofia.

Mon œil quitte la fenêtre, son argument attise ma curiosité. Je ne m'attendais pas à ça. Alicja se livre et m'avoue la vérité. Elle a retiré le drap recouvrant le miroir et elle y a inscrit « Sorcière » pour faire accuser Zofia.

— J'ai fait ça pour qu'elle te laisse tranquille. C'était elle ou nous… Mais ça ne s'est pas passé comme prévu.

Zofia a prétexté des maux de ventre pour se rendre à l'infirmerie. Le plan d'Alicja tombait à l'eau tandis que la reine des pestes dérobait un miroir et des scalpels auprès des soignantes.

— Tout ce qui sort de ta bouche est un mensonge. Il est trop tard pour les explications.

Son matelas retombe bruyamment sur le sommier après un nouveau bruit de tissu déchiré. Elle dépose un fragment de miroir entaché de sang. Un reste du miroir appartenant aux pestes, un morceau de glace récupéré à terre lorsque j'ai perdu le contrôle, dissimulé dans son lit jusqu'ici.

— Qu'est-ce que tu fais avec ça ?
— Ce morceau de glace était sous mon lit quand j'ai regagné la chambre l'autre soir.
— Laisse-moi tranquille, je n'ai pas la tête à ça.
— Il faut que je te dise quelque chose…
— Je n'ai pas envie de t'écouter.
— On m'appelle la Terreur, mais c'est une invention…

D'un geste résigné de la main, elle désigne le bout de miroir jeté au milieu de son lit.

— Je suis ici parce que mes parents ne me supportent pas. Ils ont honte, parce que je suis mauvaise à l'école, parce que je les déçois et parce que je m'intéresse aux garçons.

Trop rebelle, trop médiocre. Elle me dévoile le contexte qui l'a poussée dans cette pension. Alicja fait lentement le tour de son lit puis s'assied à côté de la pendule, juste en face de moi. La tête basse, elle récupère le miroir.

— J'ai très vite compris que je devais me donner un surnom et faire courir le bruit que je peux être redoutable pour me donner de l'épaisseur. La « Terreur », c'est simplement pour ma réputation. Je ne voulais pas être le souffre-douleur des plus grandes…

Elle me tend le morceau de glace brisé et me demande de le regarder. Je la dévisage, septique. Je reste de marbre, alors elle me supplie avec des trémolos dans la voix :

— Si tu regardes, tu ne verras rien. Parce que je n'ai rien fait. Je n'ai rien d'une terreur.

En silence, je déglutis et ne laisse rien paraître.

— Ewa, je n'ai que toi…

Non sans une certaine réticence, j'attrape le miroir sans la quitter des yeux. Elle est dévastée. Je crois qu'elle ne veut pas me perdre. Le seul moyen d'être certaine qu'elle dit vrai, c'est de contempler mon reflet. Dans ma main, j'ai ce morceau tranchant qui peut refléter la réalité et qui me fait invariablement basculer dans l'horreur. Elle m'observe avec les yeux rougis. Je tiens à cette promesse faite à Lesław. Je ne dois plus me regarder, je l'ai juré, mais si Alicja dit vrai, je ne risque rien. J'oriente le miroir vers mon visage, je retiens mon souffle. Elle s'apprête à ouvrir la bouche, mais j'abandonne le morceau de glace sur le lit, en accordant à ma voisine de chambre le bénéfice du doute. Je n'ai pas à faire appel à mon don, j'ai une bien meilleure idée pour m'assurer que « la Terreur » est sincère.

— Je te crois.

— Ewa, tu es la seule amie que j'ai connue ! Je veux que tout redevienne comme avant.

— Je veux bien te croire, mais nous ne serons à nouveau amies qu'à une seule condition.

CHAPITRE 33

Depuis l'aveu d'Alicja, les fêtes de fin d'année appartiennent au passé, les jours s'allongent discrètement, et bientôt, Janvier s'éloignera en douceur. Grâce à mon nouveau statut, les pensionnaires tentent tour à tour de se rapprocher de moi. Aux yeux des filles, je suis passée de « la folle » à « l'impératrice ». Les courtisanes s'agglutinent pour venir me dire bonjour et se montrent agréables. Parce que le bruit court que j'ai de l'argent, que je suis proche de la Directrice et parce que toutes les bourgeoises savent que j'ai du pouvoir. C'est vrai que je suis dispensée de sport, de prières, de repas collectifs, et que je peux errer librement dans Miedzeska comme je l'entends. Je ne suis plus surveillée, je n'ai pas de comptes à rendre. Je ne me mélange plus aux autres, je vis seule, repliée sur moi-même. Mais les privilèges ne réparent pas ce qui est cassé au fond de moi. Je pense à Maciej. J'ai mal. J'ai peur du vide qu'il a laissé.

Toutes les courbettes des internes ne font que raviver mon problème de confiance. Elles débarquent avec de grands sourires et des petites attentions, mais ce ne sont que des voyants rouges clignotants me rappelant que chaque gentillesse a un prix dans cette pension. Je ne peux me fier à personne et l'héritage d'oncle Lesław renforce mon sentiment de solitude. Mon cœur est froid, dur comme la pierre. Je me suis renfermée, pour ne plus jamais souffrir. Il m'a menti, tout le monde me ment et se sert de moi. Les faveurs de Beata n'y changent rien, les largesses d'Iwona sont futiles et la situation avec Alicja n'est pas encore consolidée. Elle me jure qu'elle fait de son mieux pour trouver le bon moment et remplir la condition indispensable à la reprise de notre amitié. C'est sa « mission » comme elle l'appelle, Alicja aime beaucoup les surnoms. Et pour l'instant, elle n'a pas atteint l'objectif imposé.

Les restes du repas attendent dans ma chambre. J'ai terminé depuis quelques minutes les plats apportés par la surveillante. Des *zrazy wolowe* – une roulade de bœuf –, avec des raviolis aux légumes et une part de gâteau au pavot. C'est exactement la même assiette que celle de Melle Szyller. Le repas, c'est sans doute le passe-droit le plus appréciable depuis le début de mon règne sur cette prison. Je contemple la fenêtre donnant sur le parc, et mon cœur se pince lorsque mon regard s'arrête sur la dépendance. Les troncs d'arbres tordus, maigres et morts se disputent l'herbe givrée autour du grillage et de la maisonnette. Il n'est pas là. Je ne le vois plus.

Je soupire en pensant à cet immense gâchis. Je n'ai aucune nouvelle de Maciej depuis notre baiser et son mensonge. Je ne l'ai pas vu sortir une seule fois de la petite maison. Il ne ramasse plus les feuilles, il ne s'occupe plus des chiens, il est invisible. Je lui en veux de m'avoir blessée à ce point. Je lui en veux de ne pas avoir eu le courage de me parler. Et si un jour il vient à m'expliquer, je ne suis même pas sûre que ses mots pourraient réparer le mal déjà fait. Il enlève les filles, comment pourrais-je l'accepter de toute façon ?

— *Ewa ? Tu es disponible ? On peut se parler ?*

Dans mon dos, la voix timide d'Alicja s'élève au-dessus de nos lits de camp. Chaque jour, elle tente de revenir vers moi, mais sans la preuve de sa bonne foi, je refuse de faire un pas vers elle.

— Tu as ce que je t'ai demandé ?
— … Non, toujours pas. Je sors de la cantine à l'instant.
— Alors, je n'ai pas de temps à t'accorder. Désolée.

Le silence revient, je contemple encore et toujours le parc puis la dépendance. Je me sens mal, je n'ai plus d'entrain, c'est une gêne diffuse qui me plombe les ailes, une tristesse lancinante. Voilà plusieurs jours que je suis d'humeur maussade. L'apanage du pouvoir et de l'argent a disparu, je suis toujours la même jeune fille, quoi qu'il arrive. Fragile, meurtrie et terriblement seule. Bien trop naïve et peut-être amoureuse. Suspendue à la fenêtre, je sens toujours la présence de celle qui veut se racheter, alors j'insiste sans me retourner :

— Alicja, je t'ai demandé une seule chose.
— Ewa, s'il te plaît.
— Les jours défilent, et je ne vois toujours rien venir.
— Ce que tu attends de moi est trop dangereux.
— C'est le prix de notre amitié.
— Une véritable amie ne me demanderait pas de courir un tel risque !
— Une véritable amie n'aurait pas besoin de se repentir.

Elle expire bruyamment, exaspérée par la distance maintenue entre nous. Son désarroi ne m'arrache pas au carreau ni à la vue qu'il m'offre. Je fixe toujours la dépendance avec l'espoir secret d'apercevoir Maciej dans le parc. Mais sa porte reste close et le débat avec la Terreur de Miedzeska ne progresse pas.

— Ewa, tu te rends compte de ce que tu me demandes ?

— Je veux ces documents. C'est pourtant simple.

— Mais si je rentre dans le bureau de la Directrice et qu'elle s'en aperçoit ?

— Je peux te couvrir. Beata ne te fera rien.

— Mais elle va bien voir qu'on lui a volé ses maudits papiers ! Qu'est-ce qu'on va faire ensuite ?

— Tu n'as pas à te soucier de la suite. Je m'en occupe.

— Je crois que tu ne réalises pas. Tu es dans les bonnes grâces de Melle Szyller, mais ce n'est pas mon cas !

— C'est vrai.

— Alors pourquoi tu ne vas pas dans le bureau pour te servir ?

C'est une très bonne question et ma meilleure réponse reste le silence.

— Tu y rentres comme tu veux. Moi je ne suis qu'une pensionnaire !

— Alicja, c'est parce que c'est difficile pour toi que je te le demande. Prouve-moi que je peux te faire confiance et j'oublie tout. Je serai ton amie, comme avant.

Le débat stérile renvoie Alicja à ses propres responsabilités, c'est vrai que je suis dure avec elle. Je l'admets. Mais il en va de mon équilibre, je me protège, tout simplement. La confiance est le bien le plus précieux dans cette prison. Je ne me ferai plus avoir. Mes nouveaux pouvoirs me contraignent à imposer des limites strictes, les gens qui comptent et qui m'ont blessée doivent mériter mon affection. Alicja n'échappe pas à cette règle, elle s'éclipse et me laisse à nouveau seule. Seule, au milieu de mes pensées. Mes pensées justement sont toutes dédiées à Maciej. Où est-il ? Pourquoi reste-t-il enfermé ?

La sirène déchire le ciel blanc. Au loin, Tadeusz rôde dans le parc au milieu du néant, il se dirige vers la rangée de barils alignés. Il saisit le premier, qu'il doit manipuler seul. J'imagine qu'une bourgeoise vient de fauter, elle va passer un mauvais quart d'heure, je la plains. Maciej ne vient pas aider son père, à mon grand regret. Que fait-il ? Quand pourrai-je le revoir ? Je lui en veux, mais je n'arrive pas à l'effacer de ma mémoire. J'ai encore la sensation que ses lèvres effleurent les miennes. Je rêve parfois qu'il me rejoint, que l'épisode de la charrette n'a jamais existé. Alors que l'homme à tout faire grogne et déplace difficilement le bidon rempli d'eau croupie, je me dis que je pourrais aller jeter un œil. Oui, je pourrais rendre une toute petite visite à Maciej afin d'arrêter de ruminer. Simplement pour le voir, et très égoïstement, pour alimenter mes songes.

Ma décision est prise. Je dévale les escaliers, alors que les pleurs provoqués par le rituel du baril gagnent en intensité autour de la dalle en béton. D'un pas alerte, je traverse le parc pendant que la pension sanctionne une bourgeoise en l'immergeant dans la vase. La dépendance se dresse juste devant moi. Dans mon dos, l'interne sanglote et gémit sous le regard de ses camarades alignées, toutes conviées à la punition. Je m'approche de la clôture et du portail habituellement fermé à clé. Tadeusz a dû le laisser ouvert, cette étourderie me facilite la tâche, je la considère comme une invitation à aller plus loin. Après un rapide coup d'œil vers la salopette et les coups de bâton, je me faufile sans réfléchir et foule pour la première fois le jardin de celui qui m'a brisé le cœur.

Bien entendu, je me jure de ne pas pousser mes investigations trop loin. Je m'autorise un unique coup d'œil. Un tout petit regard, furtif et sans danger, avant de m'en aller. Il s'agit simplement de passer la tête pour en avoir le cœur net. Au passage, je pourrai toujours nourrir mes rêves secrets et imaginer qu'il existe un « nous », quelque part, dans un recoin de ma tête.

En longeant les murs de la bicoque, je n'entends aucun bruit, si ce n'est la plainte lointaine de la bourgeoise dans le baril. Les premiers temps, les supplications me coupaient les jambes et me traumatisaient, maintenant j'entends seulement un bruit de fond qui fait partie du paysage. Mes mains sont au contact de la pierre et de la brique, je progresse sur la pointe des pieds jusqu'à la première vitre. Par la fenêtre, je découvre un intérieur sombre et modeste. Père et fils vivent dans un confort précaire. Une table en bois, une cheminée surplombée d'un miroir. Je m'interdis formellement de m'y attarder et fais le tour de la petite propriété pour regarder par un nouveau carreau.

Mon œil découvre une pièce éclairée par des bougies disposées sur une commode hors d'âge. À gauche, je distingue des instruments de musique, prenant la poussière autour d'un bureau laissé à l'abandon. À droite, un étui à violon trône à côté du lit. Le couchage n'est pas vide. Maciej est là, la tête plongée dans un livre. Lorsqu'il baisse l'ouvrage et change de page, ma poitrine se serre et mon souffle se coupe avec le choc. Son visage est tuméfié, méconnaissable. Les pommettes et les arcades ont doublé de volume. Ses mains présentent également de vilaines ecchymoses. Immédiatement, je me rappelle du soir où je l'ai invité dans ma chambre. Je fais le lien avec le regard de

Tadeusz. Il devait être furieux de nous voir ensemble. Son père lui a fait payer notre rendez-vous galant. C'était il y a quelques jours, mais ses coquards sont encore frais. Il est défiguré, à cause de moi. Au creux de ma poitrine, il se passe quelque chose que je ne devrais pas éprouver. Je souffre pour lui, je m'inquiète et je ressens le besoin d'aller plus loin. J'ai conscience que ce n'est pas bien, pourtant, il faut que je lui parle. Seulement quelques mots, c'est plus fort que moi. D'ailleurs, il vient de me repérer. Il est trop tard pour faire demi-tour.

CHAPITRE 34

Il a quitté son lit pour m'ouvrir. J'ai fait le tour immédiatement. Dans la lumière du jour, les blessures sur son visage prennent une autre dimension. J'ai du mal à le regarder dans les yeux. Les paupières gonflées et mauves cachent des larmes. Il se tient difficilement à la porte pour ne pas vaciller. Sa lèvre supérieure est ouverte, elle suinte encore un peu. Mes palpitations sont au rendez-vous, chaque battement murmure « Oh, mon Dieu ». Devant lui, je suis fragile. Nerveuse. Je me faisais un sang d'encre, je n'ai fait que penser à lui. Et j'ai la preuve que je ne m'inquiétais pas pour rien. Il bredouille, gêné de s'exposer dans un tel état.

— Tu veux entrer ?

Maciej porte les doigts à sa bouche enflée. Je regarde par-dessus mon épaule et je m'assure que personne ne nous voit. J'hésite entre le besoin de me tenir à distance et le besoin viscéral de le prendre dans mes bras.

— C'est ton père ? C'est ton père qui a fait ça ?
— Il n'a pas apprécié de nous voir ensemble.

— Je suis sincèrement désolée.
— Ça passera… Si c'était à refaire, je le referais.

Comme pour défier son géniteur, il ouvre la porte en grand et m'invite à l'intérieur. Je me risque à le suivre et me retrouve dans la pièce à vivre. Je découvre son univers, je vois Maciej sous un autre jour. Et très sincèrement, je me sens perdue. En dépit du mensonge qui nous sépare, plus je le rejette et moins j'ai envie de le perdre.

Il traverse péniblement la salle à manger d'un pas mou, vidé de toute envie. Il s'excuse, il doit s'allonger : sa tête tourne encore un peu. Au-dessus de la cheminée, l'ombre du miroir plane sur moi. Du coin de l'œil j'aperçois ma silhouette, mais j'évite de tourner la tête pour ne pas être tentée. Lentement, on progresse vers sa chambre, il regagne son lit et se couche en réprimant un soupir de douleur. Ses joues sont humides, est-ce qu'il pleure à cause de moi ? Il ferme les yeux et reste muet. Sur la table de nuit, un mouchoir souillé de taches sombres accueille une dent. Un dommage collatéral de notre précédent rendez-vous. J'imagine les poings rageurs de Tadeusz s'écraser sur Maciej avec une brutalité innommable. L'embarras me gagne. Je me sens soudainement coupable et stupide, je n'ai rien à faire ici. Ma présence risque d'attiser la fureur de son père.

— Je ne vais pas rester.
— Reste, s'il te plaît.
— Je ne veux pas te causer du tort.
— Ça me fait du bien de pouvoir t'admirer.

Je m'approche au bord du lit. Je tremble, mais ce n'est pas de peur. Il me faut gérer un trop-plein d'émotions. J'ai beaucoup de peine en posant mes yeux sur ce corps criblé de coups. Je ne peux pas m'empêcher de me sentir en partie responsable de ce passage à tabac.

— J'étais inquiète de ne pas te voir.

— Je ne suis pas en état de sortir, comme tu peux le constater.

Je sais qu'il a fait quelque chose de mal. Je ne devrais pas frôler sa main et glisser mes doigts entre les siens.

— J'espère que tu te remettras vite.

— Il en faut plus pour me faire plier.

— Je devrais partir maintenant. Je voulais juste m'assurer que…

— Tu me manques, Ewa. Je regrette.

Il ouvre ses paupières et inspire en hoquetant. Je me défile du regard et parcours la pièce pour ne pas lui montrer que je regrette également. De ce que je peux voir, la musique occupe beaucoup de place dans sa vie. Je l'imagine jouer du violon, ressentir les notes et les vibrations. Il est sensible à la beauté, aux couleurs. C'est un artiste pris au piège dans un cauchemar. Un artiste qui traîne son père comme un boulet, qui porte ses actes comme un fardeau. Un peu comme moi, finalement. Mon don est malsain, le sien est une bénédiction. Je le contemple à nouveau sur son lit. À en juger par l'état de ses mains, il ne pourra pas jouer avant plusieurs jours.

— Ewa, j'aurais dû te dire la vérité.

— Je connais la vérité.

Mes doigts abandonnent les siens. Je n'aurais pas dû lui laisser entrevoir un éventuel rapprochement. Je me ressaisis et reprends sèchement :

— Tu enlèves des pensionnaires en pleine nuit. Brutalement.

— C'est plus compliqué qu'il n'y paraît.

Il soupire et tâte sa mâchoire du bout des doigts avant de me demander d'ouvrir la commode. Il murmure qu'il va m'expliquer. Je m'approche des bougies, intriguée. Mon pied heurte l'étui à violon. En m'excusant pour ma maladresse, je l'attrape et le soupèse.

— Tu joues depuis longtemps ?
— Je préfère que tu le reposes à sa place.
— Pardon.
— Ouvre le deuxième tiroir s'il te plaît.
— Qu'est-ce que c'est ? Des laissez-passer ? Des papiers d'identité ?
— Je veux que tu comprennes… Je vais t'expliquer.

Sa voix devient grave et sérieuse. Il se racle la gorge et rassemble ses forces afin de se redresser sur son oreiller.

— Je choisis des filles qui ne reçoivent plus de visites…

Il passe aux aveux, je ne suis pas sûre de pouvoir accepter cette facette qu'il me cache depuis le début. Je referme le tiroir et lui coupe la parole :

— Maciej, excuse-moi. Je ne sais pas si je peux entendre ton histoire.
— Je n'enlève pas des filles. Je les arrache à cette vie.
— Pardon ? J'ai bien entendu ?
— Je me procure des faux papiers… Je… Je les prends… dans la nuit, dans leur chambre… Elles ne savent rien.

Définitivement, je crois que je préfère en rester là. Je n'ai pas les épaules assez larges pour partager le poids de son secret. Dehors, dans l'alignement de la fenêtre, le baril vient d'être renversé. Son père a terminé.

— Il faut que je parte. Je dois te laisser.

Je recule et fonce vers la sortie. J'en ai trop entendu. Dans le parc, Tadeusz s'éloigne de la dalle en béton et marche à grandes enjambées dans notre direction. J'ouvre la bouche pour prévenir Maciej, mais il me devance en poursuivant ses confidences.

— Je les relâche dans la forêt, aux abords du village… avec un peu d'argent et de quoi fuir cet endroit.
— Écoute, je dois vraiment partir. Ton père va arriver d'une seconde à l'autre.
— Je les libère, Ewa. Je les libère. Voilà la vérité.

Il leur offre une nouvelle vie. Il prend des risques monstrueux pour ouvrir la cage et laisser les pensionnaires voler vers de nouveaux horizons. Je me risque à observer Tadeusz par la fenêtre, il approche de plus en plus. Avant de m'en aller, le soulagement est si fort que mes jambes semblent être dans du coton. Mais quelque chose ne colle pas avec sa version des faits, j'ai de sérieux soupçons.

— Tu les enlèves et personne ne les recherche ?
— On est à Miedzeska. La Directrice prétend qu'il s'agit de fugues, mais elle ne s'y intéresse pas. Pas d'appel à la police, pas de recherches. Et puis une fille qui disparaît, c'est une place supplémentaire.
— Tu veux dire qu'on ne les retrouve jamais parce que tout le monde s'en fiche ?
— Exactement. Les parents continuent à payer sans se poser de questions. Ils ne viennent plus à la pension depuis longtemps de toute façon. Les gens ferment les yeux, tout le monde est content.
— Tu ne sais pas ce qu'elles deviennent ?
— Je les laisse simplement partir. Je me dis que j'ai bien fait. Je les imagine vivre ailleurs et libres. Ça me suffit.

— Maciej, je...

— Qu'est-ce que c'est ? Tu as entendu ?

— Mon Dieu ! Ton père est là !

La porte d'entrée s'ouvre dans un fracas assourdissant. J'entends d'ici la respiration de Tadeusz qui débarque, essoufflé. Il appelle hargneusement son fils à plusieurs reprises. Mon cœur bat à tout rompre, je crains le pire. Le pas lourd de l'homme à la salopette se rapproche, je suis tétanisée. Sa grosse voix résonne dans la dépendance.

— *Tu es encore avec elle ? Ça ne t'a pas servi de leçon ?*

— Par la fenêtre ! Sors ! Vite !

— Je suis désolée ! Qu'est-ce qu'il va te faire ?

— Va-t'en ! Je t'en prie !

CHAPITRE 35

Je me suis sauvée comme une voleuse. J'ai entendu des objets voler dans un tourbillon de colère. Maciej criait, son père cognait tandis que je laissais la dépendance derrière moi. Je me suis enfuie, sans l'aider. J'ai traversé le parc en priant pour qu'il tienne bon. Je me suis maudite de l'avoir mis dans une telle situation. J'ai enjambé les marches de la pension quatre à quatre pour me réfugier dans ma chambre en pleurant. J'ai eu si peur pour lui. Je ne m'en remets toujours pas et je reste recluse à côté du lit ou devant la fenêtre. Depuis, à chaque fois que mes yeux se posent sur la dépendance, mon cœur se serre en secret. C'est douloureux, je l'aime.

La porte de la chambre s'ouvre et Iwona se présente. Elle était bourrue et agressive avant que je n'augmente son salaire. Aujourd'hui, elle m'aborde avec bien plus de douceur. Elle a changé de coiffure : bien que sa frange reste une énigme à mon sens, je constate qu'elle apprécie la coquetterie et que ma tranquillité a bel et bien un prix.

— La Directrice veut te voir.
— Bien, dites-lui que j'arrive.

— Ewa ? Tu pleures ? Quelque chose ne va pas ?
— Tout va bien. J'arrive.

Je sèche mes larmes et regagne le couloir pour me rendre dans le bureau de Beata. Comme à l'accoutumée, je frappe et entre sans attendre.

— Vous vouliez me voir ?

Elle et son éternel chignon m'accueillent autour du secrétaire. Elle a la mine des grands jours et s'installe en m'intimant de prendre place.

— Je viens de recevoir Tadeusz.

Je déglutis. Il y a un soupçon de colère dans ses derniers mots. Ses lèvres pincées ne présagent rien de bon.

— Oui ?
— Il m'a fait part de son mécontentement.
— À quel sujet ?
— Au sujet de Maciej.
— Comment va-t-il ?
— Je ne peux pas tolérer que vous vous fréquentiez.
— Dites à Tadeusz que je l'augmente. Prenez un peu de mon capital.
— Je crains qu'il ne soit pas sensible à cette offre.
— Je pense que nous devrions l'augmenter.
— Je ne crois pas non.
— Faites-lui savoir que l'idée vient de moi. Il appréciera, comme Iwona.
— L'argent n'y changera rien.
— Et pourquoi ?
— Tadeusz ne s'intéresse pas à l'argent ni au confort d'ailleurs.
— C'est vous qui le dites. Proposez-lui et attendons de voir sa réaction.

— Cessez votre insolence !

— Ne me parlez pas sur ton.

— Ewa, lui donner de l'argent ne vous autorisera pas à approcher son fils. Point final.

Beata a le don de prononcer les phrases d'une manière si cassante qu'elle donne un aspect définitif à toute affirmation. C'est une certitude, je ne peux pas acheter le père de Maciej. Je dois trouver une solution. J'ai beau réfléchir à toute vitesse, rien ne me vient. L'Allemande reprend la parole :

— Tant que nous traitons de l'aspect financier, je tiens à préciser que le bain n'est plus d'actualité.

— Pardon ?

— Je vous ai fait une fleur la dernière fois. N'en faites pas une habitude.

— Beata...

— Je ne cèderai pas.

— Combien voulez-vous ?

— Ce n'est pas une question d'argent. J'estime vous laisser suffisamment de privilèges.

— Je vous rappelle que j'ai tous les droits.

— Non.

— Si !

— Taisez-vous et cessez de faire l'enfant !

Du plat de la main elle vient d'écraser ma position dominante sur le secrétaire. Je sursaute.

— Vous bénéficiez d'un traitement de faveur. La nuance est importante.

— Quelle sera la réaction de l'avocat de mon oncle lorsqu'il apprendra que je ne suis pas heureuse à Miedzeska ?

C'est vrai que je peux me montrer arrogante par moments. Mes caprices financés par oncle Lesław sont une sorte de dédommagement alors que je suis enfermée ici. D'habitude, évoquer l'homme de loi est une menace qui fonctionne. Mais pas cette fois.

— Ewa, si vous ne respectez pas notre compromis, je peux vous garantir qu'il n'en saura rien. Car je ne vous laisserai pas le contacter.

Je m'enfonce dans ma chaise. Elle me met au défi et poursuit.

— Vous n'êtes pas la seule à pouvoir me menacer. Il suffit qu'une interne appelle ou écrive à maître Musial régulièrement en lui disant que tout va pour le mieux et il ne se doutera de rien. Pendant ce temps, vous serez en train de vous lamenter dans le chenil en mangeant les restes avec les chiens. Il ne lèvera pas le petit doigt et je vous briserai sans qu'il se préoccupe de votre cas.
— Vous ne feriez jamais ça.
— Vous n'avez aucune envie de le savoir. Alors ne m'obligez pas à rompre notre accord. Oubliez le bain et ne fréquentez plus le fils de Tadeusz.
— J'ai pris mes dispositions, vous ne pourrez jamais me faire ça.
— Vous êtes loin d'imaginer ce que je peux vous faire subir. N'allez pas trop loin.
— C'est une menace ?
— Un avertissement. Maintenant, j'ai beaucoup à faire, j'ai une admission à préparer.
— Ce sera tout ?
— Oui. Pour l'instant.

Je n'ai pas voulu perdre la face devant Melle Szyller, mais ma gorge se noue lorsque je quitte son bureau. Je regagne la chambre 16 pour m'effondrer sur mon lit. Elle m'a bien fait comprendre que je pouvais tout perdre et que rien n'était acquis.

Je me contrefiche de la baignoire, mais je ne peux pas me passer de Maciej. J'ai besoin de le voir, c'est plus fort que moi. À la simple idée de devoir couper les ponts et d'être privée de lui, j'étouffe. Il me reste une carte à jouer, Iwona est de mon côté. Je quitte mon lit et me ressaisis, il faut que je parle à la surveillante. Mon équilibre et ma survie en dépendent. Je peux acheter ses faveurs, elle m'aidera à voir Maciej en secret. Sans attendre, je remonte le couloir en cherchant ma seule alliée. Dans l'aile ouest, elle est introuvable. Depuis les fenêtres donnant côté parc, je ne la vois nulle part.

À proximité du réfectoire, les bourgeoises déambulent en rang pour se rendre à l'atelier de couture. Je me faufile au milieu des filles et intercepte Alicja avec la plus grande discrétion.

— Où est Iwona ?
— Mais tu as pleuré ?
— Où est-elle ?
— En bas, il me semble.
— Merci. J'ai du nouveau pour ta « mission ».
— Qu'est-ce que tu veux dire ?
— Il va falloir faire vite.

Je m'incline et lui chuchote à l'oreille que la Directrice prépare une admission. Elle va devoir quitter son bureau, c'est le moment ou jamais de se racheter. Alicja acquiesce, je sais qu'elle est terrorisée à l'idée d'enfreindre les règles. Je compte sur elle. Nos routes se séparent, je m'éclipse discrètement.

Toujours à la recherche de la surveillante, je descends les escaliers principaux et je m'arrête net. Crispée sur une marche, agrippée à la rampe. Mon cœur manque un battement, je me décompose. Je suis livide. Affolée. Prise au piège. Iwona est devant la porte d'entrée, accueillant une pensionnaire qui franchit le seuil. Je vois des bandages. Un teint gris et une silhouette chétive. Les cheveux platine, les sourcils noirs comme son regard. C'est une revenante. Zofia est de retour parmi nous.

CHAPITRE 36

La sirène du soir déferle dans la pension, les filles sont au garde-à-vous. Elles ne tardent pas à vider le couloir, direction le réfectoire. Je n'ai pas pu approcher Iwona, cette peste de Zofia est revenue de l'hôpital, j'ai le sentiment que tout va se compliquer à présent. Dehors, alors que le parc perd ses couleurs et que l'atmosphère sombre lentement entre chien et loup, il reste une petite lueur d'espoir venant de la fenêtre de Maciej. Les bougies sont allumées dans la dépendance. Maintenant que je sais ce qu'il fait, j'ai conscience qu'il agit pour de bonnes raisons, je suis convaincue qu'il me dit la vérité. Je dois le voir. Et je dois le faire ce soir.

— *Ewa ? Le repas est prêt.*

La porte de ma chambre vient de s'ouvrir et Iwona m'apporte le plateau. J'ai droit à de la viande de porc panée accompagnée de gruau et une espèce de mousse au café. Elle m'adresse un sourire et croise mon regard.

— Tout va bien ?
— Iwona, j'ai un service à vous demander.

Consciente que le timbre de ma voix trahit une certaine fébrilité, elle referme la porte doucement puis s'approche de mon lit, prête à entendre mes confidences. Tout ça se passe entre elle et moi, Iwona le sait.

— Qu'est-ce que je peux faire ?
— J'ai besoin de voir Maciej.

Son mouvement de sourcil est sceptique. Elle semble ne pas adhérer à l'idée, il est temps d'exposer la situation.

— Tadeusz ne m'apprécie pas et j'aimerais qu'il n'en sache rien. Ni lui ni Beata.
— Vous voulez que je prévienne Maciej dans le dos de son père ?
— Non, je voudrais, si possible, que vous occupiez Tadeusz ce soir. Trouvez un moyen de le distraire afin que je puisse me rendre à la dépendance.
— C'est risqué. Qu'est-ce que j'y gagne ?
— Pour cette faveur, je demanderai à Beata de vous verser une prime. Elle ne doit se douter de rien, inutile de vous faire un dessin.
— Eh bien… je suppose que cette satanée chaudière peut tomber en panne ce soir et que Tadeusz va passer une heure ou deux à la remettre en état.
— Vous êtes sûre ?
— C'est une antiquité qui tombe en panne un jour sur deux !
— C'est parfait, merci Iwona.

L'accord est conclu, il me reste à attendre la tombée de la nuit et l'extinction des feux pour entrer en scène. J'ai du mal à maîtriser mon excitation. Postée devant la fenêtre, je vais guetter l'ombre de Tadeusz et rejoindre Maciej en douce, lorsque la voie sera libre. Il faut que je lui parle. Il le faut à tout prix. Les minutes semblent aller contre mon plan et ce besoin vital de me retrouver seule avec lui.

Alicja revient de la cantine et ne sait rien de mon projet secret. En pénétrant dans la chambre, je remarque qu'elle transpire à grosses gouttes, elle est anormalement pâle. Il se passe quelque chose de louche.

— Ewa, j'ai rempli ma mission.
— Tu as ce que je t'ai demandé ?

Elle se décompose puis entrouvre la porte afin de s'assurer que personne ne rôde dans le couloir. Elle referme délicatement et passe aux aveux.

— Je suis allée dans le bureau de Melle Szyller.
— Alors ?
— Je n'ai pas trouvé les papiers que tu me demandais, j'avais bien trop peur de fouiner.

Difficile de masquer ma déception. Pourtant Alicja ne me laisse pas le temps de continuer et ouvre sa blouse.

— Mais pour te prouver ma bonne foi, je t'ai ramené ça.
— Alicja ? Ce n'est pas vrai ? Qu'est-ce que tu viens de faire ?

Elle exhibe le martinet de la Directrice, dissimulé sous l'uniforme, avant de me le donner. J'ai l'impression de manipuler de l'explosif lorsqu'elle dépose Greta entre mes mains. Alicja vient de faire une bourde monumentale. Beata ne va pas laisser passer un tel affront, on va droit dans le mur.

— Tu te rends compte de ce que tu viens de déclencher ?

— J'ai fait ça pour toi ! Pour te prouver que je tiens à toi.

— Alicja… Je t'ai demandé des documents, pas de provoquer Szyller en volant Greta !

— Je n'ai pas pu, j'ai eu trop peur ! Je pensais bien faire.

— Tu penses de travers ! Qu'est-ce qui cloche chez toi ?

— Elle aurait aussi remarqué le vol des papiers de toute façon !

— Ça n'a rien à voir ! Greta, c'est tout un symbole ! C'est de la provocation. Ça va mal se terminer.

— Tu as dit que tu pouvais me couvrir.

— Pour les papiers, pas pour le martinet ! Tu viens de nous mettre dans de beaux draps.

La respiration d'Alicja s'accélère. La Terreur de Miedzeska panique et moi aussi. Un bruit étrange provient des canalisations et trouve écho dans le radiateur. Je m'efforce de rassembler mes idées, il faut faire vite, je pense qu'Iwona vient de mettre la chaudière hors service.

— On doit se débarrasser de ça. J'imagine que la Directrice va passer la pension au peigne fin.

— Tu crois ?

— C'est certain !

— Comment on va faire ?

— Je n'en ai aucune idée ! Laisse-moi réfléchir.

— Je suis désolée. Je pensais bien faire… J'espère qu'on va se sortir de ce guêpier.

— Il faut trouver un moyen et vite. Imagine sa réaction si elle découvre que son fouet est dans notre chambre ?

À l'extérieur, les aboiements des chiens marquent le début de la nuit. Alicja fait les cent pas en se rongeant les ongles. De temps à autre, elle me lance des regards terrifiés. Entre coup de génie et pure folie, je crois avoir un début d'idée. Dans le parc, Tadeusz rejoint Iwona. Il est temps de passer à l'action. C'est à moi de jouer.

— Arrête de tourner en rond. Alicja, calme-toi. Je vais m'en occuper.

— Ewa, j'ai peur, qu'est-ce qu'on va faire ?

— Toi, tu ne fais rien. Tu oublies cette histoire. Moi, je me charge du reste. Je dois y aller.

— Tu vas où ?

— Il faut que je quitte la chambre. Ne dis rien à personne.

Je n'ai pas touché à mon repas. J'ouvre l'armoire et déniche un mouchoir afin d'y déposer les morceaux de porc qui refroidissent dans mon plateau. Je cache le fouet sous ma blouse et je file dans le couloir. C'est l'heure de l'extinction des feux. Depuis les fenêtres, je scrute la trajectoire de la surveillante et du père de Maciej. Ils font le tour du bâtiment pour se rendre à la cave. Je vais devoir jouer serrer.

Les lourdes portes de l'entrée principale sont derrière moi. Je longe la dalle en béton et emprunte le chemin le plus court pour rejoindre la dépendance. Les chiens font les fous dehors et ne tardent pas à me repérer. La meute fond sur moi dans un joyeux chahut. Ils viennent me renifler et donner de la voix en remuant la queue. Je ne risque rien, ils me reconnaissent et se font une joie de dévorer les morceaux de viande que je déballe du mouchoir.

J'abandonne les brachets et progresse dans l'ombre vers la clôture de la dépendance. Le portail est fermé, je suis coincée. En désespoir de cause, je me munis de petits cailloux trouvés ici et là pour les lancer contre la fenêtre de Maciej.

Au bout de plusieurs minutes interminables, la porte de la maisonnette s'ouvre, mon cœur s'emballe. Il faut quelques instants à Maciej pour me reconnaître dans l'obscurité. Son visage n'a pas totalement désenflé, ces hématomes se sont simplement étalés et ont changé de couleur depuis ma dernière visite. Pourtant, il affirme se sentir mieux et parvient tout de même à sourire. À travers le grillage, je passe mes doigts pour toucher les siens. Il balaye l'horizon nerveusement, je le sens sur la défensive.

— Où est mon père ?
— Il est occupé avec Iwona.
— Ewa… Je suis content de te voir.
— Moi aussi, mais on a très peu de temps.
— Qu'est-ce qui se passe ?
— Je veux que tu m'enlèves.

Il écarquille les yeux, reste bouche bée et recule d'un pas. On dirait que je viens de le gifler.

— De quoi ?
— Tu as bien entendu.
— Tu me fais marcher ? C'est ça ?
— Enlève-moi, libère-moi. Maciej, sors-moi de là.
— Mais ça ne se fait pas en claquant des doigts !
— Fais ce qu'il faut. Emmène-moi. Prends Alicja, on part tous les trois.
— Tu… Tu réalises un peu ?
— Je ne tiendrai jamais trois ans ici. Je veux m'échapper.

Je lui assure que je ferai ce qu'il faut. J'évoque le revirement de situation. J'explique que le ton se durcit avec

Melle Szyller. Il semble réfléchir à toute vitesse. Est-ce que la perspective d'un nouveau départ à mes côtés le motive autant que moi ? Je prie le ciel pour que ce soit le cas.

— Je... Je vais préparer notre évasion.

— Quand ?

— Il me faudra plusieurs jours, le temps de tout planifier.

— Maciej, je te fais confiance. Je dois y aller. Ne prenons pas de risques inutiles.

— Tu t'en vas déjà ?

— Je ne sais pas quand ton père aura terminé. Mais je reviendrai, je te le promets.

Nos doigts se retrouvent autour du grillage. Je lui souffle qu'il me tarde déjà de le revoir. Sur la pointe des pieds, je passe ma tête de l'autre côté. Les extrémités de la clôture s'enfoncent dans mon cou et sous ma mâchoire. C'est douloureux, mais ça en vaut la peine lorsque les lèvres de Maciej se posent sur les miennes. Mon cœur explose, un fourmillement délicieux rampe au creux de mon ventre et mes jambes flageolent.

— Je voudrais que tu fasses autre chose pour moi.

— Tout ce que tu veux, Ewa. Dis-moi.

— Voilà, j'ai un service à te demander...

Son regard plonge sous ma tenue. Il comprend l'enjeu et panique un peu.

— Qu'est-ce que tu fabriques avec ça ?

— On a un gros problème à régler.

— Tu sais ce qu'on risque ?

— Je te le demande comme une faveur. S'il te plaît.

J'ai ouvert mon uniforme et lui ai laissé le martinet. Il m'adresse un nouveau baiser pour sceller sa promesse. En dépit de son état, il m'assure pouvoir gérer la situation. Je viens de lui confier ma vie. Maciej tiendra parole. Il a juré.

CHAPITRE 37

Au terme d'une nuit agitée et d'un sommeil mauvais, la sirène du matin hurle sur les pensionnaires. Les filles ne savent pas encore que la Directrice est furieuse. Dans les couloirs, les éclats de voix de Beata répondent à ses talons qui claquent sur le carrelage. Inspection générale.

On ordonne aux bourgeoises d'attendre hors de leur chambre. Les internes les plus pauvres viennent de subir une fouille minutieuse dans le dortoir commun, c'est notre tour et Melle Szyller tient à commencer par la chambre 16.

Alicja respire profondément par la bouche, je la dévisage comme si je pouvais lui dire de garder son calme par la simple force de la pensée. Lorsque Beata passe à mon niveau, je me contente de regarder dans le vague et de me réfugier derrière un masque figé.

Tout est dévasté et retourné. Les tiroirs sont vidés, les matelas quittent les sommiers. Le chignon se penche avec virulence au-dessus de nos effets personnels. Elle peste, elle grogne, mais il n'y a aucune trace des lanières de cuir dans notre chambre.

L'intimité de chaque bourgeoise est mise à sac, chambre après chambre, la Directrice examine le moindre recoin pour mettre la main sur la provocatrice. Les menaces de sanction collective fusent, Melle Szyller perd patience jusqu'à ce qu'un cri de soulagement mette fin à ses recherches. Un cri qui tombe comme un couperet. Dans la chambre de Zofia, elle vient de trouver le martinet.

Lorsque Beata revient dans le couloir avec Greta en main, Alicja roule des billes effarées, mais pas autant que Zofia. La blonde platine clame son innocence en pure perte. Le ciel vient de lui tomber sur la tête. À peine sortie de l'hôpital, la voilà dans l'œil du cyclone. Je lui avais dit que je m'occuperais d'elle tôt ou tard. C'est chose faite à présent. Elle a beau être fragile, l'Allemande ne prend aucun gant avec elle. Tandis que la fautive est traînée par les cheveux hors de notre vue, on nous ordonne de ranger nos chambres et de nous préparer avant le petit-déjeuner.

Une fois rentrée, au milieu de nos affaires éparpillées, Alicja me questionne à propos de Greta. Elle s'effondre sur le lit, soulagée de ne pas être à la place de la peste.

— Comment tu as fait ?

— Je t'ai dit que j'allais m'en occuper.

— Je n'en reviens pas. C'est comme si quelqu'un était entré dans sa chambre durant la nuit pour laisser le fouet sous son lit.

— Tu ne crois pas si bien dire. Maciej m'a aidée.

Pour la première fois depuis bien longtemps, Alicja m'attrape par la main et me prend dans ses bras. Elle murmure que c'est ce que les amies font habituellement. Ici, à Miedzeska, c'est le genre de choses que personne ne s'autorise à faire. Elle me remercie du fond du cœur, elle est tellement désolée de ne pas avoir réussi sa mission. Je l'entends renifler contre mon épaule. C'est vrai qu'elle nous a mises en danger et que je n'ai toujours pas les papiers de la Directrice. Mais je ne lui en veux pas.

En même temps, je me rends compte que Maciej a pris d'énormes risques et a tenu parole, une fois de plus. À bien y réfléchir, il l'a toujours fait. Le temps des embrassades est révolu. Iwona nous appelle depuis le couloir, la sanction de Zofia se passe en public, toutes les internes doivent y assister. Toutes, moi y compris.

Une chaise installée à la vue de tous sur la dalle en béton. Au rendez-vous, il y a le vent, le froid, Greta et une fille à punir. C'est tout ce que Miedzeska offre ce matin aux pensionnaires pétrifiées par le spectacle à venir. Toutes les bourgeoises sont alignées devant Zofia qui se déshabille tandis que Melle Szyller lui hurle dessus et postillonne rageusement. Les bourrasques au-dessus du parc sont violentes, presque polaires. Comme si le vent venait de Russie. L'uniforme chute aux chevilles de la peste. Elle grelotte dans le froid en sous-vêtements. Lentement, elle pose ses genoux sur l'assise garnie de paille. Je me souviens, je suis passée par là. Son dos est exposé à nos regards mal à l'aise. Elle se cramponne au dossier de la chaise et baisse la tête alors que les lanières se tendent entre les mains de l'Allemande. Entre deux vagues de souffrance, Zofia laisse échapper les mots imposés par la Directrice. J'ai prononcé cette même phrase, en ayant le dos en sang. J'ai mal pour elle.

— *Je vous respecte.*

Je ne sais pas si j'ai la force d'assister à cet innommable spectacle. Elle paye pour Alicja. Elle paye pour moi. J'ai provoqué cette injustice, c'est vrai. À chaque coup de fouet, toutes les filles sans exception ferment les yeux. Les plaintes de Zofia appellent le claquement suivant. Le dos noueux fustigé sans relâche rougit par endroit, la peau cède sous les lanières et les coups de poignets inflexibles de Beata.

Le temps se montre capricieux, les premières gouttes glacées précèdent une averse nourrie. La météo détrempe le chignon de Melle Szyller, mais ne freine en rien les coups de martinet. La douleur est si vive que Zofia se tord sur la chaise et prend le risque de tout lâcher pour s'enfuir. Sous la pluie, Tadeusz veille maintenant à ce qu'elle ne quitte pas sa place et lui maintient les poignets alors qu'elle supplie en vain qu'on lui accorde une trêve. Le temps se gâte, aucune grâce ne sera accordée à l'accusée. C'est officiel, elle a droit à la totale.

La pluie nous glace les os et je réalise que tout est parti d'un stupide rapport de force. Un accrochage, un verre cassé. Une bête histoire de vengeance. Et j'ai gagné. Étrangement, la voir souffrir me fait plus de peine qu'autre chose. Je compatis. Alors que les âmes les plus sensibles détournent le regard vers le sol humide, une onde chaude se glisse entre mes doigts. Alicja me prend par la main et se penche légèrement pour me chuchoter à l'oreille.

— Merci…
— Arrête, n'y pense plus.
— J'aurais pu être à sa place.
— Chut. Ne dis rien.
— Je vais trouver les papiers de Szyller. Je te le dois.

CHAPITRE 38

Trente coups de fouet. Quelques jours se sont écoulés, pourtant, l'image de Zofia me hante encore. Le vent qui soufflait au-dessus de la chaise et du martinet s'est transformé en une tempête monumentale. Hier, de puissantes rafales ont couché un bouleau qui s'est écrasé contre la bâtisse du côté des « pauvres ». Plusieurs fenêtres brisées, le toit a été touché. Pour couronner le tout, la pluie tombe sans relâche, si bien que la cave est inondée et que Miedzeska a les pieds dans la boue. Il paraît que l'eau remonte jusque dans l'atelier de couture. On dit que l'averse doit prendre fin ce soir. On dit aussi que Tadeusz a du travail pour les semaines à venir.

Jusqu'à ce que la tempête se calme, les bourgeoises sont consignées dans leur chambre. J'avais pour habitude d'aller et venir librement. Aujourd'hui, je suis logée à la même enseigne que les autres et j'étouffe. Je vais devenir folle dans cette pièce.

Allongée sur le lit, Alicja m'a fait une promesse dangereuse devant la chaise de Zofia, je lui ai dit et répété de ne prendre aucun risque. En dépit de mes avertissements, elle tient à réparer son erreur.

— Ce soir, Szyller doit superviser les travaux avec Tadeusz.

— Il paraît… Et alors ?

— Je vais en profiter pour obtenir ces fameux papiers. Le bureau sera vide.

— Ne fais rien de stupide.

— Je vais les recopier sur une feuille. Elle n'en saura rien.

Je m'étire sur le lit en contemplant le plafond. L'idée n'est pas mauvaise. Mais je ne le sens pas, quelque chose m'empêche de l'encourager.

— Laisse tomber cette histoire de papiers.

— J'ai fait une erreur, tu as sauvé ma peau. Je vais te montrer que j'en suis capable.

— Ça n'a plus d'importance. Tu as cru bien faire. Tu as pris des risques. On en reste là.

— Si, c'est important à mes yeux.

Je me redresse sur le coude et la regarde fixement. Pour Alicja, récupérer ces documents devient une question de principe. Cette « mission », elle en fait une affaire personnelle. Si je ne veux pas qu'elle mette en péril mon projet, il me faut lui révéler ce que j'ai en tête.

— On va bientôt partir. Il est temps que tu le saches.

L'étonnement se lit sur son visage. Maintenant que l'information est transmise, elle vient de mettre un doigt dans l'engrenage. Je poursuis, sous son regard ahuri :

— Avec Maciej, toi et moi.

— Comment ? Quand ?

— Je n'ai pas les détails. Je dois voir Maciej justement. Si cette maudite pluie pouvait s'arrêter...

— On va s'évader ? Tu veux qu'on quitte Miedzeska ?

Je m'assieds en tailleur et prends l'oreiller dans mes bras en le serrant tout contre moi.

— Alicja, c'est ce que je veux, plus que tout au monde. Je veux vivre libre ! Pas toi ?

— Si, bien sûr. C'est simplement que cette idée est complètement folle.

— Je ne peux plus rester ici. Rester ici, c'est ça, la véritable folie.

— La guerre vient d'éclater dehors, tu es au courant ?

— Merci, je sais.

— Et on irait où ?

Je jette négligemment l'oreiller sur le matelas pour y plonger la tête la première.

— Je n'en sais rien. Tu connais la France ?

— Non. Tu comptes faire comme des milliers de Polonais ?

— Pourquoi pas ?

— Mais Ewa... par où tu comptes t'évader ?

— Aucune idée. Comme je viens de te le dire, c'est Maciej qui s'occupe de tout !

— Tu lui fais confiance ?

Je bondis au bord du lit, elle vient de me piquer au vif en soulevant un doute insupportable.

— C'est quoi cette question ?

— Pardon... Enfin... je veux dire... Tu crois que tu peux lui faire confiance ?

— Je te rappelle que si ton dos est épargné, c'est à lui que tu le dois.

— C'est le fils de Tadeusz.

— Et alors ?

— Ils sont différents, c'est vrai, mais…

— Mais quoi ? Les chiens ne font pas des chats ? C'est ça ?

— Non, rien. Laisse tomber, je n'ai pas les idées claires. Je ne voulais pas te vexer.

Elle se braque et se renferme sur elle-même. Je sais qu'elle ne pensait pas à mal. Maciej n'est pas le problème, mon plus gros souci reste cette fameuse « mission » qu'elle a à cœur de remplir. Beata va être sur ses gardes à partir de maintenant, vouloir copier ces documents s'avère aussi compliqué que dangereux. Il me faut quelques secondes avant de renouer le dialogue.

— Si je te parle de tout ça, c'est pour que tu gardes en tête que la sortie est toute proche.

— Merci Ewa…

— Si tu veux me remercier, fais ton possible pour ne pas nous créer de problèmes avant le grand jour. C'est tout ce que je te demande.

La discussion à proprement parler s'est terminée ici. Nous avons continué à parler de tout et de rien. Des rumeurs, de la vie dehors et puis de n'importe quoi d'autre en laissant libre court à nos idées. D'ennui, je me suis assoupie en songeant à notre prochaine échappée. Je me suis imaginée courir avec ce sentiment de liberté. J'ai rêvé de Maciej et de notre vie future. À mon réveil, la pluie avait cessé. L'odeur du pétrole émanant de la lampe de chevet flotte dans la chambre. Je constate que le ciel est sombre, le soir s'installe.

Mon premier réflexe est un regard lancé par la fenêtre. Dans l'obscurité naissante, je découvre que le parc a souffert. La tempête s'est éloignée, les filles peuvent reprendre leurs activités et rejoindre le réfectoire à la prochaine sirène. Tadeusz et Beata doivent réparer les dégâts, j'ai à nouveau le droit de me déplacer où bon me semble dans la pension. Voilà une bonne nouvelle.

À l'heure du dîner, lorsqu'Iwona apporte mon plateau, j'ai la confirmation que Tadeusz est occupé à remettre la pension en état sous la supervision de la Directrice. Avant de se retirer, la gardienne m'affirme qu'il doit y travailler une bonne partie de la nuit, on peut l'entendre pester depuis les couloirs. Tous les feux sont au vert de mon côté. Alors, je m'éclipse dans le parc plongé dans le noir, à travers les arbres arrachés et les flaques de boue, pour rejoindre la dépendance avec des questions plein la tête. Je n'ai pas vu Maciej depuis longtemps, depuis trop longtemps. Le portail est ouvert cette fois, c'est une aubaine et je me glisse jusqu'à la fenêtre de sa chambre faiblement éclairée.

Il m'invite à entrer, et je m'engouffre dans la petite maison le cœur battant. Dans la pénombre, je remarque que les hématomes diffus sur son visage virent au jaune et au bleu. Ses lèvres fines cicatrisent avec le temps. Maciej peut sourire timidement, il lui manque une dent, mais ça n'enlève rien à mon désir de me blottir contre lui.

— Je ne pouvais plus attendre.

— Tu n'imagines pas à quel point je suis heureux de te voir. Ça a marché ?

— De quoi ?

— Greta, ta revanche sur Zofia ?

— Oui, mais je préfère ne pas en parler.

Il dépose un baiser sur mon front, un baiser qui veut dire « Ce n'est pas grave ». Immédiatement, je lève mon visage pour le lui rendre avec tendresse. Il sent le savon, l'odeur subtile du camphre et des pansements dissimule le parfum naturel de sa peau. Son étreinte est réconfortante, tout contre lui, entre ses bras, je croise mon reflet dans le miroir au-dessus de la cheminée. Je ferme les yeux pour ne pas m'y confronter et il m'entraîne vers sa chambre.

Rapidement, mon malaise vis-à-vis de Zofia se dissipe – à moins que ce ne soit un leurre. À l'intérieur, mon corps se met à pétiller et un frisson délicieux me traverse de part en part, je suis excitée comme une puce. Lorsque je pénètre dans la chambre de Maciej, j'ai de nombreux flashs, je m'imagine partir d'ici en lui tenant la main, me sauver en courant et ne jamais revenir. J'attends son feu vert, j'espère une date de sortie. Mais Maciej ne partage pas mon entrain, il est plus réservé quant à notre projet. Au milieu de ses instruments de musique, il y a une carte dépliée sur son bureau et tout un tas de notes qu'il m'invite à consulter.

— Je travaillais justement sur notre itinéraire. On pourrait passer par le sud et traverser la frontière. Qu'est-ce que tu en dis ?

— Tu m'enlèves quand ?

— Ewa, ce que tu me demandes prend du temps. Il faut repérer le chemin, trouver un moyen de locomotion, éviter les troupes armées, connaître notre destination et…

— Ça ne répond pas à ma question.

— Tu ne comprends pas. C'est très différent de ce que je fais d'habitude.

Déçue par sa réponse, je lâche sa main.

— Je te demande de me sortir de là ! C'est exactement la même chose.

— D'habitude je relâche des filles dans la nature, ça n'a rien à voir.

— Alors, fais comme d'habitude !

— Tu n'y es pas du tout. Il s'agit de fuir le pays. Nous sommes trois personnes, il y a la guerre dehors ! Tu comprends ?

— Arrête de me demander si je comprends ! Je comprends surtout qu'on n'est pas près de sortir.

Le ton vient de monter. Il s'est emporté. Je me suis emportée. Et je regrette. Je voudrais que chaque instant passé à ses côtés soit le plus agréable possible. Je voudrais qu'il se mette à ma place, je veux quitter cette prison sans tarder. Il se passe la main dans les cheveux et s'excuse le premier.

— J'aurais dû t'expliquer dès le début. J'aurais dû te dire tout ce que notre projet impliquait comme organisation. Je suis désolé, mais il faut le préparer. Ça demande du temps.

— Je ne supporte plus de rester ici.

— Je sais. Je suis comme toi.

Discrètement, il saisit mes doigts puis se glisse derrière moi. Entre excuses et gestes tendres, il cherche à m'apaiser. Je le laisse approcher, je crois même que je pourrais l'embrasser si l'image de Zofia hurlant sur sa chaise n'était pas revenue me hanter. Alors que ses lèvres effleurent mon cou dans un souffle tiède, je décale ma tête et me laisse déborder par la culpabilité.

— Tu parlais de Zofia tout à l'heure, tu as vu comment Szyller l'a traitée ?

— Ce n'est pas ce que tu voulais ?

— Non. Enfin, si. Mais pas de cette manière. Pas devant tout le monde.

— Ewa, je sais que c'est inhumain ce qu'on impose aux filles de Miedzeska, mais…

— Je m'en veux. Je voulais lui faire mordre la poussière, mais tout est allé trop loin.

— Si ça peut te rassurer, Zofia n'aurait pas hésité une seconde à t'enfoncer.

— Je ne suis pas comme elle.

— Je sais. Tu es différente, et c'est pour ça que je t'...

Ses mains frôlent mes épaules, son bassin est plaqué contre mes reins. La suite, il ne l'a dit pas. Mais nos silences évoquent le même mot et la même envie à cette seconde précise. Je me retourne et poursuis notre corps à corps complice. Nos respirations exaltées deviennent fiévreuses et bruyantes, chargées de désir. Il m'allonge sur son lit, il me sourit. Je le dévore des yeux et lui offre ma première fois.

Toutes les bonnes choses ont une fin. Entre pudeur et plaisir, j'ai goûté à l'amour et je le garde pour moi. Il y a eu un avant et un après, je suis sur un petit nuage. J'étais une jeune fille allongée sur le lit il y a quelques minutes. Maintenant, je suis une femme et je me rhabille. Il ne faut pas tarder, je ne veux pas compromettre notre plan d'évasion en me faisant attraper. Les au revoir sont difficiles, mais je le quitte au cœur de la nuit en lui faisant la promesse de revenir très bientôt. Maciej me jure de faire au plus vite et il m'assure que notre sortie est une question de jours.

— Je reviens demain. Même heure.

— Ewa, attends.

— Oui ?

— Je crois que je t'aime. Je t'aime Ewa.

Comme une ombre, je traverse le parc détrempé et regagne la pension avec le sourire et la poitrine débordant de bonheur. Je suis délicieusement légère, dans une bulle sucrée, et par-dessus tout, j'éprouve la même chose que lui. Sur la pointe des pieds, je longe le couloir et ouvre la porte de ma chambre, personne ne m'a vue.

— Ewa, on a un problème !

À peine ai-je refermé derrière moi qu'Alicja m'accueille avec un visage livide. Mon sourire disparaît. Mes délicieuses minutes passées avec Maciej s'effacent. Elle tremble de la tête aux pieds, en panique. Dans ses mains, il y a des feuilles volantes écrites à la main.

— J'ai trouvé. J'ai... vu dans le tiroir...
— Qu'est-ce que tu as vu ? Les documents de Szyller ?
— J'ai tout recopié. C'est une liste !
— Une liste ?
— Une liste de filles. Des bourgeoises, avec une grosse somme d'argent à côté de chaque nom. Natalia est le dernier nom barré ! Regarde !
— Calme-toi. Alicja, respire et montre-moi.
— Toutes les filles du haut de la liste ont disparu !
— Laisse-moi regarder. Donne-moi ce papier.
— Tu ne comprends pas ! Ce n'est pas le pire, on est fichues !

Elle me tend le papier, le sol se dérobe sous mes pieds quand je parcours les colonnes et les montants. Elle a raison, on doit faire face à un problème de taille. Tout est remis en cause. Elle et moi sommes sur la liste. Le montant inscrit à côté de mon nom est bien plus important. Et visiblement, nous sommes les prochaines cibles.

CHAPITRE 39

J'ai tourné comme un lion en cage toute la journée avec une angoisse qui me colle à la peau. Il ne reste que quelques minutes avant l'appel du soir annonçant le dîner et je n'ai même plus la force de pleurer. Si cette liste existe, Maciej m'a menti et il ne « libère » pas les internes comme il le prétend. J'ai le cœur brisé, je m'en veux d'être aussi stupide. Je me suis offerte à lui et il est probable qu'il soit de mèche avec Beata. Ballotée sans cesse entre le chaud et le froid, l'amertume m'envahit. Je me sens sale, trompée et j'ai des pulsions violentes. Je m'assieds sur le lit, je fais les cent pas, je scrute la dépendance et ronge mon frein en fixant la pendule qui tarde à déclencher la sirène du soir. Alicja aussi est agitée, elle me suggère d'informer toutes les pensionnaires. J'ai beau lui répéter que c'est bien trop dangereux, la Terreur de Miedzeska propose de montrer la liste aux filles, elle mise sur une rébellion. Emportée par ses humeurs, elle parle même de révolution.

— On est plusieurs dizaines contre Szyller ! Il faut avertir tout le monde.

— Je ne suis pas sûre.

— Mais pourquoi ?

— Tu vas leur montrer ton bout de papier et personne ne va te croire.

— Toi tu me crois !

— C'est une copie faite à la main. Il faudra à peine quelques secondes à Szyller pour détruire les originaux, on n'a aucune preuve.

— Si tu me crois, les autres suivront ! On va tout mettre à feu et à sang.

— Et si personne ne te suit ? Et si les premières informées nous livrent à la Directrice ?

— Il faut que la vérité éclate !

— Oui, mais pas comme ça. C'est un pari risqué. Trop risqué. C'est notre parole contre la sienne.

— Ewa ? Pourquoi tu hésites ?

— Je ne suis pas une meneuse. Je n'ai rien d'une chef de file.

— On peut au moins essayer.

— On ne pourra jamais monter toute la pension contre Beata.

— Et pourquoi pas ?

— Si tu crois que j'en suis capable, c'est que tu me connais bien mal.

— Justement, à deux ça sera plus facile. Il faut rallier les internes à notre cause !

— Les filles traumatisées ne prendront jamais les armes pour neutraliser Szyller. Elles la craignent.

— Je suis prête à prendre le risque. Pas toi ?

— Et si Szyller n'est pas la seule dans le coup ?

— Qu'est-ce que tu veux dire ?

— Peut-être qu'Iwona, l'institutrice, Tadeusz et bien d'autres marchent dans la combine.

— Tu veux dire que... Enfin... Ne le prends pas mal, mais... tu penses à Maciej ?

Je ne réponds pas, cependant mon silence souligne l'évidence. Les filles de la liste disparaissent, Maciej kidnappe des internes, il faudrait être aveugle pour ne pas faire le lien. Aveugle ou amoureuse.

— Je m'occupe de Maciej. J'ai des comptes à régler avec lui.

— Tu vas lui dire pour la liste ?

— Je veux le regarder dans les yeux lorsque je lui aurai mis cette fichue liste sous le nez.

— Il va nier !

— J'aurai la vérité.

— Et si ça se passe mal ? Si tu ne reviens pas ? Je fais quoi moi ?

Il m'est impossible de lui répondre comme il m'est impossible de lui dévoiler la nature de ma relation avec le fils de Tadeusz. Ça ne ferait que tout compliquer. La dernière sirène de la journée agresse enfin nos tympans, Alicja doit sortir pour rejoindre la cantine. Avant de partir, cramponnée à la porte, elle se risque à lancer une dernière suggestion :

— Et si tu regardais dans les miroirs pour découvrir la vérité ?

— Tu plaisantes ?

— Tu vois ce que les gens ont fait de pire.

— Je ne peux pas faire ça.

— Tu peux nous donner une longueur d'avance.

— C'est hors de question.

— Tu as le pouvoir de savoir ce qui se trame ici.

— Va manger avant de te faire punir !

— Ewa…

— Stop !

Accéder à la vérité par le biais du reflet est inenvisageable. Je ne suis pas prête, et je l'ai juré à Lesław. Alicja a quitté la chambre depuis quelques minutes, je n'ai pas attendu l'arrivée d'Iwona et de son satané plateau-repas. J'ai traversé le parc dans l'obscurité, je me suis assurée que Tadeusz ne rôdait pas dans les parages et me voilà devant la porte d'entrée avec la ferme intention de remettre les pendules à l'heure. Je frappe. Sèchement et plusieurs fois. Maciej m'ouvre en souriant. Et je le gifle.

— Ewa, tu es malade ? Qu'est-ce qui te prend ?

Une nouvelle claque. Hébété, il recule. J'entre comme une furie en le poussant rageusement.

— Qu'est-ce qui ne tourne pas rond chez toi ?

— Je t'ai donné mon corps ! Tu n'es qu'un menteur ! Tu mens comme tu respires !

— Mais n'importe quoi ! Qu'est-ce que tu racontes ?

— Il y a une liste ! Et je sais tout !

— Quelle liste ? Mais de quoi tu parles ?

Je le pousse violemment une nouvelle fois et lui colle la copie d'Alicja sur la figure.

— Ne me mens pas ! Maciej, dis-moi la vérité !

— Qu'est-ce que c'est ? Je ne comprends rien ?

— Regarde cette liste et ose me dire que tu n'es pas de mèche avec Szyller !

Il défroisse le papier et ses yeux incrédules se posent sur les lignes et les chiffres. Son regard brille et scrute de droite à gauche les inscriptions. Un silence insupportable prend le relais. Je lève ma main une nouvelle fois, l'envie de le gifler est plus forte que tout.

— Tu touches de l'argent pour les faire disparaître ! Avoue !

Du plat de la main, il apaise sa joue en feu et me tient à bonne distance en me dévisageant d'un air innocent.

— Pas du tout ! C'est totalement faux !
— Szyller te paye pour que tu les kidnappes !
— Je n'ai jamais fait ça ! Ewa, calme-toi.
— Je n'ai pas envie de me calmer !
— Regarde-moi ! Regarde-moi, je t'en prie.

Je suis essoufflée. La fureur m'embrase de la tête aux pieds. Mes poings sont serrés, prêts à frapper. Retrouver mon calme me semble impossible.

— Je n'ai enlevé que trois filles. Seulement trois !
— Tu crois que je vais avaler tes mensonges ?
— Quatre, pardon ! Aïe ! Arrête ! Elles ne sont pas sur cette liste. Je te le jure.

Il vient de répéter « Je te le jure », mais dans le salon, on entend seulement mon expiration furieuse. Sous mon crâne, les pulsations martèlent, la rage me dévore, je grince des dents.

— Comment pourrais-je te croire ? Tu ne fais que mentir.
— Je tiens à toi… Laisse-moi m'expliquer.
— Je crois qu'il n'y a plus rien à expliquer. Et dire que j'ai cédé à ton petit jeu hier !
— Donne-moi une chance, une toute petite chance de te raconter ma version des faits.

Il a les mains en opposition pour m'empêcher de lui sauter à la gorge. Sur ma gauche, le miroir assiste à la scène. Je l'aperçois du coin de l'œil. Je n'ai qu'une envie, c'est d'écouter les conseils d'Alicja, d'obtenir la vérité et de me faire justice en me laissant happer par le reflet. Maciej dépose la liste lentement sur la table à manger, il cherche à croiser mon regard.

— J'enlève des filles. Je te l'ai dit… et c'est vrai. Mais je suis tout seul et je n'ai pu en sauver que quatre depuis l'an dernier.

— Foutaises !

— Écoute-moi. Ewa, par pitié. Laisse-moi aller au bout. Ensuite, tu feras ce qui te semble juste.

Je soupire, exaspérée. C'est un peu comme si je devais contempler les secondes qui déchirent notre couple en tirant sur des lambeaux de doutes. Dans ma tête, tout devient confus et trouble. Maciej peut m'éclairer avec toute la sincérité du monde, ça n'efface pas l'ombre d'un mensonge.

— Ewa, tu dois me croire. Je suis tout seul. Il me faut du temps pour obtenir les papiers et pour les sortir de là.

— Maciej, ne me prends pas pour…

— Laisse-moi au moins le temps de m'expliquer ! Je dois repérer les pensionnaires qui ne reçoivent plus de visites, plusieurs fois d'affilée. Ça me prend des mois. Les filles que j'ai libérées ne figurent pas sur cette liste. Je ne sais même pas à qui appartient ce document. Ça paraît fou, mais je te demande de me croire.

— Et je dois me contenter de ça ?

— Je ne t'ai jamais trahie. J'ai toujours fait de mon mieux pour t'aider.

— Peut-être dans le seul but de toucher la somme reportée à côté de mon nom ?

— Pas du tout…

— À moins que ce soit pour pouvoir me…

— Si je t'ai toujours aidée, c'était dans le seul but de te plaire… Ewa. Je ne te mens pas.

— Comment te faire confiance ? C'est impossible !

— Je n'ai jamais aimé quelqu'un d'autre avant toi. Je ne veux pas te perdre.

— Tu viens de tout gâcher. Je ne sais pas si je pourrai un jour…

Alors que notre relation est sur le point d'appartenir au passé, son visage s'illumine. J'ai l'impression qu'une idée vient de le secouer de la tête aux pieds.

— Les papiers ! Le tiroir ! Regarde les papiers dans le tiroir de ma commode. Les filles que je voulais libérer ne sont pas concernées par la liste. Je t'en supplie, va vérifier.

— Oh, mais je vais vérifier. Laisse-moi passer.

L'argument avancé semble plausible. Sur ce point, je n'ai rien à redire. Je traverse la pièce et me rends dans sa chambre, le tiroir est ouvert et je plonge mon regard sur les papiers obtenus pour les bourgeoises. Peut-être qu'il dit vrai. Au fond de moi, c'est tout ce que j'espère.

— *La Directrice ne m'adresse jamais un mot. C'est à peine si j'existe à ses yeux…*

Il n'a pas bougé du salon et me parle depuis la salle à manger. Je referme le tiroir et mon regard s'attarde sur les bougies qui éclairent la chambre à coucher. J'aimerais tellement que leurs lueurs puissent m'aider à y voir plus clair. Le bruit des pas se rapproche et Maciej s'arrête sur le pas de la porte en me contemplant. Les yeux larmoyants.

— Pour Szyller, je ne suis que le fils du concierge. Tu penses sincèrement qu'elle me confierait cette tâche ? Regarde autour de toi. Regarde dans quoi je vis. Tu crois qu'on touche de l'argent sur le dos des pensionnaires ?

— Je ne sais pas.

— Ewa, je te dis la vérité.

— Tu as cogné cette fille l'autre soir.

— Elle allait alerter tout Miedzeska ! Je regrette d'avoir utilisé la force.

Après un blanc de plusieurs secondes durant lequel je n'arrive pas à organiser mes idées confuses, je reprends la parole.

— Il faut que je rentre. Alicja va s'inquiéter.

— Reste, je t'en supplie. On a besoin de se parler. On a besoin de se dire les choses.

— Ton père ne va pas tarder.

— Les travaux n'avancent pas. Il est occupé pour une bonne partie de la nuit. S'il te plaît. Reste.

L'amertume et la déception tendent à se dissiper, mais je nage toujours en plein doute. L'ouragan qui soulevait mes côtes perd en intensité. Mon regard capte enfin celui de Maciej. Ses larmes sont criantes de vérité. J'y vois de la peur. La peur de me perdre.

— Reste un peu. Laisse-moi te convaincre que je n'ai rien à voir avec cette liste.

— Maciej…

— S'il te plaît, je t'en prie.

Je reste muette, il interprète mon silence comme une invitation à poursuivre sa plaidoirie. Lentement, il avance vers moi et laisse parler son cœur. On va sortir de là, il me le jure. On va laisser tout ça derrière nous, et un jour, on n'y pensera plus. C'est ce qu'il répète. Durant de longues minutes, il m'apprivoise avec douceur. Pour la première fois depuis ce matin, je sens à nouveau mon cœur battre normalement. Le temps s'étire et Maciej fait de son mieux pour m'apaiser. Chaque phrase me ramène doucement à ce qu'il est, à ce que nous vivons tous les deux. Jusqu'à ce que je prenne conscience qu'il est ma bouée de sauvetage et que je suis la sienne. Ce que l'on éprouve l'un pour l'autre est vrai. Notre attirance est réelle. Il a toujours été là pour moi, c'est concret. Je n'ai pas besoin de miroir pour le savoir. La nuit est largement entamée, même si je ne connais pas le fin mot de l'histoire, l'incident est clos en ce qui le concerne. Il me faut rentrer.

Lorsque je le quitte à regret et que mes lèvres abandonnent les siennes dans un baiser visant à nous rassurer, il est tard. Dans les jours qui viennent, il va me donner le signal et nous franchirons les murs de Miedzeska pour de bon. Il a trouvé une camionnette et s'est chargé d'affiner notre itinéraire. Sur ces dernières paroles, je m'éloigne de la dépendance, un peu groggy par la douche froide et le réconfort qui en découle, un peu sonnée par l'absence de certitude quant à cette liste. Je ne sais toujours pas quoi en penser.

Les chiens dans le parc rôdent autour du portail principal et viennent me saluer. Des aboiements inoffensifs et quelques pattes trempées jalonnent mon trajet de retour. Je pénètre furtivement dans l'établissement, monte les escaliers sans faire de bruit et regagne ma chambre dans la plus grande discrétion. Je n'ai pas remarqué immédiatement les traces humides de semelles dans le couloir. Il me faut quelques instants pour m'apercevoir que le lit d'Alicja est saccagé. La table de nuit est renversée. La pendule brisée. Son drap n'est plus là. Il y a du sang à mes pieds. On vient de l'enlever.

CHAPITRE 40

Au milieu du carnage, je suis confuse. La chambre retournée témoigne de la violence de l'enlèvement, tout porte à croire qu'elle ne s'est pas laissée faire. J'imagine le choc que doit provoquer un rapt brutal. Ce doit être atroce de distinguer au dernier moment une ombre qui se dresse au-dessus de son lit avant d'être kidnappée. J'étais avec Maciej, ça ne peut pas être lui. Le sang est frais, les traces de pas sur le sol également. Elle ne doit pas être loin.

Les mains tremblantes, je me saisis maladroitement de la lampe à pétrole gisant à côté de mon lit et passe la tête dans le couloir. Ce même couloir que j'ai traversé dans l'insouciance il y a quelques secondes. Je m'arme de courage et remonte le chemin laissé par les traces grisâtres de semelles à la lueur de ma lampe. Le ravisseur aux chaussures sales est passé par le réfectoire, je parcours la cantine en tendant l'oreille et en restant aux aguets. Une porte claque lourdement au loin. On dirait que ça vient d'en bas. Je presse le pas et pénètre dans l'aile dédiée aux « pauvres » en étant sur le qui-vive. Dans l'immense chambre commune, les filles les plus mal loties dorment sous le même toit dans des conditions épouvantables. Il fait particulièrement froid, j'avance sous la toiture abîmée et les ouvertures rafistolées. Éreintées par des conditions de vie inhumaines, elles ne se doutent de rien et n'ont pas entendu le ravisseur traverser la pièce. Au bout du dortoir, je découvre un nouveau corridor et une enfilade de fenêtres. Le son de quelqu'un foulant le gravier me parvient depuis l'extérieur, je jette un coup d'œil à travers les vitres et distingue à peine dans l'obscurité une forme progressant dans l'allée principale.

À la hâte, je m'engage dans des escaliers que je n'ai jamais empruntés. Après avoir franchi une nouvelle porte de service, j'atterris dehors. Loin devant moi, l'ombre fuit vers le portail de l'entrée principale. Sur les gravillons, je cours aussi vite que je peux avec l'infime espoir de rattraper Alicja. J'abandonne la lampe et me brûle les bronches dans un sprint insuffisant. D'ici, je distingue une forme massive portant sur ses épaules une victime enroulée dans un drap. Ça ne peut-être qu'Alicja. Elle ne bouge pas, inerte. Qu'est-ce qu'on lui a fait ? Au pas de course, je rattrape mon retard alors que le grincement du portail principal recouvre mon souffle saturé. Je suis à une dizaine de mètres lorsque l'imposante porte métallique se referme et se verrouille. Je fonce vers le portail en hurlant le prénom de mon amie, je tire et pousse sur la poignée, rien n'y fait. J'arrive trop tard. Elle est dehors. Je n'ai pas pu la sauver.

Mon cœur se déchire, je suis impuissante. Une fille de plus vient de disparaître, les chiens n'ont pas réagi. Comment est-ce possible ? Miedzeska reste indifférente et silencieuse au milieu de la nuit. Je pleure toutes les larmes de mon corps. Je réalise que nous, les pensionnaires, sommes vulnérables et sans défense. Quelqu'un se sert comme bon lui semble, quelqu'un dérobe les internes sans craindre une seule seconde d'être confondu ou même puni.

À genoux sur le gravier, je suis effondrée et je m'en veux de l'avoir laissée toute seule. Je ne peux pas m'empêcher de me dire qu'en ma présence, tout aurait été différent. J'aurais pu être dans ce drap, cette idée déclenche un nouveau frisson accompagné de sanglots.

— *Ewa ? Qu'est-ce qui se passe ? Tout va bien ?*

Dans le parc, Maciej arrive en galopant. Ma vue s'adapte progressivement au noir. Il m'a entendue crier, il est bien le seul. Au cœur de l'obscurité, il me rejoint et me prend dans ses bras. Entre deux hoquets, au milieu de ma crise de nerfs, je tente de lui expliquer.

— Alicja ! On vient de l'enlever !
— Chut, moins fort !
— Elle est partie ! On l'a kidnappée !
— Par le portail ? Tu es sûre ?
— Oui ! Je n'ai pas pu les rattraper ! Oh mon Dieu, Alicja !
— Tu as vu le ravisseur ?
— Non, j'étais trop loin. Il a fermé derrière lui ! Qu'est-ce qu'on va faire ?

Il me jure qu'il va la retrouver. Sans perdre une seconde, il me remet sur pied et me souffle de regagner ma chambre. À l'étage, une lueur se faufile dans les couloirs et glisse le long des fenêtres.

— Laisse-moi venir avec toi !
— Tu ne connais pas la forêt, tu vas me ralentir. Je dois y aller maintenant si je veux espérer les rattraper !
— Maciej, je...

— Va te mettre au chaud !

Immédiatement, il constate que mes cris ont alerté la pension.

— Rentre tout de suite et tâche de ne pas te faire voir !

Je suis complètement sonnée, ses mains quittent mes épaules. Maciej me fait promettre de ne rien faire de stupide et d'écouter ses conseils. Il détale vers la dépendance tandis que je me traîne vers la bâtisse, totalement dévastée. Avant de pousser la porte de service, je le vois ressortir de chez lui avec un petit sac en toile sur l'épaule et partir aussi vite qu'il peut en direction du massif de bouleaux. J'entends un bruit sourd, on dirait qu'il passe par le portillon en bois que j'avais remarqué pendant l'endurance. Je prie pour qu'il me la ramène. Pour la première fois, j'ai peur de ce qui pourrait arriver.

Lorsque j'ouvre la porte, Iwona est en bas des escaliers et me barre la route. Je bredouille quelques mots incohérents. Je parle d'Alicja, de l'enlèvement. Ma gorge est irritée, je me suis brisé la voix en essayant de retenir Alicja. Je m'attends à être réconfortée, mais la gardienne se contente de m'escorter jusqu'à mon lit en restant particulièrement insensible à ma détresse. Il faut informer tout le monde. Il faut organiser des recherches. Mais Iwona botte en touche en m'assurant qu'on ne peut rien faire tant qu'il fait nuit, que la forêt est dangereuse, qu'il y a des soldats. Je veux la convaincre, mais elle me parle d'engins soviétiques, de troupes allemandes. Elle me pousse entre ces quatre murs en me conseillant de rester au lit et de me calmer jusqu'à demain. Lorsque je redécouvre notre espace saccagé, je fonds une nouvelle fois en larmes et me retrouve seule avec mes tourments.

Comment dormir ? Comment faire semblant alors qu'Alicja peut être n'importe où ? Il est probable qu'on ne la retrouve jamais. Est-ce qu'on va la tuer ? la torturer ? Mes idées s'assombrissent de minute en minute, j'ai l'impression de devenir folle. Affligée par de violents spasmes, je reste immobile devant la fenêtre et me surprends à demander au ciel que ce cauchemar se termine. Chaque seconde me semble durer un siècle, j'ai la joue plaquée contre le carreau froid pour regarder dehors avec l'espoir ridicule que le portillon s'ouvre à nouveau. Au début, je prie pour que Maciej revienne avec elle. Les heures s'écoulent et maintenant, je prie pour qu'il revienne tout court.

Je ne peux pas rester jusqu'au petit matin sans rien faire. À chaque fois que mes yeux rougis se posent sur notre intérieur, je suis prise d'une sensation de dégoût intense. Le lit d'Alicja est de travers, son matelas a partiellement quitté le sommier. Il y a les bris de verre par terre, les taches de sang. Cette vue est insupportable, il faut que je range. Pour m'occuper l'esprit, pour gommer les traces de son kidnapping, je replace son couchage, je redresse la table de chevet. Je mets de l'ordre, c'est absurde et parfaitement inutile, mais je n'ai pas le recul pour y penser. À terre, j'examine les traces de semelles qui vont jusqu'à la porte et mon œil accroche un bouton traînant au sol. Un bouton noir, arraché. Le bouton d'une salopette que je reconnais. Une onde de choc pulvérise ma poitrine et me serre la gorge. Ce bouton appartient à Tadeusz, j'en suis certaine.

CHAPITRE 41

Les premiers rayons du soleil dessinent, sur un tapis de givre, l'ombre allongée d'arbres tordus au milieu du parc. Mes yeux débordant de détresse fixent le portillon en bois, tristement fermé. Je voulais prévenir Maciej en premier lieu, jugeant utile de lui parler du bouton. Il s'agit de son père, c'est une indication précieuse pouvant orienter ses recherches. Peut-être qu'à la lueur de cet indice, il aura une idée pour retrouver Alicja. À moins que ce soit une mauvaise idée et que le père comme le fils complotent dans le dos des filles. Je ne sais plus à quel saint me vouer, il faut que je parle à Szyller, il faut faire bouger les choses, elle ne peut plus nier. La Directrice n'est plus en position de me mentir, j'ai la liste. J'ai assisté à l'enlèvement, il me faut des réponses maintenant.

Alors que Miedzeska vit ses dernières minutes paisibles au terme d'une des pires nuits de mon existence, je quitte ma chambre comme une furie, bouton en main. Ma décision est prise. Je me rue vers les appartements de l'Allemande, bien décidée à en découdre et à tirer cette histoire au clair.

J'entre dans le bureau et m'apprête à me jeter sur la porte cachée derrière le paravent, mais c'est inutile puisque Beata est déjà debout, en tenue, contemplant le parc en silence. Chignon impeccable, droite dans ses souliers, elle se retourne et ne dissimule pas un petit sourire en coin que j'interprète comme une provocation.

— Ewa ? Vous êtes tombée du lit ce matin ?

— Arrêtez ce petit jeu tout de suite !

— Je vous demande de baisser d'un ton.

— Je sais pour la liste ! Je sais pour Tadeusz.

Du plat de la main, je plaque violemment l'indice qui incrimine Tadeusz sur le secrétaire. Elle baisse les yeux en direction du bouton et ne laisse paraître aucune expression.

— Il a enlevé Alicja ! Cette nuit !

— Voyez-vous ça ?

— Vous faites disparaître des filles et vous touchez de l'argent en échange !

Lentement, elle s'installe sur sa chaise et examine le bouton de salopette sous différents angles. Puisqu'elle ne dit rien, c'est à moi de prendre les devants.

— Ce bouton vient de la salopette de votre sous-fifre !

— Et ? Je ne vois pas où vous voulez en venir.

— Le bouton était dans ma chambre. Il a tout saccagé avant de kidnapper Alicja !

Les doigts noueux de la Directrice abandonnent la preuve indiscutable avant de se rejoindre pour se croiser et s'entremêler. Une fois les mains serrées, elle lève la tête dans ma direction et se défend avec un calme exaspérant :

— Il arrive que des filles fuguent. Je le déplore. Pourtant, tout est mis en œuvre pour que personne ne sorte de Miedzeska.

— Foutaises ! Je l'ai vu l'enlever ! Je l'ai vu comme je vous vois. Elle était sur son épaule !

— C'est vous qui le dites.

— J'ai aussi la liste ! La liste des filles avec les montants. Vous savez, celle que vous cachez dans votre bureau ?

— Une liste ? Ewa, je crois que vous faites erreur.

— Ouvrez votre tiroir et osez me dire que cette liste n'existe pas !

— Je n'ai pas à vous obéir !

— Avouez ! De toute manière, je vais prévenir tout le monde. Toutes les filles vont savoir que vous vendez nos âmes sans aucun scrupule.

Melle Szyller se contente de sourire et se décide enfin à ouvrir le tiroir. D'un geste de la main, elle m'invite à constater par moi-même. Il n'y a rien.

— Vous fabulez ma pauvre Ewa. Personne ne va vous croire. Je saurai convaincre les pensionnaires et les garder dans le droit chemin. Comptez sur l'efficacité de mes méthodes pour que personne ne bouge.

Elle se relève, quitte sa place et fait le tour du secrétaire en remettant sa tenue correctement. Elle ne me fait pas peur. Les dents serrées, je ne compte pas m'arrêter là.

— Je vais tout raconter, les filles ne sont pas stupides. Tadeusz a disparu en même temps qu'Alicja. D'ailleurs, où est-il ? Il n'est pas ici ce matin !

— Ce que fait Tadeusz ne vous regarde pas.

Après avoir fait un nouveau pas vers moi, elle inspire et me répond avec un air totalement détaché.

— Tadeusz entre et sort quand bon lui semble. Il fait partie de l'équipe, ce n'est pas un interne.

— Il kidnappe des filles pour vous !

— Il est allé se fournir en matériaux, la tempête a sérieusement touché notre établissement.

— Vous ne pouvez pas cumuler les mensonges ! Ne me racontez pas d'histoire.

— Vous êtes la seule à raconter des histoires, ma chère.

— Ne vous moquez pas du monde ! Je vais alerter tout le pensionnat.

— Personne ne va croire les paroles d'une déséquilibrée admise ici pour de sombres raisons.

— Que voulez-vous dire ?

— Je vous le demande Ewa… Quel crédit vont vous accorder les pensionnaires lorsqu'elles sauront ce que vous êtes ?

— Vous menacez de tout dévoiler à mon sujet ?

— Ewa, vous êtes fragile. Si vous souhaitez étaler toute cette affaire en public, je le déplore, mais… je me défendrai.

Ses yeux perçants se plantent dans les miens. Entre ses lèvres pincées, elle m'achève avec un nouvel argument. Alicja n'a pas supporté de me voir fricoter avec l'unique garçon de la pension, elle a simplement fait le mur. Les filles sauront que je flirte avec Maciej, la seule personne que je peux approcher puisque je suis dangereuse. J'ai blessé Zofia et deux autres pensionnaires – toujours à l'hôpital –, parce que je suis instable. Elle le prouvera en me plaçant devant un miroir, elle me le garantit.

— Puisque vous souhaitez mêler la communauté à vos délires, je suis d'avis que vos camarades peuvent découvrir à quel point vous êtes une jeune fille perturbée et dangereuse.

— Vous n'allez pas le faire !

— Je fais toujours ce que je dis. Personne n'avalera des sornettes inventées de toutes pièces par une attardée qui perd pied devant son reflet.
— Vous êtes un monstre.

L'Allemande esquisse un nouveau sourire et du revers de la main, elle efface un pli de ma tenue en répondant dans le calme.

— Laquelle de nous deux cache véritablement un monstre ? Ewa, je vous le demande !
— Je la retrouverai !

Je recule. La situation me file entre les doigts, je ne le supporte pas.

— Tout ceci n'est que le fruit d'une imagination malade. Tout se passe dans votre tête, Ewa.
— Vous êtes la seule cinglée ici. Vous n'allez pas vous en sortir si facilement !
— Je vous déconseille de lever le petit doigt. J'ai toléré vos excès jusqu'à ce matin par respect pour votre oncle.
— Pour l'argent !
— Et pour l'argent, en effet. Mais personne ne m'a jamais fait plier. Personne.

Poussée à bout, je bats en retraite. D'un geste vif, je récupère le bouton et quitte le bureau de la Directrice. Dans mon dos, Szyller me conseille de faire profil bas. Je traverse le couloir à toute vitesse, les yeux embués, avec l'envie de crier, de tout casser. Elle veut se servir de ce que je suis pour me faire taire. Mon plan a échoué. Dans un flot salé, mon amertume déborde, j'ai la gorge nouée. Je suis seule. Désespérément seule face à une adversaire redoutable. Le long des fenêtres ponctuant la luminosité du couloir, je lance un regard désabusé à travers le carreau, le portillon s'ouvre derrière les bouleaux. Contre toute attente, Maciej vient de rentrer. Je dois savoir, il faut que j'aille aux nouvelles. Cependant, un détail me frappe, il ne porte pas la même tenue que lorsqu'il est parti. Où sont ses bretelles et sa chemise ?

Je quitte la pension et galope à perdre haleine pour l'intercepter. Il est seul et rentre bredouille visiblement. Mes espoirs sont balayés, mon cœur se serre. À bout de souffle, j'arrive à son niveau. Son visage est vide, ses yeux sont éteints. Le sac en toile qu'il transportait en partant semble lui peser comme un fardeau. Ses mouvements sont lents, il est épuisé.

— Dis-moi que tu as quelque chose ! Je t'en supplie !

Il secoue la tête lentement. Je m'effondre.

— La forêt est dense. C'est très vaste. Je suis désolé.
— On ne peut pas la laisser comme ça !
— Je te promets d'essayer encore et encore.
— Il faut la retrouver !
— Je t'ai fait une promesse. Je ferai mon possible pour la sauver.

Mon visage se tord parce que je suis dos au mur. Les heures s'égrènent et les chances de porter secours à mon amie s'amenuisent chaque seconde. En désespoir de cause, j'ouvre ma main et dévoile le bouton à Maciej.

— Qu'est-ce que c'est ?
— C'est à ton père.
— Tu l'as trouvé où ?
— Dans la chambre juste avant de lui courir après.
— Le bouton de sa salopette…

Le regard de Maciej s'assombrit puis se pare d'un voile humide et noir. Ses mâchoires se crispent et son poing se referme sur la preuve qui relie son père à cette sombre histoire. Puis il change d'attitude. Je me demande si j'ai bien fait.

— Je ne sais pas si ça peut t'aider. J'ai pensé que...
— Je m'en doutais.
— Tu savais que ton père était mêlé à tout ça ?
— Je sais où chercher maintenant. Je vais repartir dans la journée.

Une lueur d'espoir perce entre les lignes, je m'accroche à son ton déterminé puis je me jette dans ses bras. Il sent la transpiration, la punaise des bois et une odeur que je ne parviens pas à déterminer. Il est frigorifié.

— Il faut la sauver. Maciej, dis-moi que tu vas y arriver.
— Je te le jure. Ewa, je te le jure.

Tout contre son épaule, j'ai l'impression qu'il reste encore une chance de sauver Alicja, en tout cas je veux y croire. Soudain, il murmure : « Je suis désolé, je dois y aller ». D'un geste lent, il me repousse et s'éloigne pour regagner la dépendance. Je me recule et le laisse passer, mes pupilles détaillent son corps fatigué et ses vêtements salis par ses recherches en pleine forêt. Puis vient la seconde où je pose mon œil sur ses bottes. Elles sont recouvertes de tâches étranges. Un fluide frais, bordeaux, mêlé aux traces de terre. Il a du sang sur les pieds. Il a changé de vêtements. Mon souffle se coupe, mon cœur manque un battement. De son sac en toile perlent des gouttes rouges. La réalité me fouette le visage. Je ne peux plus parler. Maciej ne me dit pas tout. Pire, je suis certaine qu'il me ment.

CHAPITRE 42

Qu'est-ce qu'il y a dans ce sac ? Ça me revient maintenant, le parfum étrange sur sa peau est celui du sang. Le sol se dérobe sous mes pieds, je reste interdite au milieu du parc dont le vent balaye les dernières feuilles mortes. Maciej emporte ses mensonges dans la dépendance, l'envie furieuse de me ruer sur le massif de bouleaux et d'ouvrir le portillon me démange. Je veux franchir les murs de Miedzeska et fendre la forêt, à la recherche d'Alicja.

Je fixe cette issue composée de planches de bois, je me dis que personne ne me verra. Lentement, je fais un pas dans la direction du portillon puis un autre. Je ne sais pas par où commencer ni où chercher. Je n'ai aucune idée de ce qui m'attend dehors, j'imagine que je pourrais suivre mon instinct et faire confiance à mon intuition. Une main ferme et glacée m'agrippe par l'épaule, interrompant mes plans sur la comète. Je sursaute. Iwona vient de me rejoindre.

— Ewa. La Directrice veut te voir.

— Elle est bien la seule.

— Je suis sérieuse.
— C'est à quel sujet ?
— C'est important. C'est à propos de votre discussion.
— Iwona, vous êtes au courant ?
— Je sais seulement qu'il s'agit d'Alicja.

Elle hausse les épaules et m'affirme ne pas avoir plus d'informations.

— Melle Szyller veut te voir, c'est tout ce que je sais.

Sa poigne est insistante, Iwona m'oblige à faire machine arrière. Adieu ma fuite. Je dois repousser mes recherches pour l'instant. Il y a peut-être un espoir, je me dis que Beata a certainement des éléments à me confier et que nos échanges l'ont contrainte à revoir sa position. J'emboîte le pas de la surveillante en jetant quelques regards en direction de la sortie, je me fais la promesse d'aller sauver Alicja envers et contre tous.

Sous bonne garde, j'emprunte les escaliers principaux et passe les lourdes portes du bâtiment. Essoufflée, Iwona est à la peine et se cramponne à la rampe. Dans le sillage de ses cuisses massives, je gravis les marches, le nez à la hauteur d'un roulement de bassin laborieux. À l'étage, je me dirige à droite, en direction du réfectoire et du bureau de Beata, mais je fais fausse route.

— Non, viens par là. Melle Szyller t'attend devant ta chambre.

Surprise, je change de direction et m'enfonce dans le couloir donnant sur l'aile des bourgeoises. Le chignon de l'Allemande se dresse devant la porte 16, elle patiente sagement. Iwona s'écarte et me voilà face à une Szyller parfaitement de marbre. Les bras croisés, elle est appuyée contre le montant de ma porte et me toise avec son regard acier.

— Vous vouliez me voir ?
— J'ai longuement réfléchi. Et vous aviez raison.
— À quel propos ? Je vous écoute.
— À propos de nos derniers échanges.
— Que se passe-t-il au juste ?

Elle se redresse et d'un geste de la main, Beata désigne ma chambre.

— Une surprise vous attend à l'intérieur.
— Je n'aime pas tellement les surprises.
— Il est possible que celle-ci soit à votre goût.
— À quoi dois-je m'attendre ?

Elle sourit et reste stoïque. La Directrice répond avec un certain détachement. Un regard en coin destiné à Iwona précède un sourire malicieux.

— Il vous suffit d'entrer pour le savoir.
— Vous avez retrouvé Alicja ? Elle est à l'intérieur ?
— Si je vous le dis maintenant, ce n'est plus une surprise. Entrez.

D'un geste de la main, elle m'invite à m'exécuter. Je me méfie de cette femme et reste sur mes gardes. Avec prudence, j'abaisse la poignée et ouvre timidement la porte. L'idée ridicule de trouver Alicja saine et sauve, tout sourire, devant son lit et m'accueillant à bras ouverts, me traverse l'esprit.

Une pensée stupide, puisque je sens l'empreinte de deux mains puissantes dans mon dos. Iwona me pousse violemment à l'intérieur et me fait trébucher. La porte se referme dans un claquement brutal. La serrure se verrouille avant que j'aie le temps de réaliser.

— *Je fais ça pour votre bien.*

— Il n'y a aucune surprise ! Sortez-moi de là !

— *Ewa, votre naïveté vous perdra.*

La voix de Szyller me parvient à travers la porte sur laquelle je tambourine rageusement les poings fermés.

— Espèce de garce ! Laissez-moi sortir !

— *Tenez votre langue ! Vous ne sortirez d'ici que lorsque je l'aurai décidé.*

— Faites-moi sortir ! Je veux sortir !

La seule réponse que j'obtiens est le bruit des talons de l'Allemande qui s'éloigne dans le couloir. Je me suis fait avoir comme une débutante. Je n'arrive pas à croire qu'Iwona ait retourné sa veste si facilement. La surveillante prête à nouveau allégeance à Szyller, j'imagine que la Directrice a su trouver les arguments financiers capables de la rallier à sa cause. Il faut que je sorte à tout prix. Mes coups d'épaule et mes assauts sur la poignée sont inefficaces. Je me rue sur la fenêtre avec la ferme intention de m'échapper, mais le cadenas est résistant, rien ne peut le faire céder.

L'oreille plaquée contre la porte, je m'évertue à cerner l'activité dans le couloir. Il n'y a rien. J'interpelle Iwona, mais la surveillante n'est pas là. Je suis cloîtrée entre ces murs et je ne peux que contempler, dans l'impuissance la plus totale, les heures qui défilent. Je dois me ressaisir, il me faut trouver un moyen. Mes pensées se grippent, la solution ne vient pas immédiatement, puis l'idée arrive comme une fulgurance. Je vide mon armoire et retire les draps de mon lit. Dans le silence de la pension, je déchire le linge sans relâche. Le tissu crisse entre mes doigts, bientôt je serai dehors.

De temps à autre, je guette la dépendance en espérant y voir un mouvement. Le jour décline, Maciej ne devrait pas tarder à sortir. Je redouble d'efforts. Lorsque le soleil se retire, le fils de Tadeusz reprend les recherches. Pourquoi emporte-t-il son étui à violon ? L'éternelle sirène du soir me donne le signal. Pendant que les internes affluent vers la cantine, je noue soigneusement les lambeaux de draps, de chemisiers et de justaucorps. Les lits sont écartés, j'ai besoin de place.

Les muscles tendus, je soulève la table de chevet et la projette avec rage contre la fenêtre. Le verre se brise sans résistance. Au deuxième coup de bélier, la structure en bois cède dans un immense fracas. Solidement attachées au seul radiateur de la pièce, les longueurs de tissus pendent maintenant dans le vide. Je vais descendre en rappel les quelques mètres qui me séparent du sol et prier pour que le dispositif soit assez solide. Je dois faire vite.

Une fois que mes pieds touchent la terre ferme, je file comme une ombre à travers le parc en direction des bouleaux. Il ne reste qu'une dizaine de minutes avant que le dernier repas de la journée prenne fin et qu'Iwona entame sa ronde. Rapidement, on trouvera mon silence étrange, quelqu'un remarquera les draps dehors. Et il faudra que je sois déjà loin.

Une nouvelle pensée me stoppe en plein élan. Je me fige, comme si les griffes de la réalité venaient d'enserrer mes jambes. C'est une vague d'incertitudes accompagnée de dizaines de questions qui me submerge à présent. Que vais-je faire dans la forêt, face aux dangers, à mains nues ? Comment me défendre ? Comment y voir dans le noir ?

De toute évidence, je ne peux pas partir dans les bois sans équipement. Instantanément, je bifurque pour rentrer par effraction dans la dépendance avec le mince espoir d'y trouver une quelconque arme ainsi qu'une lampe. Je me jure de n'y passer qu'en coup de vent et de quitter Miedzeska sans attendre. Je suis trop proche du but pour me laisser attraper avant d'avoir franchi ce satané portillon.

La porte d'entrée me résiste. Maciej a fermé derrière lui, je longe le mur et m'attaque à la première fenêtre que je trouve, celle du salon. Une lourde pierre couverte de mousse suffit à faire voler la vitre en éclats.

À l'intérieur, tout est plongé dans le noir. Au-dessus de la cheminée, mon ombre se détache à peine des ténèbres, à travers le miroir que je n'ose pas observer. Je contourne la table à manger et je tente de m'adapter à l'obscurité en cherchant un couteau, un pieu, n'importe quel objet tranchant ou pointu pouvant m'aider. Dehors, les grands nuages barrant le ciel jusqu'ici s'éclipsent lentement. Le sourire de la lune diffuse sa lumière blafarde dans la maisonnette et me permet de m'approprier l'espace et les ombres. Dans les tiroirs, je ne trouve rien pour l'instant, pas même un tire-bouchon. Quant à la lampe, je fais chou blanc et me mets à fouiner dans la chambre de Maciej. Aucune source de lumière ne traîne ici à l'exception des bougies éteintes et débordant de cire figée. Elles me seront parfaitement inutiles à l'extérieur, surtout si le vent se lève à nouveau.

Par acquit de conscience, je poursuis ma fouille dans les tiroirs de la commode. De mes mains tremblantes, je retourne tout ce que je trouve. Sans succès. Je persévère avec la table de nuit et tombe sur des papiers. À la lueur de la lune, je m'approche de la fenêtre pour déchiffrer les documents. Je tiens un acte de décès, celui de la mère de

Maciej. D'autres feuilles mentionnent un orphelinat de Cracovie et une vulgaire procédure d'adoption tenant sur un morceau de papier jauni. Tadeusz n'est pas le géniteur, c'est écrit noir sur blanc. Comment ? Pourquoi ? La nouvelle me perturbe, mais je n'ai pas le luxe de pouvoir m'y attarder.

J'imagine trouver mon bonheur ailleurs et rebrousse chemin quand mon pied heurte un linge humide et poisseux au pied du lit de Maciej. À la hâte, je mets la main sur la boîte d'allumettes abandonnée au bord de la commode puis enflamme la mèche d'une des bougies. Dans la lueur mordorée, l'uniforme d'Alicja m'apparaît, roulé en boule par terre. Mais ce que mon pied vient de toucher, c'est la chemise ainsi que les bretelles de Maciej. Le tout, imbibé de sang frais. C'est ce même sang qui perlait de son sac de toile. L'idée me gifle, c'est atroce. Il a retrouvé Alicja. Il a peut-être même retrouvé Tadeusz. « Maciej ? Qu'est-ce que tu as fait ? »

Frappée de stupeur, je lâche les pièces à conviction et recule en poussant un cri d'effroi. Mon cœur bat à tout rompre et un frisson sordide me glace le sang. Celui que j'aime n'est pas ce qu'il prétend être. Il me ment depuis le début. Entre le chaud et le froid, la sincérité et les histoires à dormir debout, je ne sais plus où se trouve la frontière délimitant le vrai du faux. Le sang sur ses chaussures, le bouton de la salopette et ces vêtements par terre sont en train d'affecter mon équilibre mental. Il faut que je sache. Je dois connaître la vérité.

Dans la salle à manger, je reviens sur mes pas à la lueur de la chandelle, totalement sonnée. Une barre dans la poitrine m'empêche de respirer normalement, j'ai le plus grand mal à avancer. Je sais que ce n'est pas bien. Je l'ai promis à Lesław, mais le besoin de savoir l'emporte sur tout ce que j'ai pu jurer. Fébrile, dans un état second, je vacille et dépose la bougie sur le haut de la cheminée. Sa petite flamme se reflète dans le miroir et m'éclaire le visage. Je me redécouvre, mes yeux se posent sur la glace. Je vais le faire. Je vais me regarder.

CHAPITRE 43

Dans un clair-obscur orangé, l'ovale de mon visage se dessine au centre du miroir. Je déglutis et tente de garder mon calme. Je cligne des yeux, mes pupilles brillent et captent la lueur de la bougie. Les particules de suie envahissent lentement l'espace qui m'entoure et virevoltent dans mon champ de vision. Les pulsations frappent à l'intérieur de ma gorge et de mon sternum, j'ai peur de savoir, pourtant je ne peux plus faire machine arrière. Je le fais pour Alicja, pour toutes les filles qui ont disparu, je le fais pour moi.

Une ombre se forme dans mon dos. Les contours diffus se précisent au cœur de la dépendance. Ma respiration s'accélère tandis que des fourmillements gagnent mes extrémités. Un visage m'apparaît, l'image de Maciej se dresse derrière moi. Je suis glacée, pourtant, je suis happée par le reflet.

Lentement, ma tête s'approche de la surface. Le regard focalisé sur le tain, je m'incline davantage. Les yeux plongés dans celle qui me ressemble, ma vue se trouble, jusqu'à ce que mon nez frôle le miroir, jusqu'à ce que de la buée apparaisse. Jusqu'à ce que je ne reconnaisse plus tout à fait mon portrait. Les pupilles dilatées, je suis hypnotisée par mon double. Je bascule de l'autre côté.

Projetée dans une pièce sombre et délabrée, je suis attachée sur une chaise. Pieds et poings liés. On dirait une vielle maison, au cœur des bois de Miedzeska. Les murs jaunis dépérissent. La porte d'entrée se trouve juste en face. La fermeture est arrachée. Le loquet gît au sol. À ma droite, une ouverture donne sur des escaliers dont les premières marches descendent pour se perdre dans le noir. S'il y a une cave, je constate également que les lieux disposent d'un étage. Je ne peux pas bouger au milieu de ce cauchemar.

J'ai mal au crâne, j'ai mal au cœur. Des bouffées de chaleur me donnent la nausée. En une fraction de seconde, des douleurs abominables criblent mon corps. Un clou rouillé se dresse au centre de ma rotule dont le sang se disperse sur les lattes de bois, pourries et humides. Mes oreilles bourdonnent, des vagues de sueurs froides me traversent de part en part. Je suis en salopette et j'ai plusieurs doigts brisés. Péniblement, je balaye l'espace des yeux. Les carreaux aux fenêtres sont pour la plupart cassés. J'appelle à l'aide, mais n'entends que le bruissement des feuilles mortes. Sur ma gauche, je découvre une sorte d'établi en bois massif taillé dans les chênes de la forêt entourant la maison. Sur le plateau faisant office de plan de travail, mon œil découvre des instruments tachés, des couteaux plantés dans le bois, un tire-bouchon couvert de rouge et tout un tas d'outils débordant d'un étui à violon ouvert.

Dans mon dos, un souffle terrorisé me parvient. Quelqu'un est bâillonné. Des petits gémissements aigus se font entendre. Péniblement, je lance un coup d'œil par-dessus mon épaule. Alicja est ligotée, dans un coin de la pièce, en petite tenue. Ses taches de rousseur sont dissimulées par la salissure. Mes cris viennent de la réveiller, elle panique. Dans ses yeux, je décèle de la terreur. Elle tremble, totalement choquée. Elle s'agite et gesticule compulsivement lorsqu'on distingue des bruits de pas en provenance des escaliers. Maciej remonte au rez-de-chaussée. Son visage est tendu. Il a les yeux vides, presque brumeux. Il est couvert de giclures et transpire comme un fauve.

Il se rue sur Alicja et la soulève brutalement avant de la pousser dans le dos pour l'obliger à avancer jusqu'aux marches. Elle se débat, elle ne veut pas aller dans la cave. Maciej serre les dents et la contraint à obéir. Les plaintes étouffées s'enfoncent dans les entrailles de la maison. Je perçois les sons cotonneux qui viennent d'en bas, il ne va pas tarder à revenir. Je discerne le bruit d'une porte fermée, puis celui d'un verrou. Ça vient du sous-sol. Lorsqu'il remonte une nouvelle fois, des éclairs de folie illuminent ses pupilles alors qu'il se poste face à moi. Sans me quitter du regard, ses doigts empoignent le manche d'un long couteau, de l'autre main, il se munit d'un chiffon sale. Je secoue la tête, je voudrais me sortir de là. Mon genou en miettes me fait atrocement souffrir. Maciej s'approche et dans un souffle malsain, il prononce quelques mots effrayants avant de me bâillonner :

— Chut… Inutile de lutter. Tu ne peux pas t'enfuir.

— Maciej, qu'est-ce que tu fais ? Pose ce couteau !

— Oh non, je ne vais pas le poser… on ne fait que débuter. *Papa.*

CHAPITRE 44

Le retour à la réalité est si brutal que lorsque je reviens à moi, je dois m'appuyer à la table à manger pour ne pas m'écrouler. Je suis horrifiée devant le miroir, ma vue est trouble. Plus rien autour ne compte. J'ai l'impression que mon cœur vient de bondir hors de ma poitrine et qu'il palpite par terre, devant la cheminée. Maciej est un monstre. Un monstre qui torture son père. Un monstre qui détient Alicja. Un monstre qui se trouve dans ma tête maintenant.

Je suis essoufflée, totalement anéantie et poussée par une animosité farouche. Ce qui est certain, c'est que je ne suis plus tout à fait moi-même. Ewa n'est plus aux commandes. Il me vient l'envie de tout casser et de laisser éclater ma rage. Prise d'une pulsion, je mets à sac l'intérieur de la maison, à la recherche d'une arme. Ce qui est étrange, c'est que j'ai l'impression de ne plus me maîtriser et paradoxalement, j'ai le sentiment de savoir exactement ce que je fais. Dans cette frénésie, j'ouvre le placard sous l'évier et trouve un attendrisseur à viande sans être spécialement étonnée de le trouver là. C'est comme si je savais qu'il y avait cet ustensile ici, comme si Maciej le savait. L'objet est lourd. En inox. « Ça fera l'affaire », c'est ce qu'une voix masculine souffle au fond de moi. Il faut que je sorte de là et que je retrouve Alicja, Tadeusz et Maciej.

Sans plus attendre, je regagne la fenêtre fracturée. Dehors, au loin, les lumières de la pension s'agitent au premier étage, autour de ma chambre. Il est temps de décamper si je ne veux pas me faire attraper. Comme une fugitive, j'abandonne la dépendance pour courir en direction du portillon derrière les bouleaux vers l'horrible vérité. L'accès est fermé. Mes coups de pied parviennent à faire céder les planches et la serrure en mauvais état. À ma grande surprise, ma force est celle d'un homme enragé. Le portillon craque et s'ouvre sur l'immensité des ténèbres. Une mer de troncs torturés s'étend de l'autre côté du fossé. Sans que je me l'explique, je prends mes jambes à mon cou et me mets à courir en partant à droite. Je sais au fond de moi qu'il s'agit de la bonne direction. En tout cas, Maciej le sait. Oui, c'est un peu comme s'il me guidait depuis un recoin de mon crâne. Il souffle une sorte d'intuition qui conditionne mes gestes. Le véritable Maciej dispose d'une solide avance sur moi, je dois rattraper mon retard et quitter l'internat le plus vite possible.

Les premières minutes, je coupe à travers les branchages et les ronces, je contourne les buissons et tiens le cap avec la sensation de savoir exactement ce que je fais et où je vais. À un train d'enfer, je m'enfonce dans les bois sans me poser de questions, puis mon état second se dissipe peu à peu avec le temps, j'y vois clair et redeviens lucide. Dans ma tête, je suis à nouveau seule. Désorientée. À bout de souffle, victime d'un point de côté, je m'arrête une seconde pour respirer dans le noir. Sur les arbres aux troncs difformes se dessinent des visages hideux qui me donnent la chair de poule. L'obscurité est partout. Je suis totalement perdue. Lorsque la lune éclaire le terrain, elle projette des ombres inquiétantes autour de mon corps fumant dans la nuit. Tout devient étrangement dangereux. Mon esprit relève le moindre bruit suspect.

Deux énormes chouettes déguerpissent d'un vieux chêne, provoquant des battements d'ailes angoissants. Un léger crissement précède un craquement de bois mort dans mon dos. Je fais volte-face avec la peur au ventre. Une forme voûtée au-dessus du sol s'immobilise derrière un tronc scié. On dirait que ça bouge, que cette chose est velue. Un grognement discret ricoche dans la forêt. Deux grands yeux jaunes me fixent. De mes mains tremblantes, je serre l'attendrisseur et avale ma salive. Ma gorge est en feu.

L'animal reste immobile avant de faire un pas en arrière, puis un autre. La bête s'éloigne et me laisse seule dans les ténèbres. Je tente de respirer calmement, de remettre de l'ordre dans mes idées, mais la panique ne me quitte pas. Je suis au milieu de nulle part et je ne sais plus quel chemin emprunter. Je ne sais même pas si je suis capable de retrouver la maison que j'ai vue dans le reflet. Avec le peu de courage qu'il me reste, je poursuis ma route en restant sur le qui-vive. Mon imagination me joue des tours. J'ai l'impression que quelqu'un me suit et par moments, je suis traversée par un immense sentiment de solitude et une profonde désolation.

Au hasard d'une intuition confuse et incertaine, je me retrouve cernée de buissons après avoir marché une bonne demi-heure. Me voilà sur un chemin en terre, recouvert de feuilles craquant sous mes pieds malmenés. Il faut se rendre à l'évidence, je me suis égarée. Il est même probable que je tourne en rond et que je ne sortirai jamais d'ici.

Alors qu'un flot de désespoir me submerge, il me semble que quelqu'un marche un peu plus loin. Je tends l'oreille, le silence reprend jusqu'à ce que j'entende tousser. J'en suis certaine, je ne suis pas seule. Fébrile, je me laisse guider à l'oreille, en m'accrochant à ce promeneur nocturne qui me conduit dans un espace dégagé, au centre duquel une vielle maison abandonnée défie la nuit et les bosquets.

La peinture écaillée le long des fenêtres brisées me rappelle ce que j'ai vécu dans le miroir. Il y a un étage, la toiture est défoncée. Les rares volets sont partiellement détruits. Cette maison dégage de sombres vibrations. Elle abrite les horreurs que j'ai vues dans le reflet. L'ombre qui me précède s'immobilise devant la porte d'entrée. Des yeux brillants scrutent la forêt avant de pénétrer à l'intérieur. Je me dissimule derrière un arbre tandis que la silhouette s'engouffre dans la vieille bâtisse.

Cachée derrière mon arme ridicule, je foule le sol en m'efforçant de faire le moins de bruit possible. Aux abords de la maison, je reste en alerte même si je manque défaillir tant la trouille m'oppresse. Trois marches me séparent de l'entrée. Une montée d'adrénaline pulse violemment au niveau de mes tempes. Sur la pointe des pieds, je retiens mon souffle en me demandant ce que je vais faire face à Maciej. L'espace d'une seconde, je songe à ses mensonges, à mes visions ignobles, à l'atrocité de son geste. À chaque fois que le miroir me fait basculer de l'autre côté, ma vie devient un chaos dans lequel le sang ne cesse de couler. Pourtant, il faut que je sauve Alicja coûte que coûte, je ne peux pas abandonner maintenant. Alors, je longe les murs usés jusqu'à la première fenêtre. Le carreau sale et fendu me laisse entrevoir la pièce principale. Sensation de déjà-vu, un corps ligoté sur une chaise tressaute de douleur au milieu d'une pièce ressemblant à une cuisine. Le sang détrempant la salopette m'arrache un cri d'horreur étouffé.

Lentement, je m'incline davantage et découvre le visage de Tadeusz. Les traits sont fatigués. Le pauvre transpire à grosses gouttes, il est en proie à un calvaire ponctué d'entailles, de trous laissés dans la peau, de multiples contusions qui auront lentement raison de cette force de la nature si je n'interviens pas. Il y a moins d'une heure, j'étais à cette même place. Tout est là, sous mes yeux. Le bâillon sur la barbe de la victime, les mains fracturées. Le tire-bouchon sur l'établi, à côté de l'étui à violon. Les couteaux affûtés aux lames maculées de rouge. Maciej a torturé Tadeusz, tout est réel à présent, j'en ai la preuve.

Ma respiration étranglée laisse échapper un hoquet, puis des spasmes d'une infinie tristesse, à moins que ce ne soit une peur et un dégoût profond. Il a abusé de ma confiance, profitant des sentiments que j'entretenais à son égard. Si Tadeusz souffre sur cette chaise, Alicja est forcément à la cave avec celui que j'ai aimé. Je dois la sortir d'ici et sauver notre peau. Depuis son siège, l'homme à la salopette me repère et m'implore du regard à travers la vitre. Son appel à l'aide silencieux me tord l'estomac. Il est seul. Je n'ai pas le choix. Je dois entrer tant que la voie est libre.

CHAPITRE 45

À pas feutrés et du bout des doigts, je pousse la porte d'entrée en priant pour qu'elle ne grince pas. Dans l'obscurité du vestibule, seul un rectangle de lumière se détache de la cuisine qui se trouve droit devant. Une terrible barre comprime ma poitrine, mon cœur palpite et frôle une fibrillation anarchique. Dans ma main moite, je serre si fort l'attendrisseur que j'en ai mal aux phalanges.

Aux aguets, je scrute le moindre signe de vie. À en croire les bruits venant d'en bas, le psychopathe est dans la cave. La chaise de torture et Tadeusz se trouvent face à moi, dans la cuisine. Je me faufile en longeant les murs délabrés jusqu'au niveau de la porte donnant sur le sous-sol. Le dos plaqué contre la cloison, je tente de reprendre mon souffle et de garder mon sang-froid. L'homme à tout faire me dévisage en résistant aux blessures infligées, puis il fixe la porte et les escaliers menant à la cave. Il hoche la tête, comme pour m'indiquer que la voie est libre. Je me risque à y passer la tête afin de lancer un regard en direction des marches. Rien à signaler, je peux m'introduire dans la cuisine.

Toujours, le plus discrètement possible, je tente de retirer le bâillon. Mes doigts tremblent au milieu de la grosse barbe humide. Tandis que Tadeusz étire sa bouche en grimaçant, je m'empresse de faire un point sur la situation à voix basse.

— Il est en bas ? Il est armé ?

— Avec la gamine. Dépêche-toi de me détacher.

L'urgence dans ses chuchotements me pousse à coopérer. Du mieux que je peux, je m'efforce de défaire les liens de sa main droite. L'homme grince des dents, ses doigts bleus lui font un mal de chien. Il a reçu un coup de marteau, d'après ce que je comprends. Puis l'image du portail et d'Alicja kidnappée me revient. Le souvenir du bouton dans ma chambre me freine. Je m'interromps, en ayant conscience de faire peut-être une erreur.

— Qu'est-ce que tu attends ? Ewa, il va me tuer !

— Je ne peux pas faire ça.

— Il va remonter ! Libère-moi !

Je bredouille. Mais il est trop tard. Des semelles heurtent les marches de l'escalier. Maciej remonte.

— Ne bougez pas ! Tenez-vous tranquille.

— Ne me laisse pas comme ça !

— Je reviens…

Je replace le bâillon et fais marche arrière afin de regagner ma position initiale sans éveiller de soupçons. Le dos plaqué contre le mur, comme si je cherchais à épouser la forme de la paroi, je retiens ma respiration pour me fondre dans le décor. La silhouette de Maciej se profile, je suis dans son dos et l'observe regagner la cuisine. Il va s'occuper de son père adoptif.

— *Maintenant, tu vas parler salopard.*

Les gémissements venant de la chaise me donnent envie de pleurer. Le regard paniqué de Tadeusz me serre le cœur, mais ma priorité reste Alicja. Alors, je m'éclipse dans le dos de Maciej et descends le plus discrètement possible les escaliers plongés dans le noir. Au rez-de-chaussée, j'entends le fils déséquilibré s'adresser à son père.

— *On va reprendre depuis le début… Allez Papa, je vais te rafraîchir la mémoire.*

À tâtons, je laisse filer mes mains sur les murs menant à la cave. Ma descente est ponctuée de cris déchirants provenant de la cuisine. Lorsque mon pied touche le sous-sol, je distingue des coups qui résonnent sous terre. On frappe à travers une porte, j'entends des pleurs. Alicja est ici, là, tout près. Le noir pourrait être total, si la mince lueur de la cuisine ne s'invitait pas timidement dans les escaliers. Dans l'obscurité, je me déplace vers la source des sanglots. La porte se trouve droit devant, à quelques mètres. Un trousseau de clés suspendu à un clou planté dans le mur trône juste à côté. Mes gestes sont un peu gauches, mais je parviens à déverrouiller l'accès au bout de quelques tentatives.

Les hurlements de Tadeusz au-dessus de ma tête couvrent les plaintes d'Alicja. Elle est prostrée dans le noir, en sous-vêtements. Ses mains sont attachées, j'ai l'impression d'approcher une bête blessée. Je dénoue la corde qui l'entrave et lui demande de ne pas faire de bruit. Lorsque je la prends dans mes bras, ce n'est plus qu'un corps frigorifié qui tremble contre moi. Un corps muet, qui hurle silencieusement « Merci Ewa ». À voix basse, je tente de la rassurer :

— Je vais te sortir de là. On va y arriver.

— Il va nous tuer ! J'ai peur, Ewa.

— Reste derrière moi, tout ira bien.

Je ne suis pas sûre de me montrer persuasive. Les trémolos dans mes certitudes n'arrivent pas à la convaincre. Ni elle ni moi. Lentement, on regagne la source de lumière, je me poste en bas des marches. En haut, les sévices reprennent du service et Tadeusz ne va pas résister longtemps aux supplices infligés par son bourreau. De marche en marche, mon idée s'affine. Je dois faire sortir Alicja d'ici, la mettre en sécurité pendant que ce fou furieux triture la chair de son père adoptif. Je ne suis pas taillée pour affronter Maciej. Il me faudra de l'aide. Je me persuade qu'il s'agit là du seul plan valable, de la seule solution pour sortir de cette maison en vie.

Dans le coin-cuisine, les coups déferlent sur la carcasse de l'homme en salopette. Je passe la tête en tenant dans une main l'attendrisseur, dans l'autre, le poignet de mon amie captive. Luisant de transpiration, Maciej décoche un énième coup de poing brutal en hurlant sur sa victime. En tournant la tête de l'autre côté, je fixe le hall et la porte d'entrée en me répétant qu'on peut le faire. Je ferme les yeux une dernière fois en espérant me faufiler dans son dos sans me faire remarquer. Tout se joue maintenant. Là, tout de suite. Soit je parviens à nous extirper de cette ignoble villa, soit les choses vont mal tourner. Juste avant de me lancer, je lâche la main d'Alicja et décompte à l'aide de mes doigts pour lui donner le signal. À chaque chiffre, on inspire profondément toutes les deux. Au bout de trois, je fonce tel un chat et décampe vers le hall plongé dans le noir. Sauf que je suis la seule, elle ne me suit pas.

— Arrête ça tout de suite !

La voix d'Alicja déchire la nuit, mettant fin au passage à tabac. Elle vient de s'adresser à Maciej à haute voix, raide comme un piquet, elle s'expose à la lumière de la cuisine. Qu'est-ce qu'elle me fait ? Tout ça va se finir dans un bain de sang. Elle reste debout, face à Maciej qui vient de se retourner, surpris en flagrant délit. Il fixe la Terreur de Miedzeska avec de grands yeux écarquillés. Les vêtements tachés d'éclaboussures fraîches, il a du mal à réaliser. Je bondis aux abords de la cuisine pour rejoindre mon amie et je la prends par la main en la suppliant.

— Alicja ! Viens ! On sort d'ici ! Vite !

En m'apercevant, Maciej semble prendre un véritable coup de poing en pleine figure. Il en reste bouche bée. Il chancelle, les yeux hagards, totalement affolé. Après avoir porté la main à son front, il bredouille et laisse échapper son angoisse :

— Ewa ? Ewa, mon Dieu ? Ce n'est pas vrai ? Qu'est-ce que tu viens de faire ?

La fraction de seconde qu'il me faut pour saisir la terreur dans les yeux de Maciej semble durer toute la nuit. Il me dévisage avec l'expression d'une crainte terrible. Il se passe quelque chose au fond de moi. C'est comme si je me fissurais de l'intérieur. J'ai l'impression d'avoir fait une erreur en libérant Alicja. Une terrible erreur.

Elle se jette sur lui comme une furie et le pousse férocement contre l'établi. Les outils et les instruments sont balayés lorsque Maciej percute le meuble avec une force inouïe. Une pluie d'inox et d'acier tombe sur les lattes abîmées. Je suis tétanisée, Alicja lui saute à la gorge avec une énergie animale et saisit un des instruments pour le frapper au visage. Maciej encaisse, Maciej esquive tandis que Tadeusz retire le clou de sa rotule avec la main que j'ai libérée quelques instants plutôt. Sans attendre, l'homme à la salopette retire les derniers liens le contraignant assis.

Maciej repousse comme il peut la tigresse hystérique et cherche à fuir. Qui dit vrai ? Qui dit faux ? Est-ce que Maciej est réellement un monstre ? Est-ce qu'Alicja est vraiment une victime ? Les rôles s'inversent, provoquant une sorte de court-circuit dans ma tête. Un couteau trouvé par terre rejoint la main d'Alicja et d'un mouvement rageur, elle tranche en surface le bras de Maciej qui ne parvient pas à éviter l'assaut. En se tenant le biceps entaillé, il me regarde au milieu du chaos et m'implore de prendre la fuite dans un hurlement poignant.

— Ewa ! Sauve-toi ! Sauve-toi, je t'en supplie !

Tadeusz plaque son fils adoptif sauvagement pour le maintenir au sol et le faire taire. Il lui assène un magistral coup de poing pour l'assommer. Il cogne encore et encore. Mon cœur me hurle d'aller l'aider, ma raison me siffle le contraire dans les oreilles. Je ne sais plus quoi penser, je suis paralysée. Tout va très vite, trop vite.

Avant que j'aie le temps de faire le moindre pas, une vive décharge dans mes lombaires me fait mettre un genou à terre. Je suis frappée une nouvelle fois. Je valdingue, ma tête heurte le plancher et un goût de sang inonde ma bouche. Je m'effondre, totalement sonnée. La joue plaquée sur le sol immonde, je distingue des talons. Des souliers que je reconnais. En levant la tête vers mon agresseur, je distingue des yeux aciers, un chignon, puis plus rien. Le trou noir.

CHAPITRE 46

J'ai perdu connaissance et c'est une averse de claques qui me ramène à la vie. Une migraine atroce m'accueille au réveil et comprime ma tête si bien que ma vue se dédouble lorsque j'ouvre les paupières. Ma nuque est raide, lever le menton m'est impossible pour l'instant. Je suis assise, je distingue mes genoux et le sol. Une insupportable douleur traverse mes reins et descend derrière mes cuisses. Je tente de me relever, mais je suis attachée. On dirait la chaise sur laquelle Tadeusz était torturé. Maciej est ligoté, à mes pieds, au milieu des instruments et des outils qui jonchent le sol. Ses yeux sont clos, il est inconscient.

Deux paires de bottes en cuir parfaitement cirées s'immobilisent à proximité, entre l'établi et Maciej. Après un effort surhumain, je relève lentement les yeux. Les bottes noires enserrent des pantalons à pinces gris ou kaki, bouffant sur les cuisses. Je découvre de longs manteaux ouverts, aux épaules galonnées. Une ceinture en cuir, avec un étui sur le côté. Un aigle sur le cœur, des boutons argentés. Des visages fermés sous les képis de deux gradés. Les soldats ont les mains derrière le dos et me contemplent avec un sourire froid, comme si j'étais une bête de foire.

Dans mon dos, les talons de Melle Szyller marquent quelques pas. Ses mains froides glissent sur mes joues encore en feu. La Directrice me relève la tête brutalement. Un imposant miroir sur pieds s'élève juste en face de moi. Tadeusz le maintient à la verticale sans dire un mot. Je vois mon reflet, ma pommette sérieusement touchée, puis le visage de la Directrice au second plan. Juste à côté d'elle, Alicja se tient sous une couverture de l'armée et me fixe avec un sourire malsain. Szyller m'a suivie jusqu'ici, Alicja est sa complice. Qu'est-ce qui m'arrive ? Qu'est-ce qu'elles attendent de moi ? Pourquoi des soldats assistent à tout ça ?

— Messieurs, je vous présente un spécimen remarquable. Cette fille est unique, vous pouvez me croire. C'est un excellent choix !

L'un des soldats nazis chuchote en allemand dans l'oreille de son frère d'armes. J'ai l'impression qu'il traduit les propos de la Directrice. Szyller demande à Alicja de maintenir ma tête fermement. Elle a un geste tendre envers elle. Une main délicatement posée sur le sommet de son crâne, un sourire bienveillant. Des petites attentions qui trahissent un secret bien gardé entre les deux. L'attitude de Szyller transpire la satisfaction, Alicja a bien travaillé. Elles sont de mèche, comment n'ai-je pas pu le voir plus tôt ? Je me suis fait berner si fort que je me retrouve une nouvelle fois sonnée. Mes idées s'emmêlent, je ne comprends plus rien. Beata reprend en allemand et s'adresse aux militaires. Le ton est mielleux, le sens m'échappe.

Tandis qu'Alicja tire sur mes cheveux pour m'obliger à regarder droit devant, dans mon reflet, Beata place ses doigts sur mes cernes et mes paupières afin de les écarter pour les maintenir ouvertes. À voix basse, l'Allemande me susurre :

— Il est temps pour toi Ewa, de nous révéler ce qui se passe lorsque tu es confrontée à un miroir.

— Ne... Ne faites pas ça...

— Tu vas t'observer et nous montrer ce dont tu es capable.

— Je vous en supplie...

— Ces messieurs n'attendent que ça.

— Pourquoi ? Pourquoi vous me faites ça ?

— Je n'étais pas tout à fait prête, mais tu semblais vouloir rejoindre la forêt à tout prix.

— C'était un piège...

— Disons que tu es venue ici de toi-même. L'occasion était trop belle. Et puis... je leur ai promis.

— Pitié ! Beata...

— Une promesse est une promesse. Ne me fais pas perdre de temps.

Maciej gémit mollement au pied du miroir. Il recouvre ses esprits et grogne de douleur. Les Allemands rompent leur posture pour le tirer à côté de l'établi. D'un mouvement agacé, ils l'abandonnent comme un sac de viande et reprennent position pour ne pas perdre une miette du spectacle. Alicja m'encourage en serrant mes cheveux un peu plus fort :

— Allez Ewa ! Laisse-toi faire ! Obéis !

— Ne m'obligez pas ! Je ne veux pas.

— Tu n'es en vie que parce que ces messieurs sont curieux. Ne nous fais pas perdre de temps.

Les gradés de la Wehrmacht s'impatientent, les ongles de Beata se plantent autour de mes yeux. Résignée, j'abandonne mon regard dans le reflet piqué par l'humidité.

Des particules noires naissent dans la pièce et bougent lentement en apesanteur.

— Je suis trop loin.
— Ne raconte pas d'histoires !
— Ça ne peut pas marcher à cette distance.
— Je te conseille de rester sage !
— Il faut que je sois plus proche. Sinon vous ne verrez rien.

Une phrase sèche prononcée en allemand est adressée aux soldats. Chaque paire de bottes se poste de part et d'autre du miroir. Avec l'aide de Tadeusz, ils rapprochent l'imposante glace. Tout le monde se tient prêt, sous le regard de Maciej qui me contemple avec cette expression mêlant stupeur et curiosité, cette expression que j'ai du mal à assumer. J'aurais dû le croire. Il voulait faire éclater la vérité et pousser Tadeusz à passer aux aveux. Il a enfermé Alicja dans la cave pour sa propre sécurité. Maciej avait tout compris avant moi. Cette évidence me fend le cœur et m'arrache des larmes roulant sur les pouces de Szyller. Mes yeux se posent une dernière fois sur lui, puis les mains hostiles me rapprochent du miroir.

— Je suis désolée Maciej.
— Ewa, ne fais rien. Ne te laisse pas faire ! Tu n'es pas obligée !
— J'aurais préféré que tu n'assistes jamais à ça.

Ma figure crispée avance inexorablement vers le miroir. Mon cou est tendu, les veines sont apparentes. Les mines curieuses des gradés sortent lentement du cadre dans le reflet. Mon nez approche encore, il ne reste que les faciès concentrés de Beata et d'Alicja dans mon dos. Entre mes dents, je siffle une dernière phrase, un avertissement que chacun devrait prendre au sérieux :

— Si vous saviez… vous ne feriez jamais ça.
— Tais-toi ! On sait que tu peux être violente.
— Vous ne devriez pas…
— Silence ! Regarde-toi.

À la surface, je ne vois que mon visage désolé. Au pied du mur, je ne peux que m'abandonner au miroir, à cette malédiction qui me pourrit la vie depuis longtemps et que je fuis depuis la mort de mes parents. J'ai peur. Peur des secondes qui vont suivre, de ce que je vais découvrir, de ma perte de contrôle à venir. Je redoute le bain de sang qui va découler de la vérité. Je regrette que Maciej soit là pour y assister. Ma rétine se fige. Mes pupilles se dilatent, je scrute cette fille aux abois. Je ne me reconnais plus. Est-ce que c'est bien moi ? Ma vue se brouille, tout devient flou, les particules de suie deviennent plus denses. La vérité s'inscrit entre moi et le reflet qui me happe. Plus rien n'existe autour. Je bascule de l'autre côté.

CHAPITRE 47

Un premier flash lumineux me propulse dans Miedzeska, bien avant que je ne me retrouve enfermée. Je reconnais l'aile ouest et l'enfilade de fenêtres cadenassées dans le couloir. À travers les vitres, je vois pour la première fois le ciel azur et le soleil dominant le parc bien vert. Sur le carrelage, des souliers glissent et se débattent à contre-courant. Alors que les semelles couinent, les cheveux blond platine sont tirés par une main énergique, celle d'Iwona. Sur le visage de l'interne emmenée de force dans le bureau de la Directrice, d'importantes griffures témoignent d'une querelle violente. Des bourgeoises en sont venues aux mains. Zofia est agitée, elle ne veut pas être punie, mais il est trop tard.

La porte du bureau de Melle Szyller s'ouvre et la surveillante jette l'interne rebelle à l'intérieur sans ménagement. L'Allemande au chignon impeccable se tient devant la fenêtre, dans ses mains, les lanières de Greta sont avides de sanctions. Zofia proteste, Zofia se défend. En vain. Tour à tour, elle dévisage Melle Szyller et l'autre interne liée à cette affaire. Sur une des chaises disposées devant le secrétaire en bois, une bourgeoise aux cheveux roux hirsutes et aux yeux rougis patiente en évitant de croiser le regard de l'accusée. D'un côté, la victime aux taches de rousseur s'enfonce dans le dossier, de l'autre, l'inculpée clame son innocence. Le martinet claque dans la paume de l'Allemande, Beata n'est pas d'humeur.

— Silence Zofia !
— Mais, mademoiselle Szyller…
— Déshabillez-vous.

Le ton autoritaire implique une obéissance sans retenue. L'uniforme tombe à terre, sous les yeux d'Alicja.

— J'attends que vous présentiez vos excuses à votre camarade.
— Je suis désolée… mais je n'ai pas à m'excuser. Elle peut toujours courir !

Les talons de la Directrice s'approchent dangereusement de Zofia qui frissonne en petite tenue. Le regard acier crucifie la pensionnaire agressive.

— Je n'aime pas me répéter.

Zofia déglutit et annonce finalement qu'elle regrette. Elle n'aurait pas dû en venir aux mains et déplore s'être bagarrée devant tout le monde. Alicja se contente de l'observer en silence.

— Maintenant, sur la chaise.
— Pitié, pas Greta !
— J'ai dit « Sur la chaise ». Regardez le mur. Tenez-vous au dossier.
— Je me suis excusée !
— Dois-je rajouter quelques coups de fouet ?

Le supplice du martinet débute. Les cris retenus par la fustigée répondent aux lanières. Alors que le dos de Zofia vire au rouge le long de la colonne, Alicja contemple la sanction d'un air amusé. Terrassée par la douleur, la bourgeoise abandonne la chaise et reste prostrée à terre en tremblant. Je suis déjà passée par là, je ne peux que partager la souffrance qu'elle endure.

— Rhabillez-vous à présent, je ne veux plus vous voir.

— Pitié… je vous en supplie.

— Cessez de geindre. Iwona vous escortera jusqu'au baril.

— Mademoiselle Szyller ! Ne me faites pas ça !

— Sortez.

Une fois seule avec Alicja, Beata regagne l'angle du secrétaire. Du bout des doigts, elle décale la statuette, celle de l'aigle inspiré du IIIe Reich pour poser une fesse sur le bureau. Dans une attitude plus informelle, elle sourit en posant son regard sur la rousse dans la chaise.

— Il faut que tu te calmes.

— Je sais. Mais elle m'a cherchée.

La Directrice approche encore un peu et dépose délicatement sa main sur l'épaule d'Alicja avant de lui adresser une petite tape bienveillante.

— Lève un peu le pied. C'est tout ce que je te demande.

— Je vais faire des efforts. Je vous le promets.

— Je ne peux pas passer mes journées à punir l'ensemble des pensionnaires à chaque fois que tu dépasses les bornes.

— Mais je pensais que c'était mon rôle de « Terreur » ?

— Et c'est ce que nous avons convenu. Mais ne va pas trop loin.

Szyller ouvre ses mains puis écarte les bras, comme pour inviter Alicja à un câlin en toute innocence. La

Terreur de Miedzeska se réfugie contre la poitrine de Beata. Je ressens un lien fort, quelque chose de très particulier.

— Je suis désolée de vous décevoir.

— Je ne suis pas déçue. C'est moi qui t'ai suggéré de te faire une réputation et de t'endurcir pour ne pas souffrir.

Les mains de l'Allemande caressent les cheveux d'Alicja dans une complicité insoupçonnée. La Directrice reprend :

— Il faut qu'on te craigne. La crainte impose le respect. Tu n'as pas besoin de te battre.

— Je vais me rattraper. Je ne veux plus vous décevoir.

Melle Szyller saisit les épaules de sa protégée. C'est étrange, c'est un peu comme si c'était sa mère. Elle l'examine avec tendresse avant de relâcher son étreinte.

— J'en suis certaine. Tu me fais penser à mes jeunes années.

— Beata, vous êtes comme une mère pour moi. Je n'ai que vous.

— Je sais mon enfant. Je sais.

— Pourquoi moi ? Pourquoi m'ouvrir votre cœur ?

— Je n'ai jamais pu avoir d'enfant. J'imagine que je trouve en toi la petite fille que je n'ai jamais eue.

Le sourire qu'arrache cet aveu aux lèvres de Beata est étrangement humain. Ces deux-là s'apprécient. Je ne pensais même pas que le cœur de Szyller pouvait battre pour quelqu'un.

— Tu dois y aller maintenant.

— Bien, Beata. Merci pour tout.

— Ne me remercie pas. Et rappelle-toi…

— Oui… Tout ceci doit rester entre nous.

***

Un autre flash me place devant la porte 16 et dans une autre période – à en croire le givre cristallisé sur les fenêtres du couloir. La Directrice vient de serrer la main de mon oncle et le raccompagne jusqu'à la sortie. Elle est troublée et dissimule un petit sourire inquiétant en empruntant les escaliers. Tout en se tenant à la rampe, elle rompt le silence devant les imposantes portes principales :

— À la lueur de votre récit, je vous fais la promesse de la tenir éloignée du moindre miroir.

— Mademoiselle Szyller, merci de me rassurer. Vous comprenez qu'il est vital pour Ewa, comme pour l'ensemble de l'établissement, qu'elle ne soit jamais exposée à son reflet.

— Vous pouvez compter sur moi. Aurai-je le plaisir de vous croiser lors des visites de Noël ?

Oncle Lesław semble pensif et se racle la gorge pour s'éclaircir la voix.

— Si je ne peux pas me libérer, à quelle date serait fixée la prochaine visite ?

— Au mois de mars. Une visite par trimestre, je vous le rappelle.

Tout en ajustant son costume et son manteau, il grimace et affirme vouloir faire son possible afin d'être présent pour les fêtes. Il confirmera sa venue juste avant. En foulant l'allée de graviers jusqu'à la voiture, Szyller affiche un sourire que je ne connais que trop bien. Un sourire totalement faux.

— Au plaisir de vous revoir dans quelques jours. Je m'en réjouis par avance.

— À très bientôt. Prenez soin de ma nièce.

— Je vais m'y employer, vous pouvez me croire.

La traction vrombit devant le portail avant de quitter la pension. Beata contemple la Fiat s'éloigner alors qu'Iwona la rejoint.

— Vous vouliez me voir ?
— Faites-moi venir Alicja je vous prie.
— Elle termine les exercices d'endurance.
— Ça ne peut pas attendre. Je souhaite la voir sur-le-champ.

Devant les marches de l'internat, une fois que les filles essoufflées regagnent leur chambre, Alicja et la Directrice échangent quelques mots au cours d'une entrevue confidentielle.

— Ma chère Alicja, tu as de la compagnie.
— Une nouvelle voisine de chambre ?
— Tout à fait. Elle est très particulière.
— Quand arrive-t-elle ?

L'Allemande croise les bras et lève la tête en direction des fenêtres au premier étage.

— Elle est déjà là.

Les yeux acier de la Directrice scrutent l'horizon puis balayent le parc. À travers la lourde porte entrebâillée, elle lance un regard à l'intérieur de l'établissement afin de s'assurer qu'aucune oreille ne traîne, puis elle poursuit à voix basse :

— La vente des filles vient de prendre un nouveau tournant.
— Dois-je comprendre que vos contacts dans la Wehrmacht ont signé ?

— Pas encore, mais la « nouvelle » pourrait les inciter à conclure.

Elle se penche et souffle au creux de l'oreille d'Alicja :

— Avec beaucoup d'argent à la clé. Tu auras ta part, comme promis.
— À ma majorité ?
— Bien sûr, je fais toujours ce que je dis.
— Que dois-je faire ?
— Vois-tu, cette fille semble avoir un don très spécial.
— Spécial ?
— En effet, un don que mes clients devraient apprécier. Une telle particularité vaut son pesant d'or.
— De quoi s'agit-il ?

Beata se contente d'une moue circonspecte avant de lâcher :

— De miroir, apparemment. Cela paraît étrange, mais il se passe quelque chose avec les miroirs.
— Les miroirs ?
— Je t'expliquerai. En attendant, j'ai besoin d'en savoir plus.
— Bien, mais… ?
— Tâche d'en apprendre davantage sur son secret. Je veux savoir exactement ce qui arrive à cette fille quand elle contemple son reflet.
— Je vais trouver. Faites-moi confiance.
— Je t'avais offert une glace avec un manche, il me semble ?
— Oui. Avec des pierres incrustées.
— Tâche de te débrouiller pour qu'Iwona ne trouve pas ce miroir. Il te sera utile.
— Je vais faire de mon mieux.
— Monte vite. L'heure du repas approche.

***

Nouveau flash, nocturne cette fois. À l'heure de l'extinction des feux, la surveillante en surpoids longe le couloir silencieux d'un pas alerte et ouvre la porte de la chambre 16. J'ai déjà vécu cette scène, d'un autre point de vue.

— Alicja, Melle Szyller veut te voir.
— Pardon madame ?
— Immédiatement.
— Bien madame.

Je me souviens de la surprise dans le regard d'Alicja et de sa terreur – une terreur parfaitement jouée. Elle se chausse, quitte la chambre et se fait escorter par Iwona jusqu'au bureau de Beata. Oui, je me souviens… sauf que cette fois, le miroir me dévoile la suite. La lumière est intime, Melle Szyller est assise devant son secrétaire, l'air contrarié. Alicja prend place, Iwona est remerciée. L'Allemande assure qu'elle raccompagnera l'interne dans sa chambre. Une fois la porte refermée, la Directrice s'inquiète de l'heure et du temps qui passe. Son visage est tendu, elle est stressée.

— Combien de temps devons-nous patienter ?

Alicja inspire profondément, tout en s'enfonçant dans sa chaise.

— C'est une question de minutes. J'imagine que Zofia saura la pousser hors de sa zone de confort assez rapidement.
— Elle ne se doute de rien ?
— Qui ça ?
— Zofia.
— Non, aucun risque. Le bruit court qu'elle veut simplement se venger. Je me suis contentée de jeter de l'huile sur le feu en évoquant les miroirs.

— C'est risqué, très risqué.

— Au contraire, nous aurons un petit aperçu sans avoir à nous salir les mains. Je préfère n'éveiller aucun soupçon.

— Je ne veux pas qu'Ewa soit blessée.

— Comment ça ? Ce n'était pas une priorité !

— Je m'entends. Je veux dire « sérieusement » blessée.

— C'est une dure à cuire, vous n'avez rien à craindre.

Le silence reprend ses droits tandis que toute la pension s'endort paisiblement. Toute la pension, ou presque. Szyller tapote nerveusement le sous-main en cuir qui protège le bureau puis elle reprend :

— Il y a autre chose. Je n'apprécie pas ton initiative.

— Quelle initiative ?

— Je ne cautionne pas ton choix avec le miroir.

— Celui de l'infirmerie ?

— Non, le miroir du réfectoire.

Après un claquement de langue, Szyller soupire et secoue la tête en signe de désapprobation.

— « Sorcière ». L'inscription vient de toi, n'est-ce pas ?

— Vous m'aviez dit de faire vite, j'ai voulu prendre les devants et la faire réagir.

— Tu sais qu'aux yeux des pensionnaires, je ne peux pas laisser passer ça.

— Personne n'en saura rien.

— Il faut un coupable. La punition doit clore l'incident.

— Prenez une fille au hasard.

— C'est tentant, mais la rumeur reviendra tôt ou tard.

— J'irai dans le baril si cela peut vous permettre de rappeler aux internes qu'on ne plaisante pas avec les règles.

— Je ne suis pas totalement convaincue. Ewa va l'apprendre.

— Je lui avouerai. C'est mieux qu'elle l'apprenne de ma bouche.

— Certainement pas ! Elle ne te fera plus confiance.

— Je lui dirai que je voulais faire accuser Zofia pour qu'elle la laisse en paix. Elle est fragile, elle me pardonnera.

Alicja demande à l'Allemande de lui faire confiance, elle assure qu'elle va réparer cette petite erreur. Szyller plisse les yeux pour assimiler l'idée, avant de conclure :

— Ça se tient.

La Terreur de Miedzeska semble avoir la situation bien en main. Elle se détend et s'adosse une nouvelle fois à la chaise avant de changer de sujet.

— Et vos contacts ? Où en sommes-nous ?
— Ils se font de plus en plus pressants. Ils sont prêts à tripler la mise et...

Soudain, la porte s'ouvre. L'infirmière se présente, le souffle court et le regard paniqué. La soignante reprend sa respiration, elle est pâle. Affolée, elle se tient à la poignée et semble avoir du mal à parler.

— Zofia a disparu de l'infirmerie !

Un regard entendu entre les deux complices précède un étonnement aussi factice que crédible.

— Il n'y a pas une seconde à perdre !
— Ce n'est pas tout mademoiselle Szyller. Il manque un miroir et des scalpels ! Je suis très inquiète.
— Comment une telle chose a-t-elle pu se produire ?
— Je ne sais pas. Je suis désolée mademoiselle Szyller.

Alicja quitte le bureau, précédée par Beata. Iwona trottine comme elle peut dans le couloir et les interpelle, à bout de souffle.

— Ça tourne au carnage dans les chambres !
— Qu'est-ce qui se passe encore ?
— Zofia et Ewa...
— Iwona, faites venir Tadeusz immédiatement !

***

Un nouvel éclat lumineux, aussi fulgurant que brutal, me place derrière le secrétaire de la Directrice, à une autre période. Le tiroir est ouvert, Alicja saisit une liste. Je reconnais le document que je tenais à récupérer, celui de la « mission ». La porte du bureau s'ouvre et Szyller vient de la prendre sur le fait.

— Je ne te permets pas de fouiller dans mes affaires.

— Pourquoi mon nom figure sur cette liste ? Vous voulez me vendre !

— Alicja... ne dis pas n'importe quoi.

— Répondez-moi !

— Je brouille simplement les pistes, on n'est jamais trop prudent. Jamais je ne pourrais te vendre. Tu m'es trop précieuse.

— Quoi qu'il en soit, elle suspecte quelque chose !

Alicja exhibe la feuille sans parvenir à masquer son anxiété.

— Je suis coincée. Qu'est-ce qu'on va faire ?

— Ewa sait pour la liste ?

— Je pense qu'elle se doute de quelque chose. Je ne suis pas certaine qu'elle fasse le lien avec les disparues. Elle n'a que des soupçons pour l'instant. De gros soupçons.

— Dis-lui que tu n'as rien trouvé.

— C'est ce que je fais depuis plusieurs jours. Mais...

— Mais ?

— Elle est convaincue que ce document est important. Elle est curieuse et tenace.

— Tu n'as qu'à la convaincre du contraire ! Vous êtes plutôt proches, non ?

— Nous sommes en froid. C'est compliqué.

— Tu m'avais assuré qu'elle passerait l'éponge à propos du miroir dans le réfectoire !

— Je dois lui rapporter cette liste si je veux qu'elle continue à se livrer à moi.

La Directrice croise les bras avant de se passer la main sur le visage. L'heure est à la réflexion. L'espace d'un instant, elle regarde dans le vague jusqu'à ce qu'une étincelle fasse briller ses yeux.

— Gagnons encore un peu de temps.

— Je n'ai plus le temps !

— J'attends l'accord de mes clients. Après, tu pourras lui donner ce qu'elle veut. Ça n'aura plus d'importance.

— Je dois lui rapporter quelque chose et je dois le faire ce soir. Elle attend de moi une preuve de ma venue ici, dans votre dos.

— Donnons-lui n'importe quel papier !

— Je pense que pour retisser nos liens rapidement, je dois rapporter quelque chose de probant.

— J'imagine que Greta pourrait être une preuve irréfutable de ta venue ? C'est assez probant à ton goût ?

Alicja se fige, l'idée lui glace le sang. Dérober Greta revient à s'attaquer à un symbole de l'établissement.

— Le vol de Greta va la faire paniquer. Vous ne croyez pas ?

— C'est exactement ce que j'imagine. Je procèderai à une inspection générale dès demain.

— Vous allez la punir sévèrement, j'imagine ? C'est brillant.

— Ewa sera accusée pour ce vol, isolée et punie. Le temps que je lève la sanction, mes clients auront donné leur aval et nous irons la livrer dans la forêt.

— Dois-je informer Tadeusz ?

— Non, il attend mes instructions. Retourne voir Ewa avec ton trophée. Je m'organise avec Tadeusz.

***

— Ce petit con se paye ma tête !

Les stylos et la tasse de thé font un bond magistral sur le secrétaire de Melle Szyller. Elle reste impassible alors que Tadeusz frappe une nouvelle fois du plat de la main.

— Ils sont ensemble ! Je le sais !
— Calmez-vous, je vous prie, Tadeusz.
— Que je me calme ? Vous voulez que je me calme ?
— Je suis de votre côté. Nous allons trouver une solution.
— Y a plutôt intérêt ! Maintenant que vos militaires ont signé, je ne veux pas passer à côté de l'argent.
— Ne vous inquiétez pas. Je m'y engage personnellement.

Il souffle comme un bœuf, il a le regard mauvais et les affirmations de la Directrice ne suffisent pas. Elle le sait bien et renchérit :

— Vous pensez que Maciej est au courant de nos agissements ?
— Je pense surtout que cette petite garce lui monte la tête et ouvre ses cuisses !
— Vous ne répondez pas à ma question. Est-ce qu'ils sont sur le point de tout découvrir ?
— Je n'en sais rien. Je ne crois pas. Ils veulent s'enfuir.
— Votre fils vous soupçonne-t-il ?

Le gros barbu serre les dents et pointe un index menaçant vers la Directrice.

— Ce n'est pas mon fils ! Que les choses soient claires !
— Pardon. Est-ce que Maciej vous soupçonne directement ?
— Qu'est-ce que j'en sais ? Il veut partir avec elle ! J'ai vu ses plans et j'ai trouvé sa petite carte ridicule ! Je ne sais pas ce qui me retient de casser les dents de cet ingrat !

Délicatement, Beata récupère la tasse depuis laquelle du Ceylan diffuse ses arômes puissants et regrette que son homme de main manque de sang-froid. En frappant sur le bureau, elle a renversé du thé noir. Le précieux liquide dessine un cercle autour de la tasse, marquant le bois du secrétaire. C'est fâcheux.

— Cette petite vermine mériterait que je le laisse crever au fond d'un trou. Après tout ce que j'ai fait pour lui ! Il veut me laisser et partir avec la première idiote venue !

— L'ingratitude est le lot de bien des enfants.

— Quoi ?

— Rien. Je veux dire que je vais rétablir la situation. Ne vous en faites pas.

Szyller quitte sa chaise puis place ses deux mains pour enserrer la tasse encore chaude avant de se poster devant la fenêtre. Elle songe à la suite du programme.

— Nous allons les attirer dans la forêt.

— Ah ? Ah bon ?

— Ewa se doute de quelque chose. Je le sens.

— Vous en êtes sûre ?

— Il y a des chances. En tout état de cause, elle est proche de Maciej. Elle va convaincre votre... Maciej... de s'y rendre.

— Et comment ?

— Vous allez kidnapper Alicja et l'emmener dans la maison. Elle est déjà informée.

— Et ? Je ne vois pas le rapport.

— Après l'enlèvement d'Alicja, Ewa voudra la retrouver. Tout laisse à penser qu'elle va envoyer Maciej à sa recherche. Une fois que nous aurons Maciej, Ewa viendra à nous. Et nos clients seront là pour admirer l'ampleur de ses dons avant d'en avoir la propriété.

***

Des aboiements viennent de loin et me happent dans un tourbillon nébuleux. Il s'agit d'une nouvelle vision, la tempête est passée. Je sens l'odeur de la terre humide. Je vois les vitres brisées. Les chiens se dégourdissent les pattes en pleine nuit. Visiblement, je viens de quitter Maciej et de mettre fin à notre parenthèse sincère. Alors que je m'observe en train de fouler le parc, rassurée et innocente, un jeu bien sombre se prépare à l'étage.

Le lit est entièrement saccagé. La table de chevet est jetée à terre rageusement. La pendule éclate en chutant au sol sous les yeux de Tadeusz. Alicja est essoufflée, mais satisfaite du carnage soigneusement élaboré. Au milieu du chaos, elle reprend sa respiration puis lance un regard par la fenêtre.

— Elle arrive. Tadeusz, vous avez un couteau ?
— Je dois avoir un canif dans mes poches. Pourquoi ?

Tandis que l'homme à tout faire cherche sa lame, Alicja arrache le drap pour l'étendre au sol avant de se placer en son centre. La grosse main du barbu lui tend le couteau et Alicja entaille sa peau avec minutie. Pas trop profond, juste assez pour que le rouge s'étende sur le tissu puis par terre. Elle fixe le liquide et les traces sur le carrelage en se disant que chaque détail compte. Avant que le drap ne la recouvre et que Tadeusz ne la porte sur ses épaules, Alicja comprime sa plaie et déclare :

— Il est temps. Arrachez votre bouton.

L'homme s'exécute et jette le bouton à terre, comme convenu. Tout est absolument parfait.

— À vous de jouer Tadeusz.

***

La lourde semelle écrase les feuilles mortes. Au cœur des ténèbres, un souffle rauque s'élève jusqu'à la cime des arbres. La maison abandonnée se profile, droit devant, tandis que les trapèzes de Tadeusz sont en feu. Pourtant, il ne se plaint pas. Devant le perron, il marque un temps d'arrêt et dépose le drap. Gesticulant pour se sortir du cocon de tissu, Alicja se libère et balaye du regard les alentours.

— Bien, tout s'est passé comme prévu.
— Tu aurais pu marcher quand même.
— Et prendre le risque de ne pas être crédible ?
— Il n'y a personne.
— Allons, vous êtes grand et fort…
— C'est ça… Bon, quelle est la suite du programme ?
— Il ne reste qu'à attendre.

L'homme à la salopette renifle bruyamment en reprenant son souffle, puis il essuie son nez du revers de la main en se dirigeant vers la maison. D'un geste bourru, il invite la Terreur de Miedzeska à le suivre.

— Je vais allumer la cuisine. On sera mieux à l'intérieur.

Une lueur pâle se diffuse à travers les fenêtres en mauvais état. Les minutes défilent et Alicja trépigne d'impatience. Sur un des tabourets de la cuisine, elle change régulièrement de position. La rousse croise et décroise ses jambes au cours de la discussion.

— Tadeusz ?
— Humm ?
— Qu'est-ce qu'ils vont lui faire ?

Il renifle une nouvelle fois et produit un son étrange avec sa gorge. Une sorte de raclement humide et collant déchire le silence avant qu'il daigne répondre.

— Ils peuvent bien lui faire ce qu'ils veulent.
— Vous ne vous l'êtes jamais demandé ?
— Écoute, je m'en contrefiche. Ils peuvent l'examiner dans un labo, lui faire faire des tests ou lui disséquer le cerveau, ce n'est pas mon problème. Du moment qu'ils payent, ils peuvent même la sauter avant si ça leur fait plaisir.

Alicja médite sur la profondeur de la réponse et replonge dans son mutisme en contenant du mieux possible les appels de sa vessie. Le bruissement des feuilles ponctue les minutes, puis elle ouvre enfin la bouche, hésite une seconde et demande finalement :

— Vous allez faire quoi avec votre argent ?
— Je t'en pose des questions ?
— Moi, je vais attendre la fin de la guerre et partir. Peut-être que je prendrai le bateau pour les États-Unis. Ou pour l'Angleterre. C'est bien aussi l'Angleterre, vous ne trouvez pas ?

Tadeusz répond avec un grognement. Il garde les bras croisés et fixe la porte d'entrée. Sur une sorte d'établi, il a déposé un rondin de bois mort et attend que son vaurien de rejeton franchisse le seuil. Il va lui faire passer l'envie de partir et lui donner une bonne leçon par la même occasion. On ne fourre pas son nez dans les affaires des autres, il se souviendra de cette raclée jusqu'à sa mort.

— La guerre ne fait que commencer ! Je garde mon pognon bien au chaud à Miedzeska et j'attends de voir.
— Vous n'avez pas de projets ?
— Tsss... Les rêves, c'est bien pour les gamines. Pour l'instant, j'accumule les zlotys sans les dépenser. Ça c'est concret.

— Il paraît que les Russes ont écrasé l'armée polonaise et que les Allemands avancent vite.

— Il paraît. Mais avec Melle Szyller, on n'a rien à craindre.

— Je sais.

— Il en met du temps. Qu'est-ce qu'il fabrique ce petit con ?

En poussant un soupir las, Alicja se redresse, abandonne son tabouret et cherche du regard les toilettes.

— Je n'en sais rien, mais je ne peux plus attendre.

— Ne bouge pas. Où tu vas ?

— Où sont les w.c. ? C'est urgent.

— À l'étage. Première à droite.

Dans le noir, elle monte les escaliers et pousse un hurlement tant elle est écœurée. Alerté par le cri, Tadeusz se lève et attrape la bûche en restant sur ses gardes.

— Qu'est-ce qui se passe ?

— Je ne peux pas faire là-dedans ! C'est une horreur. L'odeur est infecte.

Posté sur les premières marches, le gaillard antipathique fait une moue d'incompréhension avant de se détendre. Rien à signaler. Seulement une pisseuse un peu trop à cheval sur l'hygiène.

— Moi ça ne me gêne pas. J'y vais à chaque fois.

— Ça vient de vous cette odeur ? C'est ignoble !

— Tu n'as qu'à faire dehors si ça te dérange !

Je peux entendre l'expression « foutue bourgeoise » marmonnée dans la barbe du gros bourru. Lentement Alicja redescend, couvrant son nez de la main, elle réprime un haut-le-cœur et se rue vers la sortie. Tadeusz l'observe s'éloigner de quelques mètres et détourne le regard lorsqu'elle retire ses vêtements pour s'accroupir.

Les secondes passent et deviennent des minutes. Alicja ne revient pas. Il l'appelle plusieurs fois, mais ses mots se perdent dans le ronflement discret de la forêt. Inquiet, l'imposant bonhomme quitte sa position et marche vers la sortie.

— Alicja ?

Il effectue un pas sur les marches, puis un autre. Il sort et scrute les environs. Le corps de la gamine est étendu dans les feuilles. Elle bouge mollement en gémissant. Alors qu'il s'apprête à lui porter secours, une ombre surgit de nulle part et frappe Tadeusz avec une brutalité animale. Le rustre tombe à terre sans avoir le temps de comprendre ce qui se passe. Dans le noir, une voix s'élève juste à côté de lui.

— Il est temps de tout m'expliquer. *Papa.*

CHAPITRE 48

De retour dans la cuisine, face au miroir, je retrouve mon corps dans un sursaut fracassant. Le plongeon dans la réalité est si brutal que je fais reculer mes assaillants, surpris par la violence du phénomène obscur. Un magma noir s'empare de mon cœur gorgé de colère. Mes artères pulsent la haine, la fureur, beaucoup de souffrances et une envie dévastatrice de réclamer vengeance. Les particules de suie forment un ultime nuage noir avant de se dissiper autour des Allemands, de Beata et de sa bande. Pour eux, il ne s'est écoulé qu'une poignée de secondes. C'est le temps qu'il m'a fallu pour tout comprendre avant de provoquer un bain de sang. Place au carnage. Maintenant, je sais.

Les lugers sont braqués sur moi, les officiers affolés me tiennent en joue, prêts à vider leurs chargeurs. Mes oreilles sifflent et chaque muscle de mon corps est tendu, dur comme de l'acier. Ces pourritures me dévisagent tel un animal qu'il faut abattre. Au pied de l'établi, Maciej se redresse et tente de se libérer. Il m'implore de coopérer, me supplie de ne pas bouger. Les nazis le tiennent en respect, Szyller hurle des ordres en allemand. Ils ne devraient pas me quitter des yeux. Ils auraient vu avec quelle facilité mes liens peuvent céder sous la fureur qui m'anime. L'espace d'un instant, je croise le regard de Maciej et je sais bien qu'il ne comprend pas ce qui se joue au fond de moi. Il a cette expression qui traduit la terreur et la fascination. Je crois que tous les acteurs de cette pièce ressentent la même chose à mon égard, finalement. On veut voir Ewa en action, on veut savoir, mais personne ne se doute une seule seconde que des vies vont être emportées dans l'ouragan qui se prépare. Personne ne sait que j'ai les mains libres et que la fin approche.

Le reflet vient de me révéler la réalité, sans aucun filtre et dans sa totalité. J'ai vu la monstruosité sous tous ses angles. J'ai vu un complot, des âmes vendues au marché noir. Je suis omnisciente. Je suis enragée. Je ne suis plus tout à fait moi. Dans mon dos, la Directrice demande fébrilement :

— Ewa ? Ewa ? Tu es avec nous ?

Szyller cherche à comprendre. Les soldats m'examinent, le regard empli de questions. Ma respiration est animale. Dans ma tête, plus rien n'a de sens. Toutes mes idées convergent vers une inévitable effusion de sang. Entre mes dents, je siffle simplement :

— Ewa n'est plus là.

Ensuite tout va très vite. Trop vite. Surtout pour eux.

Un poignet cassé. Des doigts tordus. La crosse orientée et des coups de feu qui partent, juste après mon sursaut bestial. Une première balle logée dans la gorge du militaire à droite. Giclure et râle agonisant. Le chargeur est vidé dans le corps de l'Allemand à gauche. L'uniforme est troué, le képi chute, l'officier s'écroule devant les douilles encore chaudes.

Tadeusz abandonne le miroir et se rue sur ce qu'il reste de moi. D'un violent coup d'épaule, il m'emporte dans son élan. Je quitte le sol et m'écrase à terre sous la force de ce mufle. Le miroir abandonné tombe et explose sur le parquet pourri. Maciej hurle, Maciej tente de défaire ses liens. Les fragments tranchants glissent sur les lattes du plancher lorsque j'esquive un coup de poing venant du gros barbu vautré sur moi. L'attendrisseur est à portée de main. La pommette de l'ogre est fracturée.

En un battement de cils, je me dégage pour bondir sur la chaise. J'empoigne la Terreur de Miedzeska qui tente de s'échapper. La nuque d'Alicja est pliée d'un simple mouvement qui déclenche un craquement sordide, avant qu'elle expire une dernière fois et s'effondre comme une vulgaire poupée.

Beata, cette vieille peau de vache, fonce sur moi pour me plaquer rageusement contre le mur. Je lui mords l'oreille, le cartilage de Szyller est arraché, tenu entre mes dents. Elle hurle tandis que je m'empare d'un bout de glace létal. La peau tendre se déchire, le morceau de miroir est planté bien profond dans la jugulaire. Adieu la Directrice. L'Allemande se vide alors que Tadeusz remet le couvert avec une nouvelle charge qui me projette contre le fond de la pièce. Son poing se lève, j'enfonce mes doigts dans les yeux de ce porc avant qu'il ne cogne. J'appuie jusqu'à sentir les globes céder et éclater comme des bulles de savon sous mes pouces. Il s'écroule, terrassé par la douleur. La boucherie prend fin avec ce hurlement, mon hurlement. Un cri libérateur, si puissant et si aigu qu'il fait fuir les oiseaux dans les environs, qu'il terrifie le gibier à plusieurs kilomètres à la ronde. Et enfin vient le silence.

Je crois que j'ai perdu le contrôle.

Un profond malaise me dévore lorsque la pression retombe et que je reviens à moi. De la chair, du sang, l'air est encore chargé de violence. J'ai l'impression d'être une horrible créature et je redoute le regard de Maciej. L'unique survivant de mon massacre est en état de choc. Il tremble, respire trop fort et ne dit rien. Je regrette tellement qu'il ait découvert cette facette abjecte de ma personnalité. À l'aide d'un débris de la glace, il cisaille ses liens tandis que mes forces m'abandonnent et que le sol tangue sous mes pieds. Je voudrais faire un pas dans sa direction et lui dire ce que j'éprouve pour lui, lui prouver que je ne suis pas un monstre et lui jurer que ça n'arrivera plus jamais. Il marque un mouvement de recul lorsque j'approche. Je crois que ça me fait mal au cœur sur le moment. Je crois que mes idées se diluent, je crois surtout que je fais un malaise. Je chute lourdement, les yeux rivés sur le plafond qui porte les traces de cette boucherie.

Au milieu du chaos, Maciej rampe jusqu'à moi. Je sens ses mains sur mon visage, puis ses bras qui m'enlacent. Son souffle craintif frôle mes joues. Il me répète que ça va passer, qu'il faut que je me relève, que nous ne pouvons pas rester dans la forêt. Avec son aide, je quitte la cuisine et les corps froids qui voulaient me monnayer.

L'atrocité est derrière nous à présent. Nous courons aussi vite que notre état le permet, les branchages me griffent tandis que Maciej me tire par la main. Tout est confus. Je sais seulement que je galope à en perdre haleine, sans jamais me retourner. Je le suis et je m'accroche à la mélodie lugubre de ses poumons qui sifflent. J'ai les bronches en feu, les jambes lourdes et j'avance à un train d'enfer jusqu'à cette route croisée à l'orée du bois.

C'est une longue ligne droite s'étirant à l'horizon. Le ruban de bitume sépare la forêt en deux et se déroule à perte de vue. On a marché, marché si longtemps que mon esprit refuse de s'en souvenir précisément. On a trouvé un véhicule. Un fourgon ou un camion, c'est confus. Je ne sais pas comment Maciej s'est débrouillé, mais il avait l'air de savoir ce qu'il faisait. On a quitté Miedzeska pour se réfugier en ville et se terrer dans le sous-sol sombre et humide d'un immeuble en ruines, au milieu des rats, dans les quartiers ravagés de Cracovie.

À partir de cet instant, on s'est fait la promesse de ne jamais mentionner les évènements traversés. Sous les balles, sous les bombes, au cœur des déportations, nous avons scellé notre secret. Notre pacte est simple, le passé doit rester une blessure silencieuse que l'on garde bien au chaud. Dans la misère, au cœur de la guerre, la survie de notre couple s'appuie sur des silences affamés, sur des regards incertains et sur des maux qu'il vaut mieux taire. Lui comme moi, avons la sensation qu'une partie de nous est restée à Miedzeska. Mais on n'en parle pas, jamais, on se l'est juré.

La guerre a fait rage. L'horreur que nous avons vécue dans la forêt s'est faite discrète, écrasée par un plan de destruction massive venu de Berlin. L'histoire avec un grand H a étouffé la nôtre, ne laissant que des cendres et des miettes dans nos vies pour tout reconstruire. Mais parfois, il suffit d'un rien, d'un tout petit embryon de vie pour que l'espoir naisse à nouveau.

ÉPILOGUE

Plusieurs années plus tard.

Quelques cartons amassés ici et là captent la lumière d'une après-midi d'été. Les pièces sont encore vides, il me reste à déballer nos affaires dans la cuisine ainsi que dans les chambres et le salon. Il me faudra des jours pour en venir à bout avant de m'attaquer au grenier. Bien sûr, quelques travaux sont à prévoir, j'aimerais apporter notre touche et dissimuler les fissures courant le long des murs. Une modeste maison à rénover dans le nord de la France, c'est tout ce que nous avons pu nous offrir. L'argent de mon oncle, débloqué par maître Musial, ne vaut plus grand-chose à présent. C'est mieux que rien et je m'en réjouis. Je ne sais pas où se trouve Lesław, je ne sais même pas s'il est encore en vie. Parfois, je l'imagine se garer juste devant chez nous et descendre de sa belle voiture dans son costume impeccable, même si je sais malheureusement que ça n'arrivera jamais.

Les cloches de l'église d'Auberchicourt s'invitent dans la maison ouverte en grand, celle que l'on vient d'acheter. Il est 16 h, un vent tiède s'engouffre à travers la porte d'entrée tout en effleurant mes mollets. Je me dis qu'on sera bien ici. Les gens ont le cœur sur la main, la ville porte encore les stigmates de la guerre et il faudra du temps pour reconstruire le centre, c'est vrai. Pourtant ce quartier de migrants polonais nous ressemble. Il est cabossé et tourmenté, mais reste farouchement tourné vers demain.

Dehors, Maciej s'attèle à repeindre nos volets sur des tréteaux improvisés. Je l'observe s'appliquer dans le jardin et râler lorsque les enfants du coin s'agglutinent contre le grillage. Puis je contemple l'autre côté de la rue. J'aime cette vue sur le clocher qui se détache d'un ciel bleu, immaculé et pur.

Maciej fait de son mieux pour que nos vies retrouvent un équilibre même si l'harmonie reste fragile. Il lui a fallu du temps pour accepter. Pour m'accepter telle que je suis. Ça n'a pas été facile pour notre couple. Il y a eu des hauts et des bas, des silences qui ravivent les doutes et les blessures. Nous sommes encore victimes de cauchemars, toujours les mêmes. Si mes terreurs nocturnes sont insoutenables, les siennes me mettent en scène. À son réveil après une nuit agitée, Maciej est différent, ses yeux cherchent à me sonder. Puis le calme et la routine l'apaisent et la vie reprend son cours. Je m'y suis faite, je m'adapte. Il arrive encore que son regard se voile et que sa tristesse me replonge entre les murs de cette pension. Je ne sais même pas comment nous avons trouvé la force de laisser Miedzeska, la guerre et les bombardements derrière nous. Je ne peux que remercier le ciel chaque jour de nous avoir laissés passer en France, entre les mailles du filet.

Alors que je déballe du linge et mon matériel de couture, un petit garçon se tient devant notre portillon et contemple Maciej silencieusement. L'enfant insiste du regard, il chuchote. La peinture attendra un instant, l'homme de la maison m'interpelle en passant la tête par la fenêtre du salon.

— Ewa ? Le petit Malinowski a quelque chose à te demander.

— Oui ? Qu'est-ce qu'il veut ?

Maciej s'accroupit pour se mettre à sa hauteur et lui suggère de faire le tour du jardin pour venir me parler. Les pinceaux reprennent leurs activités et l'enfant se poste timidement devant la porte d'entrée.

— Bonjour madame, est-ce qu'Agnieska veut jouer avec moi ?

Il a l'air espiègle, mais il est poli. Notre petite princesse s'est liée d'amitié depuis hier et je crois qu'elle s'habitue à cette nouvelle vie bien plus facilement que nous. Je souris et réponds que je vais la chercher.

Je me rends dans sa chambre mais ne la trouve pas. Elle n'est pas dans la cuisine, je ne l'ai pas vue dans le jardin. Avant de m'inquiéter, je m'arrête devant l'échelle qui mène au grenier. À mes pieds, il y a sa poupée de chiffons.

— Agnieska ? Tu es là-haut ?

Aucune réponse. Je remets ma jupe en place et gravis les barreaux pour me retrouver sous le toit. Dans la pénombre, quelques faisceaux de lumière percent la toiture abîmée. Je balaye du regard les combles couverts de poussière et tends l'oreille. Un murmure discret me parvient. Des bribes de phrases en polonais :

— *Ne dis pas de bêtises, les Russes ne sont pas si méchants…*

Intriguée, je m'approche encore en me penchant sous la structure de la charpente.

— *Tu crois qu'ils vont nous faire du mal ? Arrête ! Tu me fais peur !*

L'ombre de ma petite fille se trouve dans un angle, elle est assise en tailleur devant un bric-à-brac difforme laissé par l'ancien propriétaire.

— *Papa et Maman me protègeront !… Tais-toi ! Tu dis n'importe quoi !*
— Agnieska ? À qui tu parles ?
— À personne, Maman.

Elle se redresse immédiatement, frotte sa petite robe blanche, que j'ai confectionnée avec amour, et prend une attitude tout à fait normale. Elle me dévisage avec les yeux de son père en haussant les sourcils. Perturbée, je bredouille et lui intime de descendre :

— Le petit Malinowski veut jouer avec toi. Je n'aime pas te savoir dans le grenier.
— J'arrive tout de suite !

Alors qu'elle s'apprête à me suivre, elle attrape ma main de ses petits doigts et désigne les objets amoncelés dans le recoin. Je ne vois que de vieilles caisses en bois, des morceaux de fer rouillé, des planches en piètre état et du tissu. Elle m'entraîne vers les antiquités et soulève un drap sale.

— Il y a un très joli miroir, j'aimerais beaucoup que Papa l'accroche dans ma chambre.

Sonnée, je rassemble mes idées et tente de conserver mon sang-froid. Il ne faut pas qu'elle sache. Je m'applique à éviter chaque miroir et chaque reflet pour le restant de mes jours. Je me le dois. Je le dois à Maciej et à notre fille. D'un geste sec, je recouvre la glace.

— Agnieska, tu peux me croire, ce n'est pas une bonne idée.
— Mais pourquoi Maman ? S'il te plaît !
— Je t'expliquerai quand tu seras grande.
— S'il te plaît ! Je t'en prie !
— Je ne veux plus rien entendre ! Allez, viens maintenant.

Alors que les enfants gambadent joyeusement et que les rires d'Agnieska s'élèvent dans le quartier, je rejoins Maciej afin de partager mon angoisse.

— Tu as une seconde ? Il faut que je te parle.
— Je t'écoute, mon amour.
— Arrête de peindre, s'il te plaît.
— Que se passe-t-il ? Ewa ?
— Il y a un miroir dans le grenier.

Sous un soleil de plomb, Maciej s'éponge le front et abandonne les pinceaux. Il prend très au sérieux les trémolos qui éraillent ma voix.

— Je vais m'en occuper ce soir. Tu n'as rien à craindre.
— Promets-moi de le faire.
— Je vais l'emporter au loin et le jeter dans l'étang.
— Tu me le jures ?
— Je termine de peindre et je m'en débarrasse. Promis.
— Ce n'est pas tout. Maciej, je suis inquiète.
— Ewa, qu'est-ce qu'il y a ? Dis-moi !
— Je crois qu'Agnieska entend des voix.
— Qu'est-ce que tu racontes ?
— Je te dis qu'elle parle seule !
— Tu es sûre ?

Il grimace et pose les poings sur ses hanches tout en examinant la joyeuse bande de camarades qui court en toute innocence. D'un geste de la main, il balaye mes allégations et me suggère d'oublier.

— Elle s'est peut-être inventé un ami imaginaire ?
— Je ne crois pas. Je suis sérieuse. Ça me fait peur.
— Ce n'est rien. Beaucoup de gamins font ça !
— Elle évoquait les Russes. Elle n'avait pas l'air de parler à un quelconque ami !
— Comment peux-tu en être aussi sûre ?
— Elle avait l'air... de se sentir menacée.

— Ewa, tu sais… ce n'est pas facile pour elle. Il y a eu beaucoup de changements en peu de temps.

Il m'enlace et dépose un baiser au creux de mon cou. Le frisson déclenché m'arrache un sourire. Les voisins d'en face se tiennent sur le pas de la porte. Je n'aime pas spécialement m'afficher en public, alors je me dégage en douceur et le prends par la main.

— Je suppose que tu as raison. Mais je t'assure qu'elle parle seule.

— Ne t'inquiète pas. Agnieska va très bien, regarde-la !

Sous mes yeux, je vois un sourire éclatant, des couettes blondes aux reflets chatoyants et des fou-rires insouciants. C'est évident. Il a raison.

— Je ne l'ai jamais vue aussi heureuse, c'est vrai.

— Et nous aussi, on sera heureux. Tu verras.

— J'espère seulement que ces voix arrêteront de l'embêter.

— Je t'en fais la promesse. Aussi longtemps que je vivrai, rien ni personne ne pourra la *persécuter.*

FIN.

Parfois les promesses ne suffisent pas. Maciej avait tort à ce sujet. Il ne s'agissait pas d'un ami imaginaire. Rien ne fera taire les voix de cette enfant. Le temps donnera raison aux inquiétudes d'Ewa, l'histoire nous en dira davantage dans « Persécutée ».

Persécutée **-** *Thriller Psychologique*

Ce qui vient d'arriver ? Je n'ai pas le droit d'en parler. Je ne devrais pas. Mes jours sont en danger. Les tiens aussi d'ailleurs. Toute personne ayant trempé là-dedans trouve la mort. J'ai croisé la route de la folie. Cette tornade a tout dévasté. Brisant ce que je suis, mon avenir, mon passé aussi. Elle se cache derrière les confidences fantasques d'une vieille dame fortunée. Ça commence par un sentiment ridicule les premières minutes, puis le doute s'installe. Le doute te détruit. Les voix qu'entend cette grand-mère. Les coïncidences déstabilisantes. Les demi-trahisons. Les coups dans le dos. Mes fantasmes tordus. Les contours aléatoires de la réalité. Des prédictions malsaines sur ma grossesse. Mes problèmes de santé. Toutes ces tensions avec ma belle-mère. Cette haine qu'on entretient depuis des années. J'oscille entre mensonges, délires et révélations. Je prends le risque de te dévoiler cette expérience perturbante. Ma plongée en eaux troubles, lente et inexorable. Jusqu'à ce que la vérité me touche de plein fouet. Jusqu'à ce que je comprenne que tout était sous mes yeux. Juste là. Que je n'ai rien vu. Rien compris. Je suis Pauline Malinowski et voici mon histoire.

Merci

Je dois te remercier d'avoir pris le temps de me lire jusqu'au bout. J'espère que ma plume t'a plu et que mon univers a réussi à te séduire. Derrière ce livre se cache une équipe formidable qui m'apporte un regard avisé et me conseille. Ces passionnés travaillent dans l'ombre et participent à cette grande aventure. Ils sont le prolongement de mes idées. Ils sont indispensables.

Je pense à Émilie Betoule, Frédéric Brusson, Valérie Dufourd, Annick Lecture, Natou Nat, Pascaline Picard et Catherine Sicsic. Je pense à ma moitié, qui me pousse et reste ma première lectrice. Je pense à mes amis : Damien Gruson et Claudie Libersa. Sans eux, Ewa ne serait pas Ewa.

Et si on faisait une petite pause entre deux thrillers ?
Une petite lecture gratuite, ça te tente ?

Je t'offre ***Pictural, l'amour derrière la toile*** : un texte léger, drôle et pétillant. Une histoire autour de l'art, une intrigue avec du suspense. Je te propose de venir télécharger ce livre directement sur mon site. Simplement pour te remercier de m'avoir lu jusqu'ici.

Ça se passe par ici :
http://matthieubiasotto.com/telechargez-pictural/

Je t'invite à me contacter par e-mail ou à me rejoindre sur Facebook.
Si le cœur t'en dit, il est possible de laisser un avis constructif sur Amazon, ou de me faire part de tes remarques à l'adresse suivante :
contact@matthieubiasotto.com

À très bientôt, Matthieu.

Du même auteur

YƎLL - *Thriller*

Quelqu'un ou quelque chose est revenu…

Sous la pluie incessante, contre le vent hurlant venu du large, dans la grisaille omniprésente, je compose avec ce qui est arrivé. Au cœur de la brume qui règne sur l'île et qui trouble ma mémoire, il y a nos larmes, il y a son sang. Et tout ce qu'on a vécu à Yell.

Sur ces terres maudites, sont enterrés de douloureux souvenirs, ceux qu'il faut oublier à tout prix. Je ne dois pas y penser, je ne dois pas en parler, pour essayer d'avancer, pour préserver ma sœur aussi. Parce que Perrine vit dans le passé, son deuil est insurmontable. Son mec est mort. Mort dans des circonstances étranges, c'est vrai. Elle voudrait comprendre. Elle voudrait pardonner. Elle voudrait, mais ce n'est pas une bonne idée. Quelqu'un ou quelque chose est revenu…

Autour du secret, il y a cette vieille aveugle. Il y a ce bélier noir, nos amis perdus de vue depuis le drame. Il y a ce froid installé entre ma frangine et moi. Et toutes ces choses qu'on ne perçoit pas à l'œil nu mais qui mettent à mal nos convictions. Oui, quelqu'un ou quelque chose est revenu… Pour déterrer le passé, faire tomber des têtes et rien ne semble pouvoir l'arrêter.

Après moi le déluge - *Thriller*

Deux trajectoires, une rencontre. Elle n'est pas d'ici. D'ailleurs chez elle, c'est nulle part. D'un côté Alep, de l'autre Marseille. La Syrie, la France. Elle… et moi… Elle voulait juste une main tendue, juste un peu d'aide… Je ne suis pas la bonne personne et cette nana enfermée dans le coffre de ma voiture l'ignore. Je devais mourir, elle voulait vivre. Mauvaise personne, au mauvais endroit, au mauvais moment… Certains appellent ça le Destin… Ce qui va se passer par la suite m'appartient. Ça va tout changer, à jamais.

On peut courir pendant des années, s'étourdir, s'enivrer, s'enfoncer dans des mauvais choix ou dans l'illusion d'avoir bien fait. On peut se mentir éternellement mais, quoi qu'il arrive, le passé finit toujours par nous rattraper.

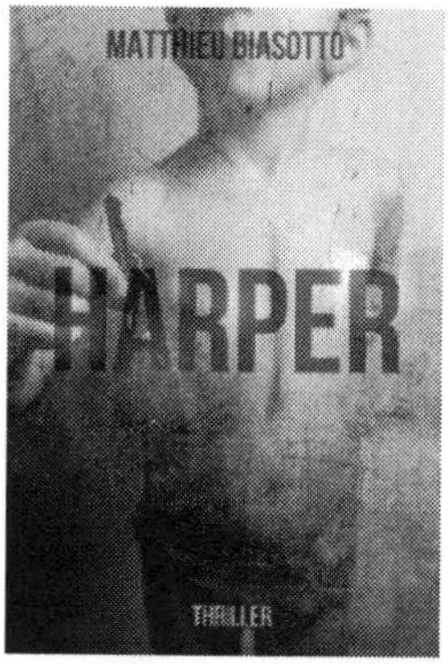

Harper - *Thriller*

Je crois que quelque part, je t'écris pour expier ce que j'ai fait, en espérant qu'un jour tu puisses comprendre et que tu trouves la force de me pardonner. Il faut que tu saches que j'aurais pu donner ma vie pour toi. Il n'y a pas de quoi être spécialement fier de mes actes et je ne suis pas un enfant de chœur, mais j'ai eu l'audace d'aller jusqu'au bout. Je n'ai pas pu rester dans la légalité, j'ai dû emprunter des chemins parfois obscurs et employer des méthodes dont personne ne peut se vanter. Il m'a fallu fuir Détroit pour le Mexique. C'est comme ça, qu'est-ce que tu veux…

Si je viens à disparaître avant le jour J, si je me fais serrer et que le dénouement m'échappe… On pourra dire de moi que j'ai été un sale type, un violent lunatique, un perdant pétochard et même un escroc sans scrupules. Mais toi qui poses les yeux sur mes mots, tu sauras que j'avais de bonnes raisons et que la vérité nous appartient. Tu sauras que je ne regrette rien et que si c'était à refaire, pour Toi… Je le referais.

Le Supplément d'âme - *Thriller*

Je ne me souviens de rien. J'ai tout oublié ou presque. Mon existence s'est arrêtée brutalement et la mort ne me veut pas. Je ne peux pas revenir. Je ne veux pas mourir. Pas pour l'instant. Pas avant que je ne comprenne ce que je suis. Ce que j'ai fait. Ce que mes proches ont comploté, dit ou pensé. Pas avant d'avoir saisi le sens de ma vie. Je voudrais découvrir ce qui s'est passé, savoir comment j'en suis arrivé là. Avant que l'on vienne me débrancher. J'erre dans une expérience parallèle qui m'échappe. Je suis Thomas. Thomas Garnier, et la seule question qui me hante est : Vais-je pouvoir encaisser la vérité ?

Kraft - *Thriller*

Rattrapé par la crise de la quarantaine, Gabriel est au bord du gouffre. Pour son anniversaire, Delphine, sa femme, organise une soirée en amoureux. Une ultime tentative pour sauver leur couple en perdition. Tout bascule, lorsque Delphine est assassinée sous les yeux de son mari. Une exécution froide qui marque le début d'une magistrale descente aux enfers. Gabriel va connaître les heures les plus sombres de sa vie. À la recherche de réponses et d'une mystérieuse enveloppe kraft, il découvre les travers de la femme qu'il vient de perdre. Lorsqu'il commence à comprendre, la partie vient de s'achever. À moins qu'une nouvelle ne débute…

Un Jour d'avance - *Suspense et paranormal*

À l'aube de l'enterrement de son frère, Élise traverse une période délicate. Elle est particulièrement sensible, à fleur de peau, dépressive et sous traitement médical. Son couple touche le fond. Elle assistera aux funérailles seule sous la contrainte de sa famille et prendra le train pour la rejoindre à Nice. À bord du convoi, sa vie bascule, un terrible accident menace le destin de centaines de voyageurs et elle est la seule à pouvoir tout arrêter. Elle tentera l'impossible pour éviter le pire. L'accident va la placer au centre d'une enquête palpitante dans laquelle tout l'accable : sa personnalité, ses troubles de l'humeur et les faits orientent l'investigation dans une course endiablée vers la vérité. Une mise en lumière entre intrigue intense, suspense viscéral et rebondissements savoureux. Lorsque les évidences nous mènent en bateau, lorsque les signes ténus sont laissés pour compte, lorsque les faits s'effacent sous le poids des doutes, le piège se referme mais il est peut-être trop tard…

À PROPOS DE L'AUTEUR

Je suis un auteur indépendant, j'ai fait le choix d'être libre. Mon écriture est accessible, parfois poétique. Ma plume peut être dure, j'assume. Je vis de mes choix. J'écris pour être lu, pour me mettre à nu. J'écris pour être Moi. J'aime m'essayer à des genres différents. J'écris tout simplement pour me faire plaisir. J'adore travailler la tension. La vitesse. Le souci du détail. J'éprouve un plaisir étrange à échafauder de nouvelles histoires. Je jubile à l'idée de manipuler l'esprit, au moins un peu. Pour moi, la plume est un moyen de m'ouvrir et de me connecter au monde. D'entrer dans les vies, dans les foyers, dans les discussions et dans les cœurs tout en repoussant les limites de mon imaginaire. Il n'y pas de plus beau métier.

Vous pouvez me rejoindre sur Facebook, sur le groupe administré par les lecteurs : l'Univers de Matthieu Biasotto

Je réponds à toutes vos questions et réalise quelques vidéos pour échanger en direct. Vous y trouverez des concours, des informations « confidentielles » et des lecteurs passionnés.

Bienvenue chez moi : http://www.matthieubiasotto.com